「大丈夫！
全部私がやるし、
ジレイくんは
居てくれればいいから！」
シャル・アンテットマン

?
魔導具マニア必見
『古代遺物展覧会《アーティファクトショー》』、
参加の条件は――
イヴとのデート!?

ニャ
…

「ではジレイ様――
既成事実、作りましょう？」
ラフィネ・オディウム・レフィナード

D級冒険者の俺、なぜか勇者パーティーに勧誘されたあげく、王女につきまとわれてる 2

白青虎猫

OVERLAP

CONTENTS

プロローグ	怠惰な日常	003
一章	マギコス魔導学園	011
二章	魔導大会	078
三章	水色の少女	139
四章	灰色の少女	212
エピローグ	古代遺物展覧会《アーティファクトショー》	338
エピローグ②	D級冒険者の俺、なぜか勇者パーティーに勧誘されたあげく、王女につきまとわれてる	354
閑話	円理	376

Illust. りいちゅ

D rank Adventurer invited
by a brave party,
and the stalking princess.

プロローグ　怠惰な日常

俺——ジレイ・ラーロの一日は、起床後の二度寝から始まる。

まず、朝の適当な時間に目を覚まし、

喉が渇いていたら、寝ころんだまま《水生成《クリエイトウオーター》》で喉を潤したあと、《異空間収納《アイテムボックス》》から、食べられるものを適当に取り出して食べ、もう一度ふかふかの毛布の中に潜る。

そして、二度寝特有の、今すぐにでも眠りそうなふわふわとした気持ちいい感覚を味わいながら、眠りに落ちるのだ。

俺はこの感覚が世界で一番好きだ。

現実で何か嫌なことがあっても、この瞬間だけは何も考えずに忘れられる。……例えば、なぜか勇者パーティーに勧誘されて、一国の王女に求婚される、なんてことも。

「最高だ……ぐうたら生活は最高だぁ……!!」

もふもふの高級そうな毛布の中にくるまりながら、ぬくぬくと気持ちのいい、至福の瞬間を全身で味わう。

思えばここ最近、いろいろなことが起こりすぎて、まったく休まることがなかった。

街の外れの小屋でぐうたら過ごしていたら、なぜか【攻】の聖印を持つ勇者の少女——レティがやってきて、勇者パーティーに勧誘されたり。

護衛依頼を受けたら、魔王軍四天王を自称する骸骨と遭遇して戦うはめになったり。

あげくの果てには、国民に絶大的な支持を受けるユニウェルシア王国の第四王女——ラフィネの〝運命の人〟がなぜか俺だったらしく、求婚される始末。

もう本当、激動の日々だった。二度とあんなことにはなりたくない。マジで。


あれから俺は、マギコスマイアまで休みなく全力で走り続け……二日で到着することができた。本来ならば馬車で十二日はかかるところを、二日である。俺がめちゃくちゃ頑張ったことがわかるだろう。

マギコスマイアに到着した後は、昔、少し縁があり、世話をした少女——シャルの家を訪ね、少しの間だけ匿《かくま》って貰《もら》うことにした。

渋るかと思ったが、シャルはむしろすごく嬉《うれ》しそうに「ずっといていいよ！」と歓迎してくれた。やったぜ。

そしてまあ、手持ちの金がないので一旦、生活用品やら何やらを全部用意してもらって（シャルの金で）、現在どでかい屋敷の一室に居候している、という状況である。

「あー、でもマジで仕事どうするか……」

ベッドの上でごろごろと寝転がりながら、考える。

現状だけ見れば、トイレや風呂のとき以外はベッドから動くことすらせず、怠惰に過ごしている俺はただのゴミクズヒモうんこ製造機に見えるかもしれない。

だが待って欲しい。俺だってちゃんと居候後に数日間だけ休んだ後、シャルに払う金を捻出するために、マギコスマイア中で雇って貰える仕事を探し回ったのだ。

念のため、レティに見つからないように冒険者としての活動は自粛し、土木作業などのあまり表にでないような仕事をして日銭を稼ごう、と思っていた。

しかし「うーん、うちではちょっと……顔と目が……」と、どの仕事もことごとく落とされる始末。何だ、顔と目が死んでるって言いたいのかオイ。

最終手段として、国に設置されている職場斡旋所《あっせん》でクソめんどくさい書類を書いて提出するも、「冒険者としての仕事が見込める」「生活に困窮していない」との理由ですぐに探してくれず後回しになり、こうして結果待ちでだらだらしている現状。

だから、俺には働こうとする意志はある。あるのだ。

シャルは「お金なんて気にしなくていい」「ずっといていいから」と好意的なことを言ってくれるが、さすがにそれはただのヒモ男でしかないから嫌だ。怠惰にだらだら過ごしたいけど、何もせず養って貰うのは何か違う気がする。

「まあ、連絡が来たらちゃんと働くし……！　だからまあ、別に俺はヒモじゃないよな、うん。間違いない。ヒモなわけがない」

申請後、最近の忙しすぎた日々の反動で、一日中家に引きこもっているが……それでも俺はヒモではないと言えるだろう。

トイレや風呂のとき以外は、ベッドから動いてすらいないけど。ご近所からはシャルが「悪いヒモ男に騙《だま》されている」と噂《うわさ》されてるけど。それでも俺はヒモじゃない。斡旋所から連絡が来たら働くから大丈夫。だから俺が外に出たとき、そんなゴミを見るような目で見ないでください。死にたくなるんで。

「——くん！——きて。——ジレイくん、そろそろ起きて！」

自分を納得させ、「さて、もう一度寝るか……」と毛布にくるまり、気持ちよくまぶたを閉じていると——かわいらしい少女の声が耳に聞こえてくる。

「あと三時間後に起こしてくれ……」

毛布を更に深く頭から被《かぶ》り、答える。

「だーめ！　ジレイくん、昨日もそう言って起きなかったでしょ！　それにもう十二時！お昼ご飯の時間だよ！」

しかし、少女は諦めることなく、「おーきーてぇー！」と俺の身体《からだ》を揺らして起こそうとしてくる。

「ふっ……甘いなシャル。俺をその程度の揺れで起こそうなど！　俺に《睡眠》の加護が付いているのを忘れたのか？　逆にゆりかごみたいで眠くなってくるぜ!!」

「なっ……で、でも《睡眠》の加護があっても、こんなに起きないなんて——ま、まさか加護が進化して!?」

「よくわかったな。そう、俺の《睡眠》は一つ上の階級、《永眠》に進化して——」

「もお！　ふざけてないで起きて！　お仕事の休憩時間に戻ってきて、お昼ご飯作ったんだからぁ！」

少女——シャルは「ジレイくんのために作ったんだから！」「一緒に食べようよお！」と俺の身体をさらに激しく揺らし、くるまっていた毛布をひっぺがしてくる。

もちろん《睡眠》の加護なんてものはない。そもそも加護は進化とかしない。適当なことを言ったらシャルがノってくれただけである。この少女はノリがいいのだ。

「わかったって……ちゃんと起きるから、身体を左右に激しくシェイクするのは止《や》めて。吐く、吐いちゃうから」

「やっと起きた！　ジレイくんこっち！　こっちきて！」

起きたと見るや、シャルはパタパタとドアまで移動し、嬉しそうな顔で手招きする。

俺は改めて、シャルの容姿をじっと見る。

焔《ほのお》のように紅《あか》い、輝く赤髪。

翠玉《エメラルド》のごとく、鮮やかに煌《きら》めく、美しい瞳。

エルフの特徴である長い耳に、五百歳越えに思えない、瑞々《みずみず》しいツヤを見せる肌。

腰ほどまである赤髪は束ねてサイドに流していて、かわいらしいうさぎの髪留めでとめているのが特徴的。全体的にふわっとした髪型だ。

それと、すごく気になることが一つ。

「じ、ジレイくん？　な…………なに？」

シャルはじっと見つめる俺に、顔を赤くし、もじもじと身体を揺らす。

「…………」

俺はベッドから降りて立ち上がり、シャルの元へずんずんと進んでいく。

「……シャル」

そして、シャルの両肩をがしっと摑《つか》み、じっと目を合わせた。

シャルは顔を真っ赤にしながら「え？」「これって」「嬉しいけどこんな昼間から」とかなんとか言って……なぜか目を瞑《つぶ》り、唇を尖《とが》らせる。何やってんだ？

「ここ、寝ぐせついてるぞ」

「優しくし――へ？」

俺はシャルの頭頂部で、ぴょこんと跳ねている寝ぐせを指さし、指摘する。

シャルは顔をさらに真っ赤にさせ……両手で隠すようにして、うつむいた。

……やはり、女の子として、寝ぐせを見られて恥ずかしかったのだろう。

俺にはまったくわからない気持ちだ。髪のセットとかやったことないし。出かけるときもいつもそのままだからな。めんどくさくて。

「もおお！　ジレイくんはいつも、勘違いさせるようなことして！　女の子はそういうことされると困っちゃうんだからね!!」

シャルは数秒ほど俯《うつむ》いてプルプルと震えた後、ぷんぷんと頬を膨らませながら、「わたし怒ってます」って態度でそう言ってきた。本人は怒ってるつもりなんだろうが……小動物みたいに見えるせいで、全然怖くない。

俺が「すまんすまん」と適当な返事をすると、「こら！　お姉さんの言うことは聞きなさい！」とぽかぽか叩《たた》いてくるシャル。

ちなみに、さっきから俺を〝くん〟付けで呼ぶのは、自分の方が年上だかららしい。最初の出会いがギャン泣きで威厳もクソもあったもんじゃないのに、よくお姉さんぶれるなと切に思う。

あと、年齢差五百歳オーバーはもうお姉さんじゃなくて、おばあちゃんだと思う。言ったら泣かれて追い出されそうだから言わないけど。

「ジレイくん、こっち！　こっちにご飯用意してあるから！」

俺はシャルに服の裾を引っ張って誘導されながら、今日の昼飯が何かを想像し、期待に胸を膨らませる。

平和な毎日って素晴らしいな、と思いました。まる。

一章　マギコス魔導学園

「やっぱりシャルの料理は最高だぜ！」

その後、シャルの作ったシンプルだけどめちゃくちゃ旨《うま》い飯を堪能し、でかいソファに座ってぼーっとしていると、シャルが隣に座ってきた。

「えへへ……」

近くにあったクッションを胸に抱いて、シャルは幸せそうな微笑《ほほえ》みを浮かべる。

なんで喜んでいるのかわからず、「何か嬉しいことがあったのか？」と聞くと、「えへへ……ジレイくんが居るのが嬉しくて――」との返答。かわいらしい。

……そういえば、こうしてシャルと過ごすのも一年ぶりくらいか。

色々あって手紙も中々返せてなかったし……悪いことをした。

「――でね！　今日は新商品の発売日だったんだけど、すごい、すっごーい綺麗《きれい》な人が来たの！　ジレイくんと同じ〝黒髪〟の人で……お忍びの王女様かなぁ？って思うくらい美人さんだったんだよ！　こういう人を見ませんでしたか？って聞かれたんだけどわからなくて……」

ソファに身体を預けて少しのんびりしていると、シャルがいつも通り「今日はこんなことがあって～」と楽しそうに俺に話を振ってくる。

「もうほんと、天使みたいな人だったよ！　羨ましいなーって思っちゃった！」

「へえー、天使ねぇ」

相槌《あいづち》を返しつつ、天使と聞いて一瞬だけ、ある白髪王女の姿が頭に思い浮かぶ。

まさか――――いや、でもさすがに無いか。黒髪だったらしいし、俺がマギコスマイアにいることは知らないはずだ。間違いなく別人だ。

「でもほんと、ジレイくんはすごいよ。今日だした新商品もジレイくんに教えて貰ったアイデアで作ったお菓子だし……ジレイくんはお金なんていらないって言うけど、本当は全部わたしたいくらいなんだからね？」

「いや、俺は何もしてないから。マジで」

「そんなことないよ！　ジレイくんのお陰で――」

シャルはキラキラと純粋な瞳で、俺への賛美の言葉を上げ続ける。俺はハハと乾いた笑い。やっべ冷や汗でてきた。

実際問題、俺は何もしていない。

新商品のアイデアは、小さい頃に住んでいた家の古ぼけた蔵に積まれた本に書いてあった知識を言っているだけだし、それも「こういう形状の～」「これを使って～」とふわっとしたことしか伝えていない。

なのに、シャルは天才的な感性と卓越した腕前でそれを見事に形にして、商品として売り出せば即日で大人気完売御礼。やばすぎ。

シャルはこうして「俺のおかげ」と称して金を渡そうとしてくるけど、自分で考えたわけでもなくマジで何もしていない俺に受け取ることなんてできるわけが無い。後ろめたすぎる。

考えて見れば……あの本に書いてあったお菓子って珍しいのが多かった。それこそ、どの国でも似たようなのを見たことが無い。だから大ヒットしたんだろうけども。じゃああの本は誰が書いたんだよって話だ。

「だから、ジレイくんはお金なんて気にしなくていいの！　仕事もしなくていいから……な、何なら、しゅ、主夫としてこの家に居てくれればお給金も出すし！」

「さすがにそれはなぁ。シャルに悪いし、働いて金は返すって。それに俺、料理とか掃除できないし」

「大丈夫！　全部私がやるし、ジレイくんは居てくれればいいから！」

「主夫とは？」

それはヒモだと思うんですがそれは。

「む、別にいいのに……」

ぷっくりと頬を膨らませ、ご不満な顔。唇を尖らせていてかわいらしい。

おそらく、シャルは俺を兄のような存在として思っていて、こうして甘えてくれているのだろう。俺も、もし妹がいたらこんな感じなのかなって思う。

それに、居てくれればいいって……そんなことを言ったら相手が「もしかして俺のこと――？」と勘違いするだろうに。その点、俺は絶対に勘違いなどしないから安心だ。シャルのことは妹のように思っているからな。

そのまま、数分ほどのんびりとたわいも無い雑談を交わしていると。

何かを思い出したかのように、シャルがこう言った。

「そういえば……ジレイくんって、魔導具好きだったよね！」

俺は「好きだけど……？」と答える。すると、シャルはポケットから何かを取り出して。

「じゃじゃーん！　これ！　なんでしょー！」

と、紙のような何かを俺の前に取り出した。

「……券？」

渡された紙を見る。何かの券のような、長方形の一枚の紙。

「うん！　魔導大会の出場券だよ！　賞品が魔導具だったから、喜ぶかなーって！」

確かに、その券にはしっかりと【第五十七回　マギコスマイア魔導大会出場券】と書かれている。でもそれはおかしい、だってこの大会は――

「一般参加は、出来なかったはずなんだが。……そもそも俺、条件満たしてないぞ？」

【マギコスマイア魔導大会】は、数年に一度、マギコスマイアの王族が主催する、昔から行われているイベントの一つ。

〝魔導〟大会と銘うってあるが、実際は剣も呪術も、ルールの範囲内なら何でもありというなかなかカオスな大会だ。

王族が主催するだけあって、上位に入賞すると豪華な賞品と、多額の賞金が与えられる。

ある時はS級モンスターの素材だったり、
またある時は、伝説の鍛冶師が打った刀剣だったりする。

賞品は、その大会で主催する王族が誰かによって変わってくるらしい。何にせよ、豪華なのは間違いない。

となるともちろん、参加したいという者は大量に出てくるというもの。

大会管理側も、さすがに多すぎる参加希望者を選別するのには、時間が掛かると判断したのか——こんな条件を、参加者に掲示した。

①指定された組織、機関、団体に所属していて、推薦を貰《もら》った人物
②冒険者ランクA以上
③何らかの武術で免許皆伝（A級冒険者相当の実力があると認められた者のみ）
④魔術機関の、魔法力A判定以上の認定証明書

当然、俺はどの条件も満たしていない。

だから俺が出場できるのはおかしい。おかしいのだが。

【出場者名】ジレイ・ラーロ
【所属機関】王立マギコス魔導学園
【推薦者】アルディ・アウダース学園長

出場券には、しっかりと俺の名前が書かれていた。

おまけに、【所属機関】がなぜか魔導学園になっている。

でも俺は、講師にも用務員になった覚えがまったくない。どういうことだこれ。

「しゃ、シャル？　これ、一体どういう――」

「――そこから先は……オレが説明するぜ」

聞こうとすると、背後からめちゃくちゃ渋いダンディな声。

ぞわっと、身の毛がよだつ。この声、まさか。

嫌な予感と寒気を全身に感じながら、ばっと振り返る。そこにいたのは――

「ジレイ、久しぶりだな」

視界に映ったのは、野太い声の割に妙に身長が低く、ちんまりとした人物。

身長は十歳前後の小さな子供くらいで。

ぴょこぴょこと動くふさふさの耳としっぽ。

丸い瞳は、黒目の部分が大きくて、赤子のようにくりくりと愛らしい。

まるで猫――というか、猫そのもの。

「うげぇ……」

思わず顔をゆがめ、手に持った出場券をくしゃりと握り潰してしまう。

だってこいつは、俺の「会いたくない人物ランキング」上位に食い込むほどの人物。

妖精種【ケット・シー】であり、王立マギコス魔導学園の現役学園長――

――アルディ・アウダースだったのだから。


「……どういうことだ、なんでお前がここにいる」

もしかして不法侵入か？　よしつまみ出そう、そうしよう。

「まあそう言うなジレイ。オレは呼ばれてきた客だぜ？」

「はぁ？」

うなじを摑《つか》んで引きずると、そんな妄言を言ってきた。何言ってんだこいつ。

「なんかこの不審猫が変なこと言ってるが……シャル、本当か？」

「うん！　アルディさんにお願いして、ジレイくんの推薦状を書いて貰ったの！　今日はサプライズゲストとして呼んだんだよ！」

「………………嘘《うそ》だろ？」

ニコニコと、シャルは善意ＭＡＸの笑顔で答える。あ、これマジのやつだ。

「……シャル。ちょっとここで待っててくれ。この猫と話があるから」

俺はアルディをズルズルと引きずり、隣の部屋へ移動。そしてシャルに聞こえないよう

に、ドアをバタンと閉める。

「おいどうなってんだクソ猫。なんで俺がお前からの推薦を受けて、魔導大会に出ることになってんだよ。納得できる理由を五秒以内に答えろ。五、四――」

「待て待て！　だからオレは、菓子屋の嬢ちゃんに頼まれたんだって！」

「……仮にシャルが頼んだとしよう。でもお前は、俺がそんなのやりたくない性格のやつだってわかってるよな？」

「い、いやぁ。昔はそうだったけど、今は変わってるかなぁって……」

「眼《め》をそらすなオイ。絶対わかっててやっただろ」

アルディは眼をあさっての方向にそらし、ヒューヒューと口笛を吹く。

まあ正直、別に魔導大会に出ることは構わない。賞品の魔導具にも興味があるし、賞金もたんまり出る。そこに不満はないのだが。

「やっぱりダメだ、この話は無し！　白紙！　キャンセル！」

「ふっふ、もう遅いぜジレイ。既に管理協会には推薦状を送り、出場券を獲得済み！　大人しく、オレの学園の講師として出場するんだな！」

にちゃあ……と陰険に笑うアルディ。めっちゃぶん殴りたい。

出場に不満はない。しかし、出場条件に①を使っているのが問題なのである。

---

①指定された組織、機関、団体に所属していて、推薦を貰った人物

この場合、俺が『王立マギコス魔導学園』に所属している人物であり、『アルディ・アウダース学園長』から推薦を受けたという状況。

つまり——俺が出場するためには、マギコス魔導学園に所属していなければならない。

しかし、もちろん俺は所属なんてしてるわけがない。

おそらく、書類をでっち上げて、俺が所属している体で申請を行ったのだろう。普通なら確認するが、学園長からの直々の推薦だ。疑いすらせずに通したに違いない。

「ま、まあちょっとだしいいじゃねえか！　魔導大会までそんな日数ないし、それまでの間でいいからよ！」

「……本音は？」

「あわよくばそのまま一生所属して貰って、お前の魔法を思う存分研究したい」

「ふざけんな絶対に嫌だ」

「シャルに出場しないって言うから」と立ち去ろうとすると、「頼む！　ちょっとだけ！ほんとちょっとだけだから！」としがみついてくるアルディ。

俺は嫌悪感むき出しに顔を歪《ゆが》め、引きはがそうとする。ちょっとだけとか言ってるけど絶対嘘だ。こいつのしつこさはもう身に染みてわかっている。

……思えば、こいつと初めて出会ったのは四年前、マギコスマイアに来た時だった。

Sランク魔獣が近くの森に出没したとの噂《うわさ》を聞きつけ、やってくると——モンスターに襲われている、アルディの姿。

すぐさま魔法でモンスターを瞬殺して救出したのは良いんだが、なんでも、そのとき倒したのが件《くだん》のSランク魔獣だったらしい。

アルディは「そんな魔法見たこと無い！」「オレの学園の講師になってくれ！」と熱烈な勧誘をしてきて――もちろん、俺は断った。

追いすがるアルディにしっかりと断って立ち去り、一時は諦めてくれたと思った。

だがしかし、次の日から始まったのは怒濤《どとう》の勧誘攻撃。

俺の行く先々に出没して勧誘し、ときにはエキストラを使って、

「おっ！　あの兄ちゃん、マギコス魔導学園の講師にうってつけの顔してんなあ！」

とか。

「おすすめ定食一つですね！　お兄さん、もしかしてマギコス魔導学園の講師の方ですか？　違かったらなったほうがいいですよ！」

とか、もはや勧誘ではなく粘着質な嫌がらせをされたのだ。

武器屋、魔導具店、飲食店、どこに行っても知らない人物に勧誘され、もはや人間不信一歩手前。道行く人がみんなアルディの手先に見えてしまうレベル。

結果。さすがに折れて、でも講師は嫌だったので説得して、期間限定で助手として雇われることになった。

最初の内は普通に魔力を測定する程度で、くっそ楽で最高の生活。

しかし、次第に本性を現してきたのか徐々にエスカレートして、身体《からだ》を隅から隅まで計測しようとしてきたり、寝てる間に身体の一部（髪の毛や爪など）を研究のためと称して無断で採取してきたりした。怖すぎるんですけど？

それが嫌になって「もう嫌だ！　こんな所にいられるか俺は辞めるぞ！」と辞表を叩《たた》きつけるも、「頼むあとちょっとだけ！」と受理してくれず、一カ月ほどごねられたのちに我慢の限界が来て、最終的に逃げ出した。

後から知った話だが……実は、「辞めたい」と言った俺を囲い込むために、勝手に俺の書類を捏造《ねつぞう》して色々な貴族のご令嬢との縁談を組まれていたという。

そんなこんながあり、あの瞬間からこのクソ猫は俺の中のブラックリストの一人になった。だってマジでしつこいんだもんこいつ。

見つからないように、ゴテゴテの全身鎧《よろい》を着て顔を隠し《魔力偽装》を使ってなけりゃ、地の果てまで追いかけてきただろう。ふざけんな。

「――でも、こうして会えて嬉《うれ》しいぜ。あのあと、大変だったんだぞ。街中、赤髪のやつを捜したのに見つからねえし……死んだと思ってたんだからな」

アルディは嬉しそうに笑い、ばしばしと柔らかい肉球で俺を叩く。

そういえば……あの時は少し事情があって、赤髪のカツラを被《かぶ》ってたんだった。

今も《変幻の指輪》で赤髪に変えてるから、俺が本当は黒髪だってこいつは知らないのか。よし、絶対に言わないでおこう。

「とりあえず、絶対に講師なんかめんどくさいことはやらんからな。キャンセルしとけよ」

アルディにそれだけ釘《くぎ》を刺し、シャルの所へ向かう。

「まあ……ジレイがそう言うならオレは別に構わねえよ？　オレは別にな？」

去り際、ニヤリと悪い笑みを浮かべるアルディ。何言ってんだ？　別に、こいつが管理協会に土下座すればいいだけだろう。何の問題も無い。

「あっ……ジレイくん！　お話終わったの？」

シャルは俺の姿を見るなりソファから立ち上がり、嬉しそうに駆け寄ってくる。

俺はニコニコと笑うシャルに、

「ああ。シャル、魔導大会のことなんだが——悪いけど出場はキャンセルにしようと思う」

と伝える。すると。

「…………え？」

シャルは顔を愕然《がくぜん》とさせ、唖然《あぜん》と目を見開いて、固まった。

そして、ぽろぽろと涙を零《こぼ》し始めて——え、えっ？　なんで??

「ごっ、ごめんなさい。ジレイくんのこと考えずに、か、勝手なことしちゃって……迷惑だったよね。ほんとにごめんね……」

大粒の涙を流し、動揺で肩を震わせるシャル。ちょっと待ってちょっと待って。

「しゃ、シャル？　いや、別に迷惑とかじゃなくてな？　ただ出たくなくて」

「うん。本当にごめんね。ジレイくんの嫌がることはしたくなかったのに……」

「い、いやだから……」

なんとか宥《なだ》めようとしても、謝罪を繰り返すだけで一向に泣き止《や》まない。しまいにはひざを抱え始めた。やばいずきずきと心が痛い。

「ジレイ……な？」

アルディはポンっと俺を叩き、穏やかな表情を浮かべる。コイツゥ……！

「う、うっそー！　冗談冗談!!　本当は出場するぞー！！！」

「……え？　な、なんだあ！　私、本当にジレイくんの迷惑になっちゃったのかと思ったよお！　えへへ……良かったぁ！」

シャルは心底安心したような顔になり、ほっと胸をなでおろす。

「講師就任おめでとう！　歓迎するぜ！」

「ぐぎぎ……このクソ猫がァ……！」

「歓迎会しなきゃな！　嬉しいだろ？」

「あ、ああ、嬉しいよほんと。今すぐお前をボールにして蹴り飛ばしたいくらい嬉しい」

こうして、俺の大会出場と、学園への就任が確定した。わーうれしいなー（棒読み）。めちゃくちゃ嬉しい……から、あとでアルディはボコる、と心に誓った。嬉しすぎて手が出ちゃってもしょうがないよな。うん仕方ない。マジで仕方ない。絶対に仕方ない。

次の日。

「だるい、めんどい、てかもう眠い。あー帰りたい、帰りたい帰りたい……」

俺はマギコス魔導学園内のベンチに身体を預け、死にそうになっていた。

「働きたくない、だるい、だるい……」

だるさのあまり横になって寝転びそうになる身体を無理矢理に起こし、心底帰りたくなる気持ちを抑える。

今いる場所は、講師と生徒が授業に勤《いそ》しんでいる校舎。

……ではなく、校舎を囲い込むように広がっている、迷路のような庭園内。

「まあ、講師にされるよりはマシか……はぁ……」

あのあと、「じゃあ明日から～」と段取りを説明するアルディに、考えて見たら授業とかできないし講師なんて無理と思った俺は「やっぱり講師は嫌だ。面倒だし」とごねにごねまくり――最終的に、清掃員として就任することにしてもらった。

そして今日になり「よっしゃサボるぞ」と意気揚々と清掃員として働こうと赴いた。さすがに講師よりは楽だろうと思い、サボれるかもと希望を抱いていた。

「広すぎだろマジで！　なんで俺一人でやらなきゃいけないんだよ！」

結果。任せられたのは校舎内外、学生・教師用の宿舎。緑豊かな庭園……などなど。

つまり、学園内の全域、すべてを任せられたってことだ。しかも、清掃員は俺一人だけらしい。頭おかしくなりそうなんですけど。

なんでも、元々は学園の各所に設置している《浄化》《修復》などの魔導具に定期的に職員が代わる代わる魔力を注入しているんだという。だから、清掃員はいないんだとか。で、今日からは俺が清掃員として入るということで、なぜか俺一人に任せてきた、ということだ。もう辞めてもいいすか？

「つかれた……でもあと少しだ頑張れ俺！」

気怠《けだる》い身体を動かし、魔力を注入するべく、残り数個の魔導具の元へと向かう。

いや、まあ、一人でもできるんだけども。

広い学園内ということもあり、魔導具ひとつだけでもCランク魔導士の保有魔力量くらいの魔力を込めなきゃいけなくて三十分くらいかかるらしいけど、俺は別に数十秒でできるし魔力欠乏で倒れることも無い。

それは問題ない。だが、設置されてる場所が多すぎるのが問題だ。

朝からハイスピードで休み無く回っているのにまだ終わらない。あまりにもハードワーク。死にそう。

まあその分、給金は多く貰《もら》えるらしいから、仕事を探していた俺には丁度良かったのかもしれないのだが。魔導大会の賞金と合わせればシャルにツケとしてしまっている金を返すこともできるし、今回の大会は例年と違い、魔導具が賞品になると聞いた。

……噂では、扱いが難しい次元魔法のひとつである、《空間転移《テレポート》》に関連した魔導具らしい。なら、俺個人としても是非とも手に入れておきたい。

アルディにまんまとハメられた、と一時は思ったが、よくよく考えて見れば俺に都合の良い話だった。結果オーライ結果オーライ。

「現在地がここで、魔導具は……こっちか」

学園の地図を見ながら、探し歩くこと数分。

「おっ……あれだな。よし、さっさと終わらせて――」

目的の魔導具を見つけ、魔力を込めようと設置場所に向かおうとする……が。

「皆様！　お願いですから講義に出席を――」

「だから！　俺らに構うんじゃねえって！　あっちいけ！」

「そーそー、別にそんなのする気ないしぃー」

「俺たちはやる気ねーって言ってるだろーが」

「で、ですが、それでは我々の面目が――」

講師に支給されるローブを着た男性と、学園の制服を着た、十三歳くらいの生徒と見られる五人ほどの男女が大きな声で口論をしているのが視界に入り、足を止める。

なにやら、揉《も》めているようだ。話の流れを聞くに、講義をサボる問題児たちに、講師の男性が「頼むから出席してくれ」と懇願している状況っぽい。

「邪魔なんだが……」

隠れたまま、少しだけ様子を見る。

……が、一向に立ち去る様子が無かったので、この場所は後回しにして別の場所に向かうためにその場を離れた。

制服に着いていた煌《きら》びやかな胸章を見るに、貴族の生徒か？　一般の生徒たちは学業に精を出しているというのに、非常に勿体《もったい》ない。

マギコスマイアでは誰でも、どこの教育機関でも無償で教育を受けることができる。魔導学園は試験を受けて合格する必要はあるが、それでも努力次第でなんとかなる。

しかし、数年前は誰でも教育を受けられるわけではなかったらしい。

なんでも、過去にマギコスマイアを救った〝英雄〟の意志を継いで、政策として行うようになったんだとか。ぶっちゃけ、俺もよくわかってない。良かったねって感じ。

「面倒な生徒もいるんだな。ま、俺には関係無いけど」

その後、残り数個の魔導具に魔力を注入し、お仕事完了。いい汗かいたぜ！

終わったと職員に報告に行くと、なぜかめちゃくちゃ驚かれた。

……どうやら、一日で全部やる必要は無かったらしい。マジか。

清掃員に就任してから数日が経《た》った。

「人生って最高だな……生きてて良かった……」

俺は爽やかなそよ風に髪を揺らされながら、芝生の上で寝転がりつつ、ぽかぽかと暖かい日差しを全身で味わう。最高だ……。

サボり、と思われるかもしれないが違う。決して、マジで。

というのも、数日前に全部終わらせたおかげでやることがないのだ。

本来、十五日くらいで終わらせるはずの仕事をたった一日で終了させた俺に、職員たちはあり得ないと言いたげな目を向けていた。不正したんじゃないかと疑われたくらいだ。

しかし、きちんと仕事をこなしていたのがわかったあとは無事、公認サボりの権利を得た。やったぜ。

で、始業時間からずっとこうして寝転がり、絶賛休憩中。

誰にも見つからないように人通りの少ない場所で寝ているため、生徒や講師に不審な目を向けられることもない。邪魔されることもなく、気付いたら終業時間になっている毎日。寝てるだけで給料貰えるってマジ？　最高じゃん。

最初以降、アルディに呼び出されることもないし、もしかしたらここが俺の追い求めた楽園《エデン》なのかもしれない。終身雇用頼みますわ。

真剣に永久就職しようか考えながら、気持ちよく寝転んでいると。

「——えっと、ここがこうだからこうなって、いや、でもそれだとこの術式が機能しねえし……っくそわかんねー！　何だこの本むずかしすぎだろ！　誰だよ持ってきたやつ！」

「——はあー？　白魔法の本もってこいって言ったのルダスじゃん!?　自分がバカで理解できないからって文句言わないでくれるー？」

「——バカっつったか今!?　じゃあセーノにはわかるのかよ！」

「――それは……わかんないけど！　でも持って来いって言ったのはルダスでしょ!?　家からこっそり持ってくるの大変だったんだからね！」

「――ルダス、セーノ、うるせえぞ。講師に気付かれるだろ。静かにしろよ」

「――そうだけど、このバカが文句言うから！」

「――まあまあ……将来的にパーティーに白魔導士は必要だし、みんなで頑張ろうよ。僕たちならきっとできるさ」

「――そうだよ～みんな仲良くしよ～喧嘩《けんか》はダメだよ～」

「――うむ、我が神の教えにもある。『争い無き世はまこと尊きことかな』、と」

そんなギャーギャーと喧《やかま》しい声が、少し離れた使われていない小さな物置の中から聞こえてきて、顔をしかめながら瞼《まぶた》を上げる。

マジうるせえ……せっかく気持ちよく寝てたのに……。

一言文句を言ってやろうと思い、身体《からだ》を起こして声のする方に向かう。今は講義中のはずなのにこんな所にいるってことはサボりか？　なんて悪いやつらだまったく。……よし、「サボるなら俺の居ないところでサボれ」とちゃんと言わなければ。

「おい――？」

物置の中を窺《うかが》い、文句を言いかけて、止めた。

そして、そのまま物陰にサッと隠れる。あいつら……。

「あれ？　なんかいま誰かの声聞こえなかった？」

「気のせいだろ？　講義中だし誰も来ないっしょ。てか、マジでこの本むずすぎ……」

「私も、ここわかんない～。やっぱり、ちゃんと教えて貰ったほうがいいのかなあ？」

「教科書通りの講義しかしないあいつらにか？　それなら、自分で勉強した方がマシだ」

「父様たちに言われてるのか、高度な魔術は教えてくれないしね……僕たちは、政略結婚の道具になんてなりたくないのにさ」

「そうだ。だから、教えてやるんだ。『俺たちはあんたたちに縛られない。冒険者として自由に生きる』ってな。そのためには、講師に気付かれたらマズい。俺たちだけで学ぶしかない」

「それは知ってるけどよ。わかんねえもんはわかんねーよ。あぁー講師じゃない、魔法に詳しい誰かに教えて貰えねーかなー？」

　サボっている、と思っていた。つまらない講義をサボり、遊んでいるのだと。

　でも……想像とはまったく正反対に、その生徒たちは真面目に、小さな物置の中に積まれた魔術書を真剣な顔で、お互いに教え合い、熱心に勉強していた。

　その様子から、何か成し遂げたいこと、やりたいこと、なりたい夢があるのかもしれない。そうでなければ、こうまでして熱心に自主的に勉強することはない。

　夢があるのはいいことだ。人間、目標や夢、やりたいことがあったほうが生きていて楽しい。何もない、生きる希望もない空っぽのやつよりも百億倍いいに決まってる。

「……まあ、俺には関係ない」

物音を立てないように、背中を預けていた物置の壁からスッと離れようとするが。

「あーわかんねー！　もう適当にやればいいんじゃねーの!?　回復魔法なら失敗しても大丈夫っしょ！」

「え？　何を——ルダス、ダメだって！」

「だいじょぶだって！　えっと、こんな感じの術式で——」

「おい、何やってんだバカ！　やめ——」

「よっしゃ行くぜ——《上位治癒《ハイヒール》》！」

去ろうとする俺の耳に、不吉な会話が届いた。

同時、ただ魔力を多く込めただけの詠唱と、適当な術式で魔法が行使される。

「おっし！　ほら見ろ成功！　やっぱり俺ってってんさ——？」

小さく、生徒の誰かが息を呑《の》む音が聞こえた。おそらくそれは、一発で成功した驚きでも感嘆でも無い、恐怖の感情。

魔法を行使する上で一番重要なのは、その魔法への理解だ。

火、水、風……などの五大元素系魔法は、それぞれの性質を深く理解して行使しないと、『燃えているけど熱くない火球《ファイアーボール》』などのちんぷんかんぷんな魔法になったりする。

高度な魔術師は意図的にそういった現象の魔法を作り出すこともあるが……それも、理解しているからこそできる技だ。知っていてやるのと知らないでやるのでは大きく違う。

あの生徒の使った回復魔法の原理は、人間の本来持っている自然治癒能力を活性化させる、というもの。

　では本来、癒やす目的で使われる回復魔法を、健康体に行使したらどうなるのか？

　答えは簡単だ。

　込められた魔力は行き場を失い、健康体への過剰な回復魔法が行使され——

「ひっ！　な、なんだよこれ⁉　俺の腕が……」

　——最終的に行使された箇所が壊死《えし》し、腐り落ちる。

　だから、魔法はきちんと理解して、した上で使わなければこういうことが起きる。

　俺も、独学で学んでいたから何度か痛い目を見たあとは絶対にそれだけは守るように、と心に決めていた。初見の魔法であったとしても、魔法術式をよく解析して、性質を読み取ってから使わないと何が起こるかわからないからだ。

「《上位治癒《ハイヒール》》」

「このバカ！　早く先生を——————え？」

　俺は隠れたまま小さく詠唱し、遠隔で生徒の腕を元通りに再生させる。

「俺の腕ェ！　俺の腕が……あれ、生えてる」

　生徒たちの驚いた様子を尻目に、音を立てず、バレないようにその場から離れた。

　……見つかって、何か言われるのも面倒くさいし。


　翌日。

色々あって昨日の生徒たちと決闘することになった。

「……じゃあ、念のためもう一回言っておく。三分間の間で、俺に少しでも損傷を与えられたら、約束通り魔法を教えてやる。だが、できなかったらもう俺に関わるな。俺はここの講師でもお前らの親でもない、赤の他人だ。迷惑なんだよ」

「わかってるってオッサン！　てかそんなん余裕過ぎるっしょ！　俺たちを舐《な》めすー―」

「おいクソガキ。俺はまだ十八だ。オッサンじゃなく、お兄さんと呼べ」

語気を荒らげ、舐めた態度を取る生徒を黙らせる。

生徒たちは小さな声でこそこそと「え、十八ってマジ？」「目、濁りすぎでしょ」「二十六くらいかと思った」「というか、ほんとにこの人で合ってるの？　全然強そうにみえないけど……」と、ふざけたことを言い合っていた。

「めんどくせ……」

思わず、だるすぎて肩を落とす。

数時間前、いつも通り学園にやってきた俺はアルディに呼び出され、この生徒たちの講師をやってほしい、と頼み込まれた。

事情を聞くと……昨日、俺の魔法を受けて腕が直ったのを見た生徒たちは、触れもせず一瞬で元通りにした人物を探すべく、アルディに相談したらしい。

で、アルディはあの時間に出歩けたのは一人しかいないと断定し、俺を呼び出した。その時のアルディはニヤニヤと笑いをこらえるような表情。殴りたくなった。

もちろん俺は絶対に嫌だと断った。

だがしつこく頼まれて面倒になり、アルディが「ジレイに決闘で少しでもキズをつけられたらってのはどうだ？」と提案したのでそれに乗り、いまこうして闘技場の広い円形状の闘技エリアで向かい合っている、という状況。

「はぁ……さっさとやるぞ。俺は忙しいんだ」

いつでもかかってこい、と挑発する。このあとは夕方まで寝るという予定がある。さっさと終わらせて、今日を有意義に過ごさなくては。

「でも、もしかしたら大ケガさせちまうかもよ!? 俺って天才だし――」

「ルダス、ちゃんと話聞いてた？　この闘技場には《競技戦場《バトルフィールド》》がかかってるから、ケガしても大丈夫だって学園長が言ってたじゃん」

「そうだっけ？　まあいいや。よし、じゃあまずは俺から――」

「あー、待て、お前らちょっと勘違いしてるぞ」

意気揚々と前に出てきた一番喧しい生徒、ルダスを手で制す。出鼻をくじかれて、生徒たちは「あれ、ルールってこれで合ってるよね？」と不思議に思っているようだ。

「お前ら、もしかして一人ずつ来るつもりじゃないよな？」

聞くと、「え？　そりゃそうでしょ」と言わんばかりの顔を浮かべる生徒たち。

俺はため息をついて、気怠《けだる》げに一瞥《いちべつ》したあと、言った。

「何で、俺がそんな面倒なことをしなきゃいけない？　お前ら程度、全員で来ても余裕に決まってるだろ。……いいから早く、全員でかかってこい」

「ッ――！」

俺の挑発に、生徒たちの顔つきが変わる。バカにされたからかそれとも舐められているとわかったからか、闘争心をむきだしにした顔でこちらを睨《にら》んでいた。

……よし、これでこいつらはちゃんと本気で向かってくるだろう。後で「さっきのは本気じゃなかった」とか言われたら面倒だからな。

さすがに自慢の魔法でキズ一つ付けられなかったら、プライドが高そうなこいつらは何も言えずに引き下がるはずだ。我ながら良い案。天才か？

「舐めやがって……後悔させてやるよ！〝天翔《あまか》ける疾風、全てを焼き尽くす猛炎〟――」

ルダスは腰に下げた高そうな魔法剣を抜き、詠唱を始める。まだスタートの合図だしてないんだが……まあ、いいか。

「――〝グロワール家次男、ルダス・グロワールが命ずる。消えぬ煉獄《れんごく》の焔《ほのお》にて、我が敵を燃やし尽くせ〟――《迅風獄炎《ヴィントイグニス》》!!」

一節、二節……と詠唱が終了し――轟々《ごうごう》と燃えるどでかい炎塊を、眼《め》にも止まらぬ速度でこちらに撃ちだした。

攻撃特化系統の《火魔法》か。なるほど、火魔法に深い理解が無ければ使えないこの魔法を使えるのであれば、調子に乗ってしまうのも頷《うなず》ける。

しかし。

「なッッ！！？」

俺はそのまま一歩も動かず——ルダスの魔法に直撃した。

が、身体にはキズ一つ付いていない。無傷だ。

ルダスは俺を見て「ありえない」と言いたげに目を見開き、口をパクパクと動かす。

まあ自慢の魔法が微塵《みじん》も効いてなかったら驚きもするか。さっきのは四節の上級魔法だったし、自信もあったんだろう。

他の生徒たちからも、「はぁ!?　なんだ今の!?」「え？　いま明らかに当たってたよね!?」とかの驚いた声が聞こえてくる。

「ルダスの魔法があんな簡単に……セーノ、ルル！　テイル！　〝アレ〟やるぞ！」

「りょーかい！」「うん～！」「わかった！」

冷静に観察していた男子生徒——アークが、化粧が濃い女子生徒、おっとりとした女子生徒、真面目そうな眼鏡の男子生徒にそう叫ぶ。

何やら、奥の手があるようだ。ちょっと見てみるか。

「……やるな」

手で顎をさすり、思わず賞賛の言葉を呟《つぶや》いた。

四人の生徒たちは、火、水、風、闇と、それぞれ違う属性の魔法の詠唱を行っていた。

普通なら、「同時に攻撃しようとしている」と考えるかもしれないが——違う。

「《複合魔法》か」

《看破》を行使した視界に、魔力の糸が生徒たちを繋《つな》げるように漂っているのを見て、そう判断する。詠唱する速度、それぞれの術式への理解、繊細な魔力操作……すべてが噛《か》み合っていないと行使できない複合魔法——それも、大人数での同時行使をやってのけるとは……なかなか、やるようだ。

「みんな、いくぞ——!?……は?」

「え!? 何で掻《か》き消されて……完璧だったはずなのに——!?」

行使直前で霧散し、発動されなかったのを見て、戸惑う生徒たち。

確かに、高度な《複合魔法》を使えるのは驚いた。だが——

「詠唱が遅い。敵が待ってくれると思うなよ?」

「っ——!」

実戦で使うには、まだまだといったところ。複数人で行う《複合魔法》の弱点でもある長い詠唱を簡略化できないようでは、いましたように術式に介入されて行使なんて到底できるわけがない。

生徒たちは悔しげな表情を浮かべる。自慢の魔法が簡単に無効化されたからだろう。

「……こんなもんか」

闘技場に設置された魔導時計《マギ・クロック》を一瞥。三分間だった制限時間は残り十五秒ほど。さすがにこの時間で何かをすることはできないはずだ。

俺が勝利を確信し、だらっと脱力した瞬間。

ニヤリ、と生徒の一人、アークが僅かに笑った。

それはまるで、策がハマったかのような、そんな表情。

同時、行使していた《魔力探知》が魔力を捉えた。

捕捉した場所は──すぐ、真後ろ。

「不意打ち、御免」

背後から音も無く現れた生徒は、手に持った鈍器──メイスを振りかぶる。

……なるほど。さっきの大掛かりな複合魔法は、伏兵から注意を逸らさせるためでもあったということだ。なかなか頭が回る。

だが──

「甘い」

振り下ろされたメイスを、触れる寸前でつかみ、静止させる。

「ぬ──ッ!?」

その生徒は攻撃が失敗し、離れようとメイスを引くが……万力で摑《つか》まれているかのようにピクリとも動かないのを見て、驚愕《きょうがく》に目を見開いた。

「まっ、まだまだ！　次は──」

「いや、もう終わりだ」

諦めることなく、魔法を行使しようとする生徒たち。俺は気怠げに顎で魔導時計《マギ・クロック》を示す。

「決闘は、俺の勝ちだからな」

三分を少し過ぎた魔導時計《マギ・クロック》を見て、生徒たちは「嘘《うそ》だろ」とでも言いたげな顔で、魔導時計《マギ・クロック》を凝視する。そして、少し放心するように硬直した後――

「…………くそぉ」

負けを認めたのか、地面に膝をつき、首を垂れた。

……よし。これでもう俺に構うことは無いだろう。安心安心！

さっさと寝に行こうと闘技場から出ようとするが。

「やっぱり、私たちには無理なのかな。こんな、手も足もでなかったし……」

「おい！　そんなことねえって！　今回はあの清掃員が強すぎただけで――」

「でも、セーノの言う通りかもしれないよ。こんなんじゃ、冒険者になっても世界を旅するなんてできやしない」

「弱音を言うな。決めただろ、みんなで自由になって抜け出すんだって」

「そうだけど……」

そんなやりとりが聞こえてきて、足を止めた。

「あー……」

……そういえば、聞いていないことがあった。このまま帰るとモヤモヤするし、せっかくだから聞いておくことにする。

「おいお前ら。聞きたいんだが……何のために、魔法を学びたいんだ？」

質問すると、生徒たちは顔を上げて、ぽつりぽつりと力なく答えてくれた。

話を聞くに……こいつらはそれぞれが地位のある大貴族の子息や令嬢で、将来、冒険者になって自由に広い世界を見て回りたいから、魔法を学んで力をつけたいんだという。

三男や次女が多く、親からは政略結婚の道具や長男のスペアとして扱われる。

冒険者になりたいと頼み込んでも「バカなことを言うな」と一蹴され、まともに取り合ってもくれなかったらしい。

だから、隠れて力をつけて、学園卒業と同時にみんなで逃げて冒険者になり、こんな窮屈な世界から抜け出して自由に生きようとしてたんだとか。

同じ悩みを持っている家族同然の問題児同士でパーティーを作り、助け合いながらも心躍る冒険をしてみたい、と生徒たちは夢を語ってくれた。

……なるほどな。それはまあ、良い目標をお持ちなことで。確かに、実力も無いのに冒険者になっても野垂れ死ぬ可能性の方が高いし、力はつけておいて損は無いだろう。

「くそ……聞かなきゃ良かった」

事情を聞いて、心底後悔した。どうでもいい理由だったら一蹴できたのに……。

俺は、はあ……とため息をついたあと。

「…………少しだけ、教えてやる」

と、言った。苦々しく歪《ゆが》めた顔で。

「え？　でも決闘は俺たちの負けで――」

「ああ、だから少しだけだ。俺がこの学園に在籍している期間――魔導大会が終わるまでの間だけ、教えてやる」

落ち込んでいた顔を上げ、それぞれの顔を見合わせる生徒たち。

「あー、でも勘違いするなよ。これは俺のためだ。お前らのためなんかじゃない」

そう、それだけは断じて違う。将来、こいつらが大して実力も無いのに冒険者になり、魔物に食い殺されているのを目撃したら、俺の気分が悪くなるからである。

だから、これは俺のためだ。こいつらなんて本当にどうでもいいが、俺のためにすることなのである。

俺がそう言うと、生徒たちは顔をパァーっと輝かせ、「やったー！」「ほんとか!?」と詰め寄ってくる。暑苦しい。

「じゃあ〝せんせー〟！　さっきの!!　ルダスの魔法を喰《く》らって何で無傷だったのか教えて!!　防護魔法も使って無かったのに何で──」

「俺も俺も！　めっちゃ強い火魔法とか教えてくれよ！　見た目もかっけえやつで──」

「俺は、さっきの複合魔法を掻き消した方法について──」

「僕は操作魔法とか、〝先生〟に教えて貰《もら》えたら──」

「わたしも〜！　〝先生〟に回復魔法を──」

「では、拙僧は強化魔法を──」

「ちょっ……待て待て！　いっぺんに言うな！　教えてやるから服を摑むんじゃねえ！

あと先生って呼ぶな！」

四方八方囲まれ、俺も俺もと服を引っ張ってくる生徒たちを振りほどく。マジでうるさいし暑苦しい。帰りたい。

その後、「早く教えてほしい」と喧《やかま》しい生徒たちに引っ張られる形で場所を移動することになって――

俺は「やっぱり止《や》めておけばよかったかも」と少し後悔した。

「――で、ここがこうなるから、最終的にはこんな結果になる。わかったか？」

教室に移動し、魔法の講義をすることになった俺は、「理解できない」と喚《わめ》く生徒たちに教えるように、魔術の計算式が描かれた黒板を魔導杖《づえ》でカツカツと叩《たた》き示す。

「いや、わかんないんだけど!?　もっとちゃんと説明してよー！」

俺が至極わかりやすい説明をしているのにもかかわらず、教室の最前列の席に座っている、化粧をした少し派手な女子生徒――セーノが不満の声を上げる。

説明しているのは、先ほどルダスの魔法が直撃したにもかかわらず俺がキズ一つ負っていなかった原理について。

「だから、俺の《身体強化》の魔力量がルダスの魔法を圧倒的に上回ったから、無効化できたってことだ。まあ、魔法抵抗とか属性相性とかで計算は変わってくるんだが……魔法対決は、基本的に魔力量が高い方が勝つ。でもこれが同質の魔法だったら、こうこういう計算式で――最終的にこんな結果になる。簡単だろ？」

「簡単……？　そもそも、初級魔法が上級魔法に勝てるっていう所から意味がわかんねえよ！　そんなの聞いたことないぞ!?」

　俺の説明が悪いのか、頭に疑問符を浮かべる生徒たち。単純な話なんだが……。

「それは、魔法詠唱に囚《とら》われすぎだ。本来、魔法ってのはもっと自由なもので……そうだな、例えば——《火球《ファイアーボール》》」

　俺は説明のために、右手に初級魔法の《火球《ファイアーボール》》を展開させる。魔導士なら誰でも使える、入門魔法のようなものだ。この教室で使えない人間はいないだろう。

「この《火球《ファイアーボール》》を、今からルダスにぶつけようと思う。そしたらどうなると思う？」

「何で俺!?　まあ、そんなの簡単だな！　俺の魔法障壁の方が魔力量が高いから、〝当たった瞬間に《火球《ファイアーボール》》が掻き消される〟、だよな!?」

　腕を組み、自信満々に言うルダス。こいつ、本当にさっきまでの話聞いてたのか？

「じゃあ、今からこれをルダス……じゃなくて、外のグラウンドに投げつける。ちゃんと見とけよ」

　俺は窓を開け、グラウンドに誰もいないことを確認してから、ぽーんと《火球《ファイアーボール》》を投げ捨てる。すると——

　ドゴォォォォォォォォォォォン！！！！

　猛烈な爆音と同時に、グラウンド内に爆発と砂煙が起こり——

「な……なななな……ッッ！」

――煙が晴れたころには、巨大なクレーターが出来上がっていた。

生徒たちはその光景を見て、目を点にして驚いている様子。

「このように、〝初級魔法だから弱い〟というのは間違いだ。初級魔法でも、魔力量が高ければ相応の威力になる。上級魔法を弾《はじ》くことだってできるってわけだ」

「で、でも！　初級魔法はそんなに魔力を注げないよね!?　入れすぎたら魔力が霧散して行使できないし――」

「だから、それが魔法詠唱に囚われてるんだ。固定観念は全部捨てたほうがいい」

例えるなら、詠唱は料理のレシピのようなもの。

手順通りに作っていけば、ある程度の威力は確約される。しかしそこから応用するとなると、「この魔法はこのくらいの威力しか出ない」という固定観念に邪魔されてしまう。

すると、正しい魔法のイメージが出来なくなり……結果的に、魔力が霧散する。教科書通りに教えられた生徒が陥りやすい罠《わな》だろう。

俺は独学で学んで、試行錯誤しながらだったからこの罠に陥らなくて済んだ。ほんと、あの頃はめちゃくちゃ必死に学んでた。

どうしても学びたい魔法があった時は、立ち入り禁止の魔導図書館に侵入して警備の目をかいくぐりながら、朝まで必死に読みまくってたりした。

結局バレて捕まり、館長を自称する女の下働き兼、身の周りの世話をさせられたが。魔法は覚えられたので結果オーライである。最終的には逃げたたし。

「基本的には、階級が上の魔法の方が強いのは間違いない。だからわざわざ下位の魔法を使う理由はあまり無い。魔法の相性とか同質の魔法同士の計算式とか、強力すぎる魔法には制約をかける必要があるとか……全部話すと長くなるし、めんどくさいから説明はしない。適当に本でも読んで勉強してくれ。……っと、ここら辺にしとくか」

ちょうど授業終了のチャイムが鳴り、教室から出ようとする。

「ちょ、ちょっと待ってよせんせー！」

が、少し焦った様子のセーノが呼び止めてきた。

「できる説明はした。これ以上は自分で考えろ。あと先生は止めろって言ってるだろ」

「いや質問じゃなくて……あれ、どうするの？」

セーノは教室の外、グラウンドを指さし、言った。

ぽっかりと大きな穴が空き、多くの講師や生徒が騒いでいる、グラウンドを。

「…………………どうしよう」

慌ただしく動き回っている講師たちを見て、冷や汗が流れる。

やばい、適当にグラウンドに放ったけど、あとのことなんも考えてなかった。なんか凄《すご》い騒ぎになってるし。どうしようこれ。

……ま、まあ後で綺麗《きれい》に戻しておけばセーフだと思う。うん、セーフのはず。アウトよりのセーフに違いない。

その後——厳重警戒態勢に入った警備の目をかいくぐり、こっそりと綺麗に直しておいた。

しかし……翌日、学園の広報誌に『魔人襲来!?　消えたクレーターの謎』という一面がでかでかと載って、生徒たちの親から「学園の警備はどうなっているんだ」「こんな所にうちの子供を預けられない」と鳴り止まない苦情の嵐。

有力貴族からの信頼の低下と、多額の支援金の中断にまで発展しそうだった騒動を、アルディが東奔西走して収拾をつけて……なんとか、事なきを得た。そこまでは良かった。

だが、素知らぬ顔で仕事に精を出していた俺の肩を、ポンッと穏やかな顔で叩くアルディを見て、理解した。あ、俺だってバレてるわこれ。

結果。収拾をつけるのに使った多額の金三千万リエンを弁償するか、返済まで無償でアルディに奉仕するかの二択を選択することになった。

俺は弁償を選んだ。泣きそう。

生徒たちとの決闘に勝利し初授業をしてから数日後。

「カネカネカネカネカネカネカネカネカネ――」

俺は、学園内を舐《な》め取るように清掃しながら、金を欲していた。

「金……金が欲しい……」

手に持った箒《ほうき》で塵《ちり》ひとつない廊下を掃きつつ、金が落ちていないか確認する。

すれ違った講師陣に不審者を見るような目で見られるが……いまはそんなことどうでも

いい、そのくらい俺は焦っていた。

「何も考えたくない……帰って、暖かい毛布にくるまりたい……」

だがそれはできない。なぜなら、三千万リエンの返済期限が十日後でそんなことしてる暇はないからである。

「やっぱり止めときゃよかったか……？　何で俺がこんな目に……」

おまけに、生徒たちには「少しだけ教える」と言っていたにもかかわらず、あれから毎日、「せんせーおしえてー」とキャッキャキャッキャ纏《まと》わり付いてきて、仕事中にあきたらず休みの日も家に押しかけてくる始末。もはや俺の肉体と精神は限界状態。ふざけるなってていうか、休みの日は来るなよ。シャルが喜んでる手前追い返せないし。ちくしょう。

「でもあと数日の我慢だ。あと少しで解放される！」

魔導大会まで残り数日。

この期間をなんとか凌《しの》げばもう関わることはない。アルディへの返済はまあたぶん、なんとかなるだろう。今までも似た状況でなんとかなってきたし。

「おっ……もう昼か。とりあえず、飯でも食ってから――」

ゴンゴンと昼休憩を知らせる鐘の音を聞いて、俺はいつも昼飯を食べている人通りの少ない穴場スポットへと向かう。

「ふー、疲れた……」

目的の場所に到着し、周りも見ずにだるい身体《からだ》をベンチに預けて、脱力。

今だけは何も考えたくない。面倒なことは後回し。それが俺のポリシー。未来の俺がなんとかしてくれるよ。たぶん。

「どこからか金が無限に降ってこないもんか……いや、むしろ金はいらないし贅沢《ぜいたく》は言わないから、一生働かずに三食昼寝付きで生活したい。養って貰うとかは気まずいからなしで。大義名分を得て過ごしたい」

現実逃避しながら、ベンチと同化するごとくだらけていると。

「うるさい」

すぐ近く——真横からそんな声が聞こえてきて、伏せていた顔を上げる。

……どうやら、先客がいたらしい。疲れすぎていて全然気がつかなかった。

「ああ、悪かっ——ッ!?」

謝罪しようとして顔を向けて、言葉を飲み込んだ。

「……あ」

相手も気怠《けだる》げにこちらを見上げ、ぴたりと視線が合ってしまった。

透き通るような、水色の髪と瞳。

外見年齢は十五歳前後。

髪色によく似合った、爽やかな服装を身にまとっている、貴族のお嬢様を思わせる風貌。

顔の造形は非常に整っていて、美少女と言っても差し支えない少女。

……なのだが、冷めた目と無表情のせいで、全てを台無しにしてしまっている。

全身からは気怠げな雰囲気を醸し出しており、どこか俺と似ていて、親近感を覚えた。

ひどく見覚えがある少女だ。それもつい最近、同じ依頼を受けた気さえしてくるほど。

「……どうして、あなたがここにいるの」

水色の少女は顔を僅かにムッとさせ、半眼でこちらを睨《にら》む。

「お、おお……ひ、久しぶり」

想定外の遭遇に頬が引きつり、震えた声で返す。最悪だ。なんでこんな所にいるんだ。

どうするどうすると、頭を必死に回転させる。

こいつがいるってことは……レティも来てるのか？　だとしたら絶対にめんどくさいことになる。逃げてきた意味が無くなるじゃないか。

「……久しぶり」

レティのパーティーに所属している少女――イヴ・ドゥルキスは、いぶかしげにこちらを睨み……ぼそっと、そう呟《つぶや》いた。

「それ……イメチェン？」

イヴは人形のような白くしなやかな指先で俺の頭上――頭髪を示し、少し不機嫌そうな声色でそう聞いてきた。

「それ？……ああ、髪色のことか。けっこう似合ってるだろ？」

一瞬何のことかと思ったが、すぐに髪色のことだと理解する。

いまは《変幻の指輪》で黒髪から赤髪に変えてるから、気になったのだろう。俺としては結構、赤髪もいいかなと思ってたり……。

「似合ってない。すごく」

「……そっかぁ」

したのだが、どうやらそう思っていたのは俺だけだったらしい。泣きそう。

「それで……何であなたが、ここにいるの？」

イヴは微《かす》かにわかるほどの半眼になり、睨むように視線を巡らせる。

正直、ほぼ無表情だから表情の変化がよくわからない。表情筋死んでんのか？

「俺は、色々あって魔導大会に出場することになって、それまでここで働いてんだよ。そういうお前こそ勇者パーティーはどうしたんだ？　クビ？」

「クビじゃない。わたしは、ここの卒業生だから」

手に持った分厚い魔導書をぺらぺらと捲《めく》りながら、イヴは気怠そうな声でぼそっとそれだけ呟いて黙り込む。

……え、それだけ？　卒業生だから何なんだよ。言葉が足りてないんだが。

「えーっと、つまり卒業生だからここにいるってことか？　母校訪問ってやつ？」

聞くと、ふるふると無言で首を振る。どうやら、違うらしい。

「じゃあ、何か忘れ物を取りに来たとか？　もしくは誰かに会いに来た？」

「違う。でも、惜しい」

本当に惜しいと思ってるのか甚だ疑問な無表情。クイズじゃないんだから早く言えよ。

「……学園長に呼ばれたの。少しの間でいいから、白魔導士の講師をやってくれって」

俺の思いが通じたのか、正解を言ってくれる。なるほど、そういうことか。確かに、白魔導士は数が少ないから頼むのも頷《うなず》ける。……しかし意外である。こいつがあのクソ猫と繋《つな》がりがあるとは。世間は狭い。

「それはまあ大変だな。でも別に断れば良かったんじゃね？」

疑問に思ったことを聞くと、イヴは「他にも、用事があったから」とだけ言い、ふいっとそっぽを向いて魔導書を読む作業に戻る。

俺は「そ、そうか」と引きつった顔をしながら、苦笑いを浮かべた。

なんというか、拒絶されてる感じがすごい。

すぐ近くにいるのに何重もの結界魔法が張り巡らされてるような感覚。「話しかけるな」っていうオーラをビンビンに感じる。俺、なんかしたっけ？

「そ、そういえば、レティとリーナはどうしたんだ？　一緒のパーティーだろ？」

「レティはあのあとすぐ、グランへーロへ呼ばれて魔物討伐しに行った。リーナはあれから消息不明。籍は残してある」

イヴはこちらを見ようともせず、淡々と答える。マジで何でこんな嫌われてんの？

しかし、レティは魔物討伐に駆り出されてるのか。やっぱり勇者なんてなるもんじゃないな。休みもなく各地で魔物討伐とか絶対に嫌だ。ブラックすぎる。

リーナはまあ、予想通りである。めちゃくちゃ怪しいけど証拠がないからパーティー除名は出来ないし、籍だけ残す結果となったのだろう。俺だったら何がなんでも騎士団に通報するけど。

「あと、ユニウェルシア王国の王女様に、あなたが何処《どこ》に行ったか知らない？って聞かれた。みんなに聞いてたけど……何かしたの？」

「な、何もしてないけど？　なななな、何でだろうな？　覚えがないなあ??」

「……」

じーっと、静かな圧で凝視してくるイヴ。俺の額にツーっと、冷や汗が流れる。

「い、イヴさん？　できれば、その……レティとラフィネには、言わないで貰《もら》えると、助かるんですけども」

「……」

何も言わず無表情でスッと親指と人差し指をくっ付け、円を作るイヴ。おかしいな。お金を要求するときのハンドサインに似てるなぁ……。

「これで、なにとぞ」

財布を取り出して中身をイヴに見せる。イヴはそれを見てふるふると首を横に振る。

……仕方ない。ここは俺の奥の手を――

「冗談。別に、面倒だから言わない」

俺が両膝を地面に付け、流れるように手のひらとおでこもつけようとすると――イヴが淡々と、そう呟いた。

「……まあわかってたけどな。本当は言う気がないなんてこ――」

「やっぱり言う」

「許してください」

俺はぐりぐりと地面に頭を擦《こす》り付け、哀愁漂う姿で必死に許しを乞う。マジ言わないでくださいお願いします何でもしますから！

「言わないから……それ、やめて」

イヴは地面に華麗な土下座をキメる俺を叩《たた》き、「早くやめて」と嫌そうな声を出す。

「ならよかった。約束だぞ？　絶対言うなよ？」

「わかったから……もう、話しかけないで」

念押しすると、不機嫌そうな声で言い、違う魔導書を取り出して読み始め、「話しかけるな」オーラを醸し出すイヴ。なんかさっきよりも嫌われた気がする。

……まあいいか、さっさと飯でも食って昼寝しよう。

持ってきていた弁当を、異空間収納《アイテムボックス》から取り出すが。

「あの……どいてほしいんですけど」

隣に座っているイヴが気になって、声をかける。

「なぜ？」

「……俺はいつもこのベンチで寝転がりながら食べてるんだ」

「そう」

「だからどいてくれ」

「先にいたのはわたし。あなたがほかに行けばいい」

取り付く島もなく拒絶するイヴ。しまいには自分の膝に置いていた魔導書を嫌がらせかのように俺の方に寄せてきた。

「……」

俺は無言で弁当を取り出し、ベンチにどしりと深く腰掛ける。隣から迷惑そうな視線が頬に突き刺さってくるが、移動するという選択肢ははなから無い。ここは絶好の昼飯昼寝スポット。絶対に、意地でも動かないぞ俺は。

「……」

隣同士でお互いに無言のまま、チクタクチクタクと鳴る魔導時計《マギ・クロック》の針音を聞きながら、昼飯を食べ続ける。

「……」

ぺらりと、イヴの読んでいる魔導書のページをめくる音が、俺の耳に聞こえてくる。

「……」

正直に言おう。めちゃくちゃ気まずい。

飯は旨《うま》いが空気がまずい。別に話がしたいわけじゃないんだが、二人きりで無言はめっちゃきつい。しかもちょっと喧嘩《けんか》してる雰囲気となれば倍プッシュできつい。きつすぎる。

拷問のような空気をスパイスに昼飯を味わうこと数分。

読み終わったのか、イヴはぱたん、と魔導書を閉じて。

ガサゴソと腰に提げたかわいらしい装飾の小さなポーチ――《収納》の魔導具から、何かを取り出そうとする。たぶん昼飯だろう。

細い身体《からだ》だし、おにぎり一個だったりして……とかそんなことを思っていると。

「……」

取り出された弁当――十段積みの重箱がベンチに置かれ、ドン！　と比喩ではない効果音。ででんと鎮座する黒塗りの重箱。思わず顔が引きつる俺。え、これ食うの？

もしかして、このあと友人とかが来て一緒に食べるのだろうか。そうじゃなきゃ消費できない量だし。どう考えてもその細い身体に入るとは思えない。物理的に無理――

「いただきます」

――だと思ったが、イヴが料理を口元に運んだ瞬間、吸い込まれるように虚空に消えたその光景を見て、杞憂《きゆう》だとわかった。マジかコイツ。

次々と魔法のように消えていく料理。

残るのは空の重箱。

美味《おい》しいと思っているのか不明なイヴの無表情。

魔力は感じなかった。と、いうことは目の前のこの現象は魔法ではないということ。

唖然《あぜん》として、イヴのその様子を凝視していると。

「……こっち、見ないで」

「あ、ああ。悪い」

少し恥ずかしそうに口元を隠したイヴにそう言われ、慌てて目をそらす。

数分後。クソデカ重箱はすっからかん。大食いとかいうレベルじゃないんですけど。

原理が気になりまくって動揺していると、イヴはまた魔導書を手に持ち、ぺらりぺらりと静かに読み始める。説明をください。

めっちゃ気になる……でも、さすがに女性に聞くのは失礼なことかもしれんし。気になって眠れない。どうしよう。

……そうだ。こんな時は――魔導具でも弄《いじ》って、気を紛らわせよう。

俺は異空間収納《アイテムボックス》から魔導具を適当に出して、メンテナンスをしようとする。落ち着くわあ……。

「あれ？　これってどうやるんだっけ？……やべえ、完全に忘れた」

しかし、長らく使ってなかった魔導具ということもあり、メンテナンス方法が記憶から消却されていた。思い出そうとうんうん唸《うな》る。……が、まったく出てこない。

最後にメンテしたのいつだっけ……確か四年前くらい？　だとしたらそろそろしとかないと……。でも適当に弄ったら壊れるかもしれんし、かといっていましなかったら一生しない気がする。でも思い出せないし――

「……それ、《天翔靴《ヴィントブーツ》》？」

思い出そうと頭を捻《ひね》らせていると――イヴが魔導書を読む手を止め、声をかけてきた。

俺が「そうだけど」と答えると、イヴは魔導書をパタンと閉じ、なぜかこちらに身体を寄せてき――って近ッ！　近いんだが!?

「《天翔靴《ヴィントブーツ》》はここに魔力を入れて、最初に起動させる。それからメンテナンスしないとダメ。壊れちゃうから」

「お、おお……」

イヴはテキパキと《天翔靴《ヴィントブーツ》》を起動させ、熟知しているかのようにメンテナンスを行う。

魔導具の中でも極めて扱いが難しい《天翔靴《ヴィントブーツ》》をいとも簡単に……こいつ、まさか――

「白い鷹《たか》、化粧美人、誘導思念」

俺は唐突に、コアな魔導具好きならわかるであろう単語を発する。

すると、イヴの耳がぴくりと動き――

「《黒　鷲《ノワールイーグル》》」

迷いなく、即答した。

これも即答。

「恐怖、醜悪なゴブリン、憎しみ」「《次元幽霊《ディメンションファントム》》」

「片思い、赤い呪い、ドジっ子メイ――」「《双子人形《ツインズドール》》」

言い終わる前に即答。

「黒い餓鬼、白い深淵《しんえん》、死んだ生贄《いけにえ》――」

——このあと、俺とイヴは三十分くらい、禅問答を繰り広げていた。

俺の質問に対して、イヴは間違えることなく、正解の魔導具を即答する。

はたから見たら、何やってるかわからないだろう。

「……やるな」

「……あなたも、やる」

俺とイヴは同じタイミングで互いに手を差し出し——ガシッと、熱い握手を交わす。

こいつ……間違いない。かなりの魔導具好きだ。

真の魔導具マニアとして認められるための登竜門『これがわかれば魔導具マスター！S級魔導具判定テスト！』の難問を難なく答えるとは……ただ者じゃない。

「「…………」」

互いに握手したまま、目と目で会話する。

なんとなく、激戦を共に勝ち残ってきた戦友といるような気分になった。

イヴも心なしか、顔が笑っているような気がする。ほぼ無表情だけど。なんとなく。

その後——午後の授業を知らせるチャイムが鳴り響き、俺とイヴは重い足取りで、それぞれの仕事へと向かった。

この日から、俺たちは昼の休憩時間に毎回、自然とここに集まって魔導具のことで話し合うようになり——ここまで語れるやつは初めてだったので、とても有意義な時間を過ごすことができた。

俺は「これが友人というやつなのか」なんて、人生初の感覚を覚え……「なかなか悪くないかも」と、そんなことを思ったのだった。


「え、イヴって《天魔翼《デビルウィング》》持ってるのか？　うわ、めっちゃ羨ましい……なあ、ちょっとだけ見せて貰うことって――」

「ダメ、いまは家の倉庫に保管してあるから」

「じゃあ家に行っても――」

「絶対、ダメ」

「そ、そうか。それは残念……」


昼休憩の時間。

俺とイヴはいつものように、魔導具談義に花を咲かせていた。

場所はいつもの穴場スポットではなく、使われていない教室の一室。

ここなら、他の講師陣がいないから思う存分、周りを気にせずに話すことができる。学園長であるアルディには一切許可を取ってなくて無断使用しているが、たぶん大丈夫だろう。たぶん。

「そういえば……あと少しで〝英誕祭〟だけど、その時にやってる〝古代遺物展覧会《アーティファクトショー》〟に応募したか？　俺、毎年応募してるんだけど、一度も行ったことないんだよなあ……」

近々開催される〝英誕祭〟のことを思い出し、がっくりと肩を落とす。

『英誕祭』

俺も詳しくは知らないんだが……なんでも、数年前にマギコスマイアを救った〝英雄〟を称《たた》える祭りらしい。

英誕祭の日は街中がお祭り騒ぎ。屋台も多く出店され、楽しみにしている人間も多い。

それだけなら、一般的な祭りと変わらない。

しかし、英誕祭の最大の特徴は――マギコスマイア中で、ほぼすべての住民が赤髪に仮装することだろうか。

どうやら、マギコスマイアを救ってくれた英雄が赤髪の人物だったらしい。だからこの祭りの日は仮装しているんだという。あと赤髪のカツラを装着していれば、屋台が二割引きの値段になる。そりゃみんな仮装するわ。

俺もこの前、街を歩いているときおっさんに「お、気が早いな兄ちゃん！」とか言ってバシバシ背中叩かれたし……みんな、楽しみにしているんだろう。

まあ正直俺は、英誕祭にはまったくもって興味が無い。

それよりも、英誕祭のときにある場所で行われる、〝古代遺物展覧会《アーティファクトショー》〟の方を楽しみにしている。

のだが、〝古代遺物展覧会《アーティファクトショー》〟は、応募してチケットが当たった人物しか入場させてくれず……俺は毎年応募しているにもかかわらず、毎回外れている。なんでだよふざけんな。

しかも、チケットは転売禁止の術式が組み込まれており、入場する際に本人じゃなかったら自動的に焼却される仕組み。

二人で入場できるペアチケットなら、なぜかその仕組みは搭載されていないんだが……その分かなり倍率が高い。とてもじゃないが無理だ。

「……これ」

主催者に本気で呪いでもかけてやろうかと考えていると、イヴがふふんとほんの少しだけ口角を上げ、近くに置いてあったかわいらしい手提げポーチから、一枚の紙を取り出す。

……ってそれ、まさか――

「う、嘘《うそ》だろ……!?」

あまりのことに驚愕《きょうがく》し、イヴが自慢げに見せている長方形の紙を凝視する。

「こ、こここここっ、これを、どこで……!?」

めちゃくちゃどもり過呼吸になりながら、俺が毎年応募して落とされ、切望してやまなかった――古代遺物展覧会《アーティファクトショー》のペアチケットを見る。

「わたし、これの主催者の知り合いだから。貰《もら》ったの」

「ふ、不正でチケットを得るとは、魔導具マニアの風上にも置けないやつめ！　俺はそんな汚いことをして古代遺物展覧会《アーティファクトショー》には行きたくない！」

「……発言と行動が、逆」

イヴは地面に土下座をする俺を指差して、そう言った。どうやら、体は正直だったらしい。流れるように土下座していた。

「で、でも主催者と知り合いなら、一人や二人ねじ込めるんじゃないか？」

「ダメ。このチケットも、無理言って用意してもらったから」

必死に頼むが、返ってきたのは無慈悲な返答。

「そこをなんとか！」とプライドをかなぐり捨てて全力で頼み込むも、イヴは相手にしてくれない。いいじゃん一人くらい！

「主催者にお願いするのはできないけど——代わりにこのチケットを、あげてもいい」

「え？　ほ、本当か？」

イヴのあり得ない発言に、俺は目を点にして口をわなわなと動かす。

「か、神……！」

もはやイヴは絶対神。いまこの瞬間、無宗教だった俺の信じる神はイヴとなった。女神イヴ降臨である。

思わず「これからは様付けで呼びます」と崇《あが》めると「絶対やめて」と拒否された。

「でも、本当にいいのか？　これ、ペアチケットだし。誰かと行く予定だったんじゃ？」

「行く予定だったけど……今年は行けないと思う、から」

イヴは少し顔をうつむかせ、表情に影を落とす。

……なんか、複雑な事情がありそうだ。ドタキャンでもされたんだろうか。

「じゃあ遠慮なく俺が」

「あげてもいいけどその代わり、取引」

チケットにふらふらと手を伸ばし摑《つか》みかけるが、スッと遠ざけられ、手が空を切る。取引？　なんだそんなこと──

「問題ない。なんでも言ってくれ」

このチケットを貰えるのであれば、犯罪以外なら何でもやる。それこそ足を舐《な》めろと言われたらノータイムで従うだろう。一生奴隷になれとかはさすがに嫌だけど、一年くらいなら考えてもいい。俺にプライドなんてちんけなモノは存在しないし、そのくらいこのチケットは希少なものなのだ。

「私と買い物に、付き合って欲しい」

「わかっ……え？　買い物⁉」

予想外の取引内容に、思わず聞き返す。

「うん。服を買いたい」

「服ぅ⁉」

ジロジロと、不躾《ぶしつけ》にイヴの姿に視線を巡らせる。

たしかに、言われてみれば──しっかりとコーディネートが考えられた、センスよさげな服装である。

小物もアクセントとしてかわいらしく、イヴの容姿によく似合っている……ような、気がする。服とか興味無いからよくわからんけど、なんとなく。

「わたしも、女の子だからファッションくらいする」

「い、いや別に意外とか思ってたりは……」

イヴは少しムッとした表情で、不満げな声色。俺は慌てて弁明する。やっぱり止めるなんて言われたら最悪だ。

「それにこれは……〝レイ〟に見せるために、だから」

「レイ？」

誰だろう。行く予定だった知り合いとか恋人とかだろうか？　言い方的に恋人っぽいな。

「そう。わたしの好きな人」

「へー、そうなのか」

イヴはなぜか少し、うつむいて顔に影を落とす。やはり、恋人だったらしい。別になん

でもいいけど。チケットさえ貰えるならそれで。

「それより、買い物に付き合うだけでいいのか？　なら今からでも

行こうと言おうとすると、

「うん。買うもの全部あなたに買ってもらう」

「……マジ？」

こくりと無言で頷くイヴ。いやまあ、魔導具マニアの間では超高額で取引されているペ

アチケットが貰えるなら、奢るくらいわけない。むしろ安いくらいだ。

「わ……わかった。それでいいぞ！」

「顔……」

イヴはスッと、手鏡を取り出して俺の前に出す。鏡に映ったのは、めちゃくちゃ引きつって歪《ゆが》んでいる俺の顔。いっけね、本音が顔に出てた。

「あと……買い物中に色々な服を着てみるから、感想を教えて欲しい」

「俺が？　何で？」

「あなたはレイに、すごく似てるから……性格が」

「……まあ、別にそのくらいならいいけど」

俺に聞かなくても、本人に聞けばいいのにとは思う。でもイヴがそう言うなら従う。今の俺は従順な僕。下手に断って、じゃあ止めたと言われるのは困る。

「じゃあ、魔導大会の後くらいにお願い」

俺は「了解」と返事し、今年は古代遺物展覧会《アーティファクトショー》に行けるという幸運に打ち震える。しかも、ペアチケットでだ。イヴは行かないらしいから、二人分の席を独占できる。最高すぎるだろ……！


と、思っていたのだが――

「金が無い」

魔導学園からの帰り道。羽のように軽い財布を見ながら、呟《つぶや》いた。

「三万五千リエンじゃさすがに足りないよな……」

財布の中に入っていたのは、たったの三万五千リエン。高い服を一着買えば簡単に吹き飛ぶような金額である。やばい。
「魔導大会の優勝賞金で……ってのも無理か。ちょうどアルディへの返済額と同じ三千万だし。うーん……」
うんうんと頭を抱えて唸《うな》る。どうしようマジで。
「イヴがどのくらい買うのかわからんし……そもそも高級ブランド店だったら買えるか怪
しいラインだし、できるだけ多い方が安泰か」
さすがに、この持ち金で奢れると考えるのは浅慮だろう。普通の服なら余裕で数十着は
買えるけど、ペアチケットの対価としてそれは安すぎる。
それに、イヴは年頃の女の子だ。買い物にどれくらい使うのか皆目見当もつかない。数
十着？　もしくは数百着？　はたまた、せっかくの機会だしと店の服を全部とか言うかも
しれない。さすがにそれは無理です。
……となると、どうにかしてできるだけ多く金を工面する必要がある。
「ギルドで依頼を受けるか？　いやでもD級で受けられるものには限りがあるし、大して
金は入らないだろう。じゃあレアモンスターを倒して、換金してもらう？　いや、魔導大
会までたいして時間もないから……そんなことしてる暇はないな」
頭を捻《ひね》らせて考えるが、いいアイデアは浮かばない。
「……いっそのこと、シャルに借りるか？」
いや、それはダメだ。余裕で貸してくれそうだけど、ただでさえ現状で結構な借金額が

溜《た》まっている。この前も身の回りの物買ってもらったし、これ以上はまずい。なぜかシャルはやたらと貸したがってくるが、毎回甘えるのは違うだろう。

「クソッ！　どうして俺はこんな時に貯金をしていないんだ……ッ！」

いや原因はわかっている。魔導具に散財してるからである。でもしょうがないじゃん、欲しくなっちゃうんだもの。

「うーん、本当にどうするかな……」

屋敷に帰りながら考えていると、シャルが経営している〝シャルテット〟の近くに通りかかる。この時間帯はもう閉店しているのでお客さんはいない……はずなのだが。

「魔王さま！　あと少しですよお！　頑張ってください！」

「ユーリ！　だから大きな声を出すんじゃないって言ってるじゃろが！　もう少し静かにしておれ！」

「わかりましたああーーーー！！！！」

「いや、だからそれが――」

シャルテットの裏手側の通路で騒ぐ、二人の少女の姿。

いや、一人は幼女といった方がいいか。金髪の幼女と深い緑色の髪の少女だ。

別に店の近くで騒いでいるだけなら大して問題はない。

だがその少女たちはなぜか肩車して――シャルテットの少し高い位置にある窓から、侵入しようとしていたのだ。完全に不審者である。

俺は少女たちを見て率直にこう思った。

「なんだこいつら」

「ふぬぬぬぅ！　あと少し、あと少しで桃源郷がそこにあるのじゃあ……！」

「魔王さまファイトですっ！　でも、こんなことせずにふつーにこの壁をぶっ壊しちゃえばいいんじゃないですかあ？　あ、良かったらわたしが」

「だからダメって言ってるじゃろが！　そもそも、人間には絶対に危害を加えるなって言ったじゃろ！」

「えー、でもー」

二人は肩車をしながら、やかましく言い合う。声がでかいのでモロバレである。

幸い、通りには人影が少なく見られてはいなそうだ。しかし……泥棒にしてはあまりにもお粗末と言える。

「おい、お前ら」

そのまま少しの間観察していたが、一向に俺に気づく様子が無かったので声を掛けた。

「!?　い、いやこれは別に、泥棒とかじゃ……ヒッッ！　ま、魔人！！？」

幼女はビクッと驚き、苦しい弁明をしながらこちらに顔を向けて——なぜか、肩車状態から転げ落ち、俺から大きく距離を取った。え、なにその反応。

「魔王さま落ち着いてください！　この人間、確かに目は濁ってますけど黒髪じゃないで

す！　別人ですよ！　たぶん!!」

「た、確かにあの魔人とは髪色が違う……目は濁っててそっくりじゃが……」

「何なのお前ら？」

魔人とか目が濁ってるとか……初対面なのにあまりにも酷《ひど》すぎる。泣きそう。

「それより……なにか言うことはないのか？」

侵入しようとして開けたであろうシャルテットの窓を指で示し、問いかける。

「こっ……これは別に、窓が閉め忘れてたから閉めてあげようと――」

「ほう、それはそれは。あ、もしかして従業員だったのか？　それなら納得だが……」

「そ、そうじゃ！　わしはここの従業員なんじゃ!!　だから――」

「でも、おかしいな。俺はここの経営者の知り合いなんだがお前みたいなやつはいなかったけどな？　んーこれはおかしいなぁ？　どうしてだろうなぁ？」

「ぐぬぅ……は、ハメおったな……!!」

俺がわざとらしく首を傾《かし》げると、幼女は悔しそうにぐぬぬと歯噛《はが》みし、恨めしそうにこちらを睨《にら》みつける。いや、あの程度の誘導尋問に引っかかるお前も悪いと思う。悪いやつに騙《だま》されそうで心配になるぞ。

「ちょっと！　さっきから人間風情が頭が高い！　ここにおわす魔王さまはいずれ世界を支配し全てを蹂躙《じゆうりん》する唯一無二の存在なの！　あなたみたいな人間は家畜になる運命で」

「ユーリィ！　だからそれを止めろって言ってるんじゃぁ！　そもそも魔王じゃなくてル

ナと呼べと何度言ったら――」

緑髪の少女――ユーリが俺に突っかかってよくわからないことを喚《わめ》くが、幼女――ルナがあわあわと慌てて、やかましいユーリの口を塞ごうと飛び跳ねる。

なんというか……「めっちゃ幸薄そうな幼女だなあ」と思った。まだ幼女なのにいろいろと苦労してそうな気がする。

魔王とか人間風情とか言ってるのもおそらく、ままごとか何かの一種なのだろう。俺の小さかったころも、村で勇者ごっこが流行《はや》ってたし……女の子だと、魔王ごっこが流行っているのかもしれない。

「……」

俺はちらりと、二人の姿を改めてみる。

なめらかな金髪を顎下あたりで切りそろえ、少しカールした毛先が特徴的な幼女と、深い翡翠《ひすい》色の髪を腰まで伸ばし、喋《しゃべ》らなければお淑《しと》やかな令嬢に見える少女。

「……なるほどな」

そして二人に共通していたのが、その整った見目には不釣り合いな、その辺の古着屋で買えそうなほど、安っぽい服装に身をつつんでいたこと。

スラムの子供か、奴隷のような服装だが……それは絶対にない。マギコスマイア国内、というかこの大陸では奴隷制度が廃止されているから。

となるとこの二人は、どこかのご令嬢のお忍びか、もしくは貴族から没落して平民になってしまった少女たちなのかもしれない。

または、朝から並んで抽選券を貰《もら》ったが当たらなくて買えず、自暴自棄になって侵入しようとしたのかもしれない。

どちらにせよ泥棒は犯罪だ。しかるべき対処を取る必要がある。……のだが。

「ちょっと、待ってろ」

「う、うむ？」

俺はそれだけ言ってシャルテットの裏口に向かう。ルナはきょとんと頭に疑問符を浮かべていたが、説明はせずにずんずんと歩く。

シャルから貰っていた従業員用の合鍵を取り出し、裏口の扉を開けて中に入る。

「これとこれと……あとこれ。まあこんなもんでいいだろ」

煌《きら》びやかなお菓子が並んでいるショーケースからひょいひょいっと目に留まったお菓子を取り出し、手提げバスケットの中に詰め込んで。

「これやるから早く帰れ。親が心配するぞ」

お菓子がいっぱい詰まったバスケットをルナたちに差し出した。

ルナはきょとんと、状況を理解できてなさそうな顔で俺とバスケットの間で視線を往復させ、「え、これ貰っていいの？」と言いたげに何度も指さす。俺はこくりと頷いた。

……別に、俺としてはこいつらを騎士団に突き出してもかまわなかった。

だが、びくびくして怯《おび》えているこの幼女を見ていると……まあ、一度くらいは見逃してもいいかなと思ったのである。それに、閉店後の日が落ちかけたこんな時間帯に、店の前で騒いでたら何かと危ないのも事実。

だから目的であるお菓子をあげて、さっさとどっかに去って貰おうということだ。

しかし決して、俺に善意があってこんなことをしているわけではない。

この行動は善意ではなく、俺のため。もしこいつらを放っておいて誘拐されたり死なれたりすると間違いなく寝付きが悪くなる。つまりすべて俺のため。俺のためなのである。

「こ、こんなにいっぱい！　お主いいやつじゃな!?　この恩は絶対に忘れぬぞ!!」

ルナはやっと状況を理解できたのか目をキラキラと輝かせ、すごく嬉《うれ》しそうな顔で、お菓子がパンパンに詰まったバスケットを大事そうに抱える。

「あ、いまお金を……」

「金はいらん。その代わりもう二度とするなよ。わかったな」

懐からガサゴソとお金を取り出そうとしたので断り、そう言い聞かせる。ルナはキラキラとした純粋な目で俺を見上げながら、コクコクと頷《うなず》いた。

そもそも俺はシャルからお菓子をタダで持って行っていいと言われている。だから金は必要ないのだ。俺としては払った方がいいと何度も言っているが。

「本当に、死ぬ前に一度食べてみたかったんじゃあ……何回も朝から並んでるのに、抽選当たらなくてお菓子買えないし、財布なくして着てた服を売ることになるしでもうこれしかないと思って……」

「そ、そうか」

なんか思ったよりも不幸な境遇の幼女っぽい。かわいそうになってきた。

「でも、やっぱり人間はいいやつばかりじゃな！　あの黒い魔人とは大違いじゃ！」

「黒い魔人？」

　誰のことだろうと一瞬思ったが、すぐに〝魔王ごっこ〟の一環で嫌いな人を当てはめているのだろう、と考える。

　俺も思春期特有の病にかかっていた時は、黒っぽいモンスターのことを深淵の使徒《アビス・アポステル》って呼んでたし。似たようなものだろう。

「ふんっ！　人間風情がわたしの魔王さまに気に入られようったってそうはいかな——」

「ユーリ！……ではまた会おうぞ赤い人！　この恩はルナ・ドゥルケ・エウカリスの名において、一生忘れんからのー！」

　ルナはまだ突っかかってきそうなユーリを手で押しとどめながら、バスケットを大事そうに抱きしめて、ぶんぶんと手を振って去っていった。

「……変なやつらだったな」

　まあこれで、明日の魔導新聞に気分が悪くなる一面が載ることも無い。安心安心！

　よし、帰ってご飯食べて寝るか。今日は気持ちよく寝れそうな気がする。

「んん？」

　帰宅しようとするが——ふと、何かを忘れているような気がして、立ち止まる。

「そうだ。それよりも、金をどうにかしなきゃなんだった」

強烈な遭遇で頭からすっぽり抜けていたが、本来の目的である金を工面しなければならないことを思い出す。完全に忘れてた。

「マジでどうするか。うーむ……」

うんうん唸《うな》っても、革新的なアイデアは出ない。

そうだ、大会内で行われる、勝ち負けを予想する賭博に参加してみるのはどうだろう？

……いや、そういえば参加者が自分に賭けるのはNGだった気がする。

でも誰が勝つかわからない博打《ばくち》なんてやりたくないし、俺に賭けてくれる人を探そうにも信頼できるやつが居ないし………ん、信頼？

「！」

ピカッ！　と、天啓的なひらめきが頭に舞い降りる。

思わず、自分が天才なんじゃないかと自画自賛したくなった。

「おーいさっきの二人！　借りについて、さっそく返して貰いたいんだが――」

俺はまだ見える位置にいた、先ほどお菓子を上げた二人の元に走り、不思議そうな表情を浮かべる二人に、ある提案を持ち掛ける。

提案を聞いた二人の反応は対照的で、ルナは否定的で、ユーリは肯定的。

最終的に、不安そうなルナを説得し、俺の革新的な提案による計画は遂行されることになった。これでお金の問題は解決である。やったぜ。

二章　魔導大会

「おー、さすがは〝魔導国家〟というだけある。どこ見ても魔法が使われてるな」

「ジレイくんはあんまりこっちの街道には来ないもんね……。毎年〝英誕祭〟が近づくと、みんなこんな感じで張り切ってるよ！　早いところだと、もう屋台を出してるお店もあるし——あ！　あそこに英雄まんじゅうの屋台がある！　食べたい！」

「でも並んでるからなぁ。俺は受付に行ってくるから、シャルは買っててもいいぞ」

「むむ、じゃあ止《や》める……ジレイくんと一緒に居られなくなるし……」

ルナたちと計画を立てた数日後。

俺とシャルは、血気盛んな街道を歩き、魔導大会会場まで向かっていた。

本当は俺だけで会場に向かうはずだったが、シャルがお店を休業にしてまで応援に行きたいと言い始めたので、二人で向かっているところである。

別に応援なんていらないって言ったんだけど……まあ、シャルがしたいならそれでいいか。いまもニコニコと楽しそうだし。

「それにしても……ほんと、すごいな」

道中にある展望台から街を一望して、嘆息。

見渡せばあちらこちらで煌びやかな魔法、魔導具の数々が使われており。

空を見上げれば、マティータ社製造の色とりどりな貸出魔導箒《ほうき》（マギコスマイアの固有結界内でのみ使用可能）で空を飛ぶ人々が散見される。

街道を闊歩《かっぽ》するは、馬型の魔導生物が引く華美な荷車。

濃密な魔力と楽しそうな雰囲気に引き寄せられるように集まった、見える人にしかわからない、風、土、火などの精霊たち。

英誕祭が近いということもあってか街の住民の表情も明るく、各所で披露されている道化師や吟遊詩人のパフォーマンスを見て、盛大な拍手を送っていた。

街全体が魔法一色。

マギコスマイアにやってきた人はまず間違いなく、この光景を見て驚くだろう。それほどまでにすさまじい。

しかも、英誕祭当日はもっとすごいらしいから見ものである。

俺は一度も見たことがないから知らなかったのだが、今年はイヴに古代遺物展覧会《アーティファクトショー》のチケットを貰う（確定予定）ので、どんなものか少しだけ楽しみだ。

「お、あれか。じゃあ、ちょっと受付してくる。また後でな」

街並みを眺めながら歩くこと数分。『魔導大会受付はこちら↓↓（関係者以外立ち入り禁止）』と書かれたプラカードを持ったまったくかわいくないきぐるみの姿が見えて、シャルと別れて誘導指示に従い、受付に向かう。

どうでもいいけど……マジでかわいくないなこのきぐるみ。今回の大会のデザインキャラらしいが、これ見てかわいいと思うやつ皆無だろ。目飛び出ててかわいいというより怖いし、マジで考えたやつ頭おかしい。

「参加者の方ですね！　では出場券の掲示と書類の記入をお願いします！」

受付は思ったよりも混んでなく、数分ほどで自分の番が来た。

俺は出場券を取り出して受付に渡し、書類を受け取る。

所属機関、冒険者ランク……などの簡単な情報を記入し、提出。

「所属機関が王立マギコス魔導学園で、推薦者が……アルディ学園長!?　す、凄《すご》いビッグネームからの推薦ですね……!?」

「……ほんと、名前だけは有名だなあいつ」

心底不思議なのだが、なぜかあのクソ猫は魔法関係において非常に有名な人物なのだ。なんでも、魔術機関のめっちゃ偉い地位にいるらしいが、どうでもいいからよく覚えてない。俺の認識ではただの性格悪くて粘着質なクソ猫である。

「悪い、早くして貰いたいんだが」

受付が大きな声を出したせいでざわつき始めた周りを見て、早くしろと急《せ》かす。受付は俺の催促にあわあわと慌て、書類の処理を再開した。

「ご、ごめんなさい！　えっと、では、大会ネームはどうされますか？　何も問題がなければ、出場券に記載された本名で登録になるのですが……」

「本名はちょっと。見つかりたくないやつらがいるというか」

「承知しました。推薦の場合、推薦者であるアルディ様の承諾が必要になります。何か確認できる書類などはございますか？」

「ああ、これで」

異空間収納《アイテムボックス》から、事前にアルディに書いてもらった書類を取り出して提出する。

「……確認しました。それでは、大会ネームはどうなさいますか？」

少しだけ考える。

正直、偽名だし何でも良いんだが……まあ、適当に本名をもじったのでいいか。

「じゃあ、〝レイ〟で頼む」

「えっと……レイ、ですか」

受付は俺の大会ネームを聞いて、なぜか言い淀《よど》むような表情を浮かべる。

「あの、あまりこう言うことは言いたくはないんですけども、〝レイ様〟と同じ名前にするのは止めておいた方がいいかと――」

「……なんのことだ？」

同じ名前？　そもそもレイ様って誰だよ知らんわ。

「適当に付けただけなんだけど……〝レイ様〟ってのが誰か知らんが、まあ面倒ごとになりたくないし変え――」

変更しようと思い、そう伝えようとするが。

「ええっ!? マギコスマイアにいて〝レイ様〟を知らないなんて、人生の半分は損してますよ！　ほらほら！　あの方です、あのお方!!」

受付はなぜか声を荒らげて目をぐわっと見開き、少し遠くの広場にある大人三人分ほどのでかい物体――銅像を指差して叫んだ。

俺は首を動かし、示された銅像を見る。

スタイリッシュでかっこいいデザインの全身鎧《よろい》。

同じく、鎧によく似合う、かっこいい感じの長剣。

顔の彫刻は一番気合をいれたのか凄《すさ》まじいほどのイケメンで、キラキラと目が輝いていそうな二枚目顔。

ポーズは躍動感溢《あふ》れる、匠《たくみ》の技術が感じられて、一言で感想を言わせてもらえば「めちゃくちゃ金かけてそうな銅像だな」と思った。

「あのお方こそが、マギコスマイアを救った英雄〝レイ〟様です！　私も当時、レイ様の活躍を拝見してたんですけども、本当に英雄の中の英雄と言っていいほどのお方で……レイ様のおかげで街は発展するし今でもファンクラブがたくさんあって」

「なるほど。そっか、うん、うん」

ぺちゃくちゃと怒濤《どとう》の勢いで「レイ様ＬＯＶＥ」と主張してくる受付。俺は適当に聞いている振りをして受け流す。だって別に興味ないし。そんなことより早く受付終わらせろ。

「近々行われる〝英誕祭〟も、レイ様が赤髪だったことにちなんで、みなさん赤髪に仮装して――」

赤髪と言えば――修行時代にここに来たときは、赤髪のカツラを被《かぶ》ってたな。

あの頃は思春期特有の病の後遺症で、恥ずかしすぎて変装して、名前を変えてたりしたのだ。完全に黒歴史である。もう二度と思い出したくない。

「レイ、英雄レイねぇ……」

そういや、イヴが言っていた人物も〝レイ〟って名前だったような……？

まあ、よくある名前だし関係ないか。人違いだろう。

「それでは、こちらの書類で申請させて頂きますね。大会ネームが〝レイジ〟様で問題ありませんか？」

「ああ、それで頼む」

書類に書いてある内容を確認のために復唱する受付に、問題ないと告げる。

結局――やはり噂《うわさ》の英雄との名前被りは何かと面倒なことが起きるかもしれないと思ったので、名前を変えることにした。

適当につけた名前でめんどいことになりたくないし。避けられるなら避けるべきだろう。

「では、本日の正午から対戦表が発表されます。あと、これをどうぞ」

スッと、四角い箱を取り出して机の上に置く受付。

「これは出場者の方に装着して頂く、アクセサリー型魔導具のランダムくじです！　デザインがいいものばかりなのでけっこう好評なんですよ！　あ、もちろん無料ですし、着けて頂かなくても大丈夫です。出場者プレゼントだと思って貰《もら》えれば！」

「へえー……どれどれ」

無料で魔導具貰えるなんてラッキーと思いながら、四角い箱の上部に空いている丸い穴から中に手を入れ、ガサゴソとくじを取り出す。ちょっと楽しい。

「えっと、〝SSS賞？？？〟。なんだこれ？」

「おおっ！　これはすごいです！　大当たり～!!」

俺がくじを受付に渡すと、近くに置いてあったベルをリンリンと鳴らし「おめでとうございます！」と言ってきた。周りにいた出場者たちも、なんだなんだと注目の視線を向けてくる。

「おめでとうございます！　今回の大会のために、主催者の王族様が特注で作った、一つしかないSSS賞です！　ぜひとも装着して出場してくださいね！」

どうやら、なんかすごいのを当ててしまったようだ。目立つことは避けたかったんだが……やれやれ、困ったな。やれやれ、やれやれ、やれやれ。

「まあ、そこまで言うなら付けてもいいかな？　それで、どんな魔導具なんだ？」

俺まったく興味ありませんけどまあ仕方なく？　といった冷静な態度を装いながら、内心めちゃくちゃワクワクして問いかける。

受付は魔導具を取りにいくために一度席を離れてすぐに戻り「はい！　こちらになりま

す！」とＳＳＳ賞の魔導具が入った箱を俺に渡してきた。

王族特注と言うからには、さぞかし高機能でデザインがかっこいい魔導具に違いない。イケメンの俺が装着したら更にイケメンになってしまいそうだが、まあ大会のルールというのならば付けてもいいだろう。まったく、俺は興味などないんだがな。どれどれ、見てみるか。

……なるほど、これがＳＳＳ賞の魔導具か。ふむふむ、確かにこれは王族が特注で作るほどの代物――

「じゃないんだけど。なにこれいらない」

俺はＳＳＳ賞の魔導具を受付の机にバァン！　と叩《たた》きつけ、受付に返品の意思を伝える。

「ええっ！　ＳＳＳ賞の〝はなめがね〟ですよ!?　本当にいいんですか!?」

「いらない。めちゃくちゃダサい。すごくいらない」

視力を増強させる魔導具〝めがね〟に似ている造形に、各部に装飾された花の飾り。装着したら鼻をすっぽりと覆えるほど大きな、実際の鼻を模した飾りがめがねに装着されている。全体的にファンシーな魔導具……。

なのだが、かわいくもないし致命的にダサい。考えたやつのセンスはどうかしてる。

「……それ、絶対に〝エレナ様〟の前では言わないほうがいいです。あの方、本気でこれがセンスいいと思ってるので……」

受付は小さな声で申し訳なさそうな表情を浮かべる。なるほど、この悪趣味な魔導具を特注したのはエレナという王族なのか。聞いたこと無い名前だな。

「まあ、別に大会中の装着は強制じゃありませんし、せっかくだし記念に持っておいてはいかかでしょう?」

「……持っておくだけなら。ちなみに、これは何に使える魔導具なんだ?」

性能次第ではまあ使えないことも無いだろう。特注するほどの魔導具だし、何かしらに使えるはずだ。

「…………使えません」

「は?」

魔導具で使えないってなんだよ。意味がわからないんだけど。

「その魔導具はただの飾りなので、アクセサリー以外の用途には使えません。めがね型魔導具に人気な〝遠視〟も〝探知〟もついていません。壊れないように〝頑強〟、〝自動修復〟、〝耐性〟はついています。たぶんS級モンスターの攻撃でも壊れません……すごい!」

「すごいじゃないが」

つまり、どんなことでも壊れないクソダサめがねってことか。すごくいらない。

「……やっぱり、いらないからお前にやるよ」

「いえ! そんなのいらな――じゃなくて、王族特注の魔導具なんて私ごときには恐れ多いので、遠慮しておきます!」

俺が「遠慮するな!」と押し付けようとしても、「くじで当たったのであなたのものです！」と一向に受け取ろうとしない。それならと周りの出場者に呼びかけるも、みんな目を逸《そ》らして逃げるように去っていく。

「くそっ……仕方ないから異空間収納《アイテムボックス》にしまっておくか。本当はこんなおぞましい物体いらないけど――」

嫌々、異空間収納《アイテムボックス》に放りなげようとすると、

「――はぁ!?　ちゃんと申請しておいたはずなんだけど！　何かの間違いだろ!?」

耳に聞こえてきたのは、室内に響き渡る、男の大きな声。

何だろうと声の方に顔を向ける。

別の受付で騒ぐ、茶髪の少年と、淡々と対応している受付の女性の姿。

近くにはパーティーメンバーと思われる黒いローブを着た茶髪の少女と、軽装剣士風のシンプルな装備を身に着けた金髪の少年が、困惑した様子で見守っていた。

「申し訳ありません。出場条件を満たされていなかったため、申請は無効にいたしました。詳しくはこちらの用紙に書いてありますので――」

「へ？……あ、ほんとだ書いてある。なんだよせっかく来たのによー」

「……アルト。ほかに言うことがあるんじゃない？　自分の勝手な勘違いでマギコスマイアまで連れてきたパーティーメンバーと迷惑をかけた受付さんに、言うことがあるわよね？」

「ん……ああ。ルーゼも出たかったのか？　何だよそれなら早く言ってくれれば良かった

のに……よし、二人でゴネるぞ！　そしたら多分いけると思う！」

「いけるわけないでしょこのアホ！　いいから早く謝りなさい！　は、や、く!!」

「いでで！　だから耳はやめて！　わかった！　わかったから!!」

茶髪の気が強そうな少女と、茶髪のバカっぽい少年はドタバタと暴れ出す。とても騒がしいパーティーである。

「まあまあ。アルトも悪気は無かったと思うし、ほかの人の迷惑になってるから……」

もう一人のパーティーメンバーである金髪の少年は、苦笑いを浮かべて周りに申し訳なさそうにしていて……あれ、なんかどっかで見たことがあるような――

「――え」

誰だか思い出そうとしていたら、ぱちりと視線が合ってしまった。

金髪の少年が、驚いた顔でこちらを見る。

「あれ、師匠――」

「！」

やっと、誰だか思い出した。同時、手に持っていた〝はなめがね〟を一瞬で装着する。

「カイン？　どうかしたの？」

「いや……何でもない。赤髪だし、師匠があんな変なもの着けるわけ無いし……」

金髪の少年――カインは「人違いだった」と仲間に言い、こちらから視線を外した。

……危なかった。なんでカインがこんなとこにいるんだ。なんか装備も前のキラキラしたやつと違って、ちゃんとした武骨なやつだし……まるで好青年だ。何か心境の変化でもあったのだろうか。

「……」

俺はそそくさと受付会場を後にした。別にこそこそと隠れる必要はない……が、うかつに接触したら何かと面倒くさいことになると俺の勘が告げている。面倒ごとに自分から首を突っ込む必要はないのである。


大会出場者のために用意された個室。

受付で貰ったプレートに自分の大会ネームを記入して扉に貼り付けたあと、正午まで休憩しようとごろごろしていると——通路からこんな声が聞こえてきた。

「——リーナちゃん、今日は頑張ってね！　リーナちゃんが勝てば、師匠である私に研究資金がたんまり入るから！　死ぬ気で頑張って!!　死ぬ気で!!」

「——正直、出たくなかったけど……ま、ほどほどにやるわよ。練習台に丁度いいし」

ここは俺専用の控室なので、そのまま通り過ぎるだろうと思っていた。だが——

「——そんなこと言わずに頑張ってよー！　リーナちゃんが頑張ってくれないと……あれ、誰かいる？　不法侵入？」

そんな声と同時、扉が開かれる。——なぜか、俺の個室の扉が。

「〝出場者名レイジ〟……ここじゃないでしょ。ごめんなさいね。ちょっとこの人、頭がおかしくて──」

入ってきたのは、魔術師のようなローブを身にまとった、爛々《らんらん》とした雰囲気の女性と、気が強そうな瞳に、長い髪を髪留めで縛って左右に垂らした少女。

どちらにも共通しているのが──赤髪で、耳がエルフのように長かったこと。

まるでシャルのような見目をした少女たちだ。なぜだろう、すごく見覚えがある。

というか……

「……あれ、あなたどこかで、会ったことあるような」

「初対面なんだが？ お前のことなんて、見たことも聞いたこともないんだが⁉」

赤髪少女──リーナは、顎に手を当てて不思議そうな顔で、俺の顔を凝視した。俺は冷静を装いながら手で顔を隠し、退出を促す。

「……まあ、気のせいよね。変なめがね付けてるし、あの男は黒髪だったし……それにここで会ってもいまの私じゃ、勝てないもの。もっと強くなってから挑まないと──殺せないからね」

「ごめんなさいね」とローブをまとった女性を摑《つか》んで退出していくリーナ。

「やれやれ……」

バタンと扉がしめられたあと、椅子に深く腰を掛けて座り、嘆息する。

なんでリーナもここにいるんだとか、念のため〝はなめがね〟つけてて良かったとか、何で命狙われてるんだよ意味わかんないとか、あの時の紅蓮《ぐれん》の炎お前だろふざけんなとか、言いたいことはいくらでもあるが――

俺はキリっとした顔で、言った。

「全部終わったら逃げよう。大至急」


『――只今《ただいま》より、第五十七回マギコスマイア魔導大会を開始いたします！　それぞれのブロックの選手は所定の位置に――』

対戦表が発表され……待ちに待った、魔導大会が始まった。

今回の大会の総参加人数は六十四名。

数百人規模の大きな大会とかと比べると、少ない人数といえる。

しかし、参加者はそれぞれ一人一人が選《よ》りすぐられた猛者。決して油断はできない。

大会は三日間続けて行われ、一日目と二日目はA～Dブロックで勝ち抜き戦を行い、最終日に勝ち上がった四名の通過者で総当たり戦が行われる。

開催する年の主催者の意向により、初めから総当たり戦になったり、二～四人で組むチーム戦だったりするが……今回はそのどちらでもないようだ。

しかし、そちらの方が俺にとっても好都合である。勝ち抜き戦の方が全体的なオッズの比率が大きいし、あの計画も……夢が広がるな。

『では、主催者である〝エレナ様〟から選手の皆さんに激励のお言葉を頂けるようです。……エレナ様、宜《よろ》しくお願いいたします』

司会が合図をすると共に設置された魔導具が起動し、映像が空中に投影される。

……が、映し出された豪華な一室には誰もおらず、人影すらも無い。

魔導具の不具合か？　と見ていると、ドタドタガッシャーンと大きな音がして。

『はぁ、はぁ……み、皆様ごきげんよう。マギコスマイア第六王女、エレナ・ティミッド・ノーブルストですわ』

若干息を切らしながら金髪の少女が現れ、優雅にお辞儀をした。

金髪のくるくるとした特徴的な巻き髪に、サファイアのような碧《あお》い瞳。

『まずは……この場を借りて、深く感謝いたします。伝統ある魔導大会に主催として参加できること、とても光栄に――』

華美な印象を受けるドレスに身を包んだその少女は、悠々と挨拶の言葉を語る。

その高貴で高潔な立ち振る舞いと見目麗しい顔立ちもあってだろう。見ていた参加者と観戦席から、感嘆の声を零《こぼ》している様子が見える。

まさに、王女といって良い振る舞いと相貌の少女だ。「第六王女なんて……」と立場の低さを嗤《わら》っていた者たちも、良い意味で裏切られたに違いない。

俺も驚いた。あんな魔導具を作るくらいだからどんな変人かと思いきや……やはり、決めつけるのは良くないな。反省反省ッ……！

と、評価を一転して感心していたのだが。

『ですので、わたくしも主催者として……として？　えっと、少々お待ちくださいませ』

言いながら、後ろに引っ込んでいく第六王女様。

『――スティカ、ここなんて書いてあるの？　難しくて読めないんだけど』

『――そこはこう読みます。お嬢様には難しかったですね。次からはもっと易しく書いておきますね。赤子でも読めるようにいたします』

『――なるほどね、ありがと！……あれ、いまわたしバカにされた？』

『――してません』

そして、何事もなかったかのように戻って平然と続け始めた。高貴？　うん？

『試合中は、ばと、ばとる――ばとるふぃーるど？……が掛かっているのでケガをすることはありませんが……参加者の皆さんは対戦者に敬意を払い、高潔な魂を持って試合に臨んで貰《もら》うようお願いいたします。うえやじるし、ここの部分は優しく言ってください』

その後も、明らかにカンペを見ているのがわかるくらいに一点を凝視しながら喋《しゃべ》ったり、読んじゃいけない部分も読んだりして、最初の印象はボロボロと剝がれ落ちていった。

『――スティカがちゃんと準備しないからでしょお！　あれほどわかりやすく書いてって言ったのにいいい！』

『――申し訳ありませんお嬢様。すべては私がお嬢様の知能を見誤ったのが原因です』

『――ああー！　バカにしたよね！　いままたバカにしたよね!!』

『――してません。事実を言っただけです』

『――余計傷つくんだけどぉ!?　もう許さな――』

声がこちらに届いているのを気付いていないのか、裏に引っ込んだままドタバタと言い合っている高貴な王女様（カッコカリ）。会場内はみんな真顔。俺も真顔。

『…………え、エレナ様、激励のお言葉ありがとうございました！』

投影された映像がブツッと強制的に切断され、司会が苦笑いで締める。

こうして――まったく締まらない微妙な空気と共に、魔導大会が開始された。


『Aブロック第一試合の選手のご紹介を行います――なんとあのビッグネーム、アルディ学園長の直々の推薦！〝D級冒険者〟、レイジ選手！』

気を取り直し、さっそく開始となった試合の闘技場に上がると、登録した大会ネームが声高々に呼ばれ、Aブロック会場内にまばらに声援が上がる。

魔導掲示板に表示された俺のオッズは、三十倍。

「思ったより低いな……まあ、大丈夫か」

想定では五十倍は行くかなと考えていたのだが……アルディの紹介ということで多少の期待を持たれたのだろう。まあ今回の試合のオッズはどうでもいい。それよりも――

「――先生ー！　勝ったら何か奢《おご》ってくれよー！」

「――ジレイくーん！　頑張ってー！」

思案していたら、見知った声が観客席の方から聞こえてくる。

見てみると、ルダスを含めた五名の生徒たちと、嬉《うれ》しそうに手を振るシャルの姿。

俺は苦笑いを浮かべながら、観客席に向かって軽く手を振る。

シャルが居るのはわかるが……あいつらも来てたのか。仮にも有名な子息、令嬢なのに、見る限り近くに護衛がいないのは問題ではないだろうか。

いや、アルディのことだからおそらく反感を買わないようにこっそり護衛を付けているのだろう。たぶん。

「あいつらは……よし、ちゃんと来てるな」

ついでにと観客席を見渡した後、目視で目的の人物――ルナとユーリを発見する。バックレてなくて一安心だ。

……ちなみに、いま俺はあのクソダサい魔導具〝はなめがね〟を装着している。

本当は死んでも着けたくなかったのだが……なんでも、先ほど珍妙な挨拶をかました第六王女がこの試合を見に来ているらしく、大会関係者から「強制は出来ませんが、お願いですから着けて出場してください」と涙ながらに懇願されてしまったのだ。

なので、誠に遺憾ではあるが仕方なく。できるなら今すぐ地面に叩《たた》きつけたい。

『対するは、〝剛勇怪傑〟のクランマスターであり、第五十四回魔導大会の覇者！　今大会の優勝候補でもあり、S級モンスターの単眼巨人《サイクロプス》をたった一人だけで討伐したことで有名な――〝戦剛鬼〟、グラン・ロウバウスト選手！』

対戦相手の男――鋼のような筋肉に分厚いフルプレートを纏《まと》った大男を実況が紹介すると同時に、Aブロック会場内に熱狂的な声援が巻き起こった。

魔導掲示板に投影された大男のオッズは一・〇五倍。かなり低い。

優勝候補と謳《うた》っていることから、誰もがこの男の勝利を疑っていないのだと推測できる。

つまり……俺はクソ雑魚だと思われているということだ。

だが、それでこそ、あの計画が栄える。

「では……両者、試合を開始してください！」

試合開始のホイッスルが鳴り、お互いに対峙《たいじ》する。

「棄権しろ。貴様では俺に勝てん」

相手の出方を窺《うかが》っていると、大男――グランが地を揺るがすような低い声でそんなことを言ってきた。挑発か？

「やってみなきゃわからないだろ？」

「勘違いするな。貴様のことを思って言っている。……傷は癒えるが植え付けられた恐怖は消えぬからな」

グランは少し目線を落とし、俺たちが立っている場所――〝Aブロック第一闘技エリア〟に目線を向けたまま、憮然《ぶぜん》とした表情を浮かべる。

「ああ……そういうことか」

俺はグランを一瞥《いちべつ》して、何が言いたいのかを理解した。

《競技戦場《バトルフィールド》》

《虚言結界》の一種である競技戦場《バトルフィールド》は試合後にはどんなに損傷しても元通りになるが、記憶が無くなるわけでは無い。

この男は敗北するだろう俺を気遣い、前もって忠告を行ったのだろう。挑発してきたのかと思ったがそうではないようだ。案外いい人なのかもしれない。だが――

「悪いが……棄権はできないな。負けるわけにはいかないんでね」

「……ふむ。臆することなく向かうとは……良い心意気だ。気に入ったぞ」

グランは驚いたようにこちらを一瞥し、感嘆の息を吐く。なんか感心されてるけど、別に金が欲しいだけって言った方がいいのかなこれ。

「ならば俺は――その勇猛に応えるべく、グラン・ロウバウストの名において、全力を出すことをここに誓おう」

グランは全身に闘志をみなぎらせ、背中に背負っていた大剣を片手で軽々と構えた。凄《すさ》まじい闘気。

さすがは五十四回大会の覇者といったところだろうか。この男が立っているだけで空間が圧され、ビリビリと震えているのがわかる。

「参る」

数瞬後、グランは亀裂が入るほどの勢いで地面を蹴り、俺に向かって突進した。

鈍重そうな外見からは考えられないスピード。

あのどでかい大剣をこの速度のまま叩きつけられたら、帝級の結界魔法でもただでは済まないだろう。

グランが迫る一瞬。

俺はちらりと、観客席にいるルナとユーリを見る。

すごく不安そうにわたわたしているが……問題ない。

この試合より俺は、〝計画〟をちゃんとルナたちが行えているかの方が心配だった。

そう、天啓の如《ごと》く舞い降りた、あの〝計画〟を――


「――へ？　お主に全額賭ける？」

ルナたちに声を掛け、俺の考えた革新的すぎる計画の概要を話すと……ルナは目を丸くして驚き、そんなことを言った。

「ああ、大会のルールで自分には賭けられないから……お前たちにやってほしいんだ」

「でも、それって不正だと思うんじゃが……？」

「大丈夫だ。別に俺が賭けるわけじゃないからな」

ルナを安心させるように、自信満々に言い放つ。自分に賭けるのは禁止だが、他人に賭けて貰うのは禁止されてない。つまり合法。合法なのである！

「で、でもお主が勝つかもわからんし、お金もこれしか無いし……」

「魔王さま！　せっかくだしやりましょお！　この男が勝てばいいだけの話ですし、もし負けたら私がミンチにします！」

不安そうに、懐からガサゴソと取り出した数枚の硬貨を見ながらつぶやくルナを、乗り気のユーリが後押しするようにそんなことを叫ぶ。

　ユーリの後押しもあってか「うむむ……でも博打《ばくち》は良くないし……お金もちょっとしか……むむぅ」と悩み始めるルナ。よしよし、あと少しあと少し。

　どうやらお金の面で迷っているようなので、俺はルナを安心させるように、優しい声で諭すようにこう言った。

「大丈夫だ。俺も賭け金は少し出すし、合計金額が少なくても問題ない。だって、一つの試合に賭けるわけじゃないし」

「？　どういうことじゃ？」

　こてん、とかわいらしく首を傾《かし》げ、「？」と頭にクエスチョンマークを浮かべながらこちらを見るルナ。

　俺はなるべくわかりやすく説明するために、口を開く。

「つまりだな――――」


「――――なぜ、避けてばかりで攻撃して来ない！　顔つきも腑抜《ふぬ》けていて……俺をバカにしているのか!?」

　考え事をしながら、息つく間もなく振られる大剣をぎりぎりで躱《かわ》していると――グランの怒気をはらんだ叫び声が、俺の意識を現実に戻した。

　……あの日のことを思い出していて、試合がそっちのけになってしまっていた。どうやら顔にも出ていたようだし、怒らせてしまったようだ。

「すまん。別にあんたをバカにしているわけじゃなくてだな。……少し、考え事をしていたんだ。気を悪くさせたなら謝る」

俺は警戒するグランを横目で見ながら、道化のように調子よい声色で言った。

「……少し、算術の問題だ。『今回の試合のオッズは俺が勝つと三十倍。四万五千リエンを賭けたらいくらになるでしょう？』……簡単だな？」

「急に何を言っている。そんなことどうでもいいだろう」

「正解は百三十五万リエン。大金だが……高価な服を買い漁《あさ》るとしたら、これだけじゃ不安だ。次の試合でまた賭けるにしても、優勝候補であるあんたに勝った俺は当然、次の試合のオッズは低くなる……たぶん、いって二倍ってところか」

胡乱《うろん》げに睨《にら》むグランを無視して、呟《つぶや》く。

グランは突然変なことを言いだした俺を訝《いぶか》し気《げ》に睨み、何が来ても対応できるように大剣を更に深く握った。

「順調に勝ち上がって……決勝の総当たり戦までの合計試合は、これ含めて四試合。次のオッズが二倍でその次が一・五倍、次が一・一倍だったとしても――貰える金は四百四十五万くらい。二等分したら二百二十万ちょいにしかならない。……これじゃ、やっぱりちょっと不安なんだよな」

「……」

無言で警戒するように、こちらを睨むグラン。

「――そこでだ。この大会には一試合に賭けるのとは別で、ブロック通過者を予想する賭けがある。これに参加したら代わりに、他の賭博に賭けることはできなくなるが……もし、〝D級冒険者〟である俺が通過したら――オッズは何倍で、四万五千賭けたらいくらになると思う？」

「……戯言《たわごと》を。そんなもの知ら――」

「正解は――」

言いかけるグランの言葉を遮り、右手を向ける。

「〝二〇〇二・五七八倍〟、四万五千賭けで――九千十一万六千リエンだ」

呟くと同時。無数の魔法陣を周囲に展開させ、膨大な魔力弾をグランに向けて放出した。

破壊音が幾重にも鳴り響き、周囲を覆い隠すように舞い上がった砂煙が収まったころ。

「これであと、三試合」

グランがいた周辺だけ、ぽっかりと抉《えぐ》るように大穴が空いた闘技エリアを見て、呟いた。


大会会場近くのリサンテ街道沿い、〝クルルの宿〟と看板に書かれた宿屋の一室にて。

「クックック……フハ、フハハ……ハーッハッハッハァァ！！！」

一人の男が、笑いが止まらないと言いたげな様子で、声高々に高笑いをしていた。

「ククク、計画通り……！」

その男――というか俺、ジレイ・ラーロは目の前の光景を見て思わず、顔を悪人のようにニヤリと歪《ゆが》ませる。

「ひぇぇ……お、お金がこんなにたくさん！　いち、にい……か、数えきれないほどあるのじゃ!?」

近くでちょこんと座っていた幼女――ルナもそれを見て、わなわなと戦慄している様子。

時刻は魔導大会二日目が終わり、日が落ちかけて夕刻になろうかという時間帯。

あれから――俺は魔導大会の一、二回戦を順調に勝ち抜き、二日目の三、四回戦も勝ち抜いて……無事、Aブロックを通過することができた。

ちなみに行った試合はすべて、開始と同時に魔力弾で対戦者が痛みを感じる間もなく消滅させ、一瞬で終わらせた。

その結果。突然現れた新星〝魔弾使いレイジ〟として、他の参加者や記者たち取材陣から囲まれる羽目になったが……隙をついて逃げたから問題はない。

加えて、大会中はずっと〝はなめがね〟を装着していたから、俺の顔も割れていない。

今は変幻の指輪で赤髪に変えているし大会ネームも偽名なので、どれだけ目立ってもまったく不都合はない。完璧だ。

そして現在。宿屋に移動して儲《もう》かった金貨を積み上げ、悦に浸っているという所である。

「それにしてもお主、あんなに強かったんじゃな!?　全員ワンパンじゃったぞワンパン！　すごい！」

ルナは見たことも無い金の山に興奮しているのか、先ほどから何度も「なんでそんなに強いんじゃ!?」と聞いてくる。俺は「筋トレと魔物討伐かな」と答えた。

「ふへ……これだけのお金があれば……魔王さまに似合うかわいい服をいっぱい買ったり、ドーレとフィアたちには言わないで、ふたりだけの家なんかも建てたりして――ふへ、ふへへへへ」

ユーリに至っては、積みあがった金貨を凝視して、だらしない顔で妄想の世界に旅立っている始末。

「……そうだ！　魔王さま。この人間が出る明日の試合にもこれ全部賭けましょお！　そうすればもう一生お金に困ることはありません！」

「いい案じゃユーリ！　赤い人――いや、〝レイジ〟よ。わしはお主に全てを賭けるぞ！お主に決めたっ!!」

「……盛り上がっているところ悪いが、最終戦は賭博NGだから無理だぞ」

水を差すように言うと、「あっ、そっかぁ……」とわかりやすく消沈する二人。

この二人、すぐ熱くなるから賭博とか向いてないんじゃないだろうか。儲かっても次の瞬間には無くなってそうなんだけど。

あと、レイジは大会ネームで俺の本当の名前はジレイなんだが……まあ、別に訂正するのも面倒だからこのままでもいいか。

「よし。じゃあ俺はここからこっちを貰《もら》っていくな。それじゃまた――」

立ち去ろうとすると。

「ちょ、ちょっと待つのじゃ！　それ、お主の方が明らかに少ないんじゃが？」

俺が持って行こうと詰め込んだ、金貨が入った袋（三千五百万リエンくらい）を指さしてそんなことを言うルナ。

「……まあ、今回は協力して貰ったからな。お前たちが居ないとできなかったわけだし、俺はこれで問題ない」

「で、でも！　それを言うならわしたちはレイジが誘ってくれたお陰じゃし……それに賭けたお金もわしが二万でレイジが二万五千なんじゃから、お主の方が多く――」

「……別に、俺はぐうたらできればいいだけだから、あんまり金は必要ないんだよ。今回金が欲しかったのも必要になったからだし」

それに……昔からなぜか、金を無駄に多く持っていると、面倒ごとが頻繁に起きるのだ。

一時期、「もし王様になれなかったときのために、一生引きこもれるだけの金をかせごう！」と頑張っていたときがあったのだが、かなりの額が溜《た》まった頃に面倒ごとが起きて全部消えた。

酷《ひど》いときには持っていた金額よりも消費した金額の方が多くなったりして……いつの間にか、借金が出来ていたりする。まったくもって意味がわからない。

だから俺は基本的に、金は必要以上に持たないようにしている。

必要になったら稼げばいいだけの話だし、別に贅沢《ぜいたく》な暮らしがしたいという気持ちもない。たまに金が多く入って、魔導具が買えれば俺はそれでいいのだ。

今回みたいに急に金が必要になるケースもまれにあるが……それでも、今までなんだかんだで毎回なんとかなっている。

だから、何の問題もない。それに——

「……ま、その金で服とかお菓子とか買ったらいいんじゃないか？　金があれば、お前たちみたいな悪ガキが盗みに入ることは無いだろうしな」

ちらりとルナとユーリのみすぼらしい服装を見ながら、やれやれと肩をすくめる。

この前みたいに店に盗みに入られても困るから、仕方なくである。

以前聞いた話によると、二人で旅をしているらしいし……見たところ、親のような存在も居なそうだ。ユーリは姉って感じだし、髪色が違うから血は繋《つな》がってないだろう。

「ほんと、本当に……お主はいいやつじゃな！　ここまで優しい人間は初めてじゃ……！」

目をキラキラと輝かせて、感極まったような態度でなぜかそんなことを言うルナ。

「やりましたね魔王さま！　じゃあ早速このお金で魔王さまに似合う服を買いに行きましょお！　さあ行きましょうすぐ行きましょお！」

「わ、わかったから服を掴《つか》むでない！　おぬし馬鹿力なんじゃから破けるじゃろ！」

ユーリは頬を染めてハァハァと息を荒らげながら叫び、ルナとわちゃわちゃする。

ちょっとユーリが興奮してて気持ち悪いと思った。

……んん？　なんかデジャブ。どこかでユーリに似たような人物を見た気がするような……？　まあ、気のせいだろう。ユーリとは初対面のはずだしな。

「人間！　あなたはけっこう役に立つようだから、魔王さまがこの世界を支配した暁には、特別に生かしておいてあげても――」

「ユーリ！　レイジは恩人なんじゃから、失礼なことを言うでないぞ！……レイジ、わしはマギコスマイアでの用事は終わったから、明日レイジの試合を見た後に馬車で別の街に行くが……また会えることを楽しみにしておるぞ！　その時はわしに出来ることがあれば、何でも言ってくれてよい!!」

「おー、俺も楽しみにしてるわ」

金貨が詰まった袋を異空間収納《アイテムボックス》にぶち込み、扉を開けて部屋から出る間際、ルナたちの方を見ずにひらひらと手を振ってそんなことを言った。

ルナはあんなことを言っているが、おそらくまた会うことは無いだろう。

旅の途中で何度も同じ人物に遭遇するなんてことはそうそう起こらない。人生は一期一会なのである。

チェックアウトを済ませ、笑顔でぶんぶんと手を振るルナを後目《しりめ》に見ながら。

明日の最終戦のために寝て身体《からだ》を休ませるべく……シャルの屋敷へ向けて、歩き出した。

ルナたちと別れて家に帰ってご飯食べて寝て翌日。

『ただいまより――第五十七回マギコスマイア魔導大会最終日。通過者四名による総当たり戦、第一試合を開始いたします！』

魔導大会の最終戦、総当たり戦が始まった。

会場も勝ち抜き戦の時と違い、更に広い何千人も入りそうな会場。

「……よし、行けるとこまで行ってみるか」

正直、当初の目的であるお金は手に入れたので、ここで棄権しても問題はない。アルディへの弁償代三千万と服代として五百万は確保したし。

しかし……今回の大会の優勝賞品は例年と違い、魔導具。

優勝賞品になるほどの魔導具であれば、是が非でも手に入れたいと思うのがコレクター魂と言うものだろう。つまりめっちゃ欲しいから棄権したくない。何が何でも絶対に手に入れる。

……ちなみに、リーナも魔導大会のBブロックで出場していたようだが、あと少しで通過という所で棄権したらしい。

火力が足りないとかなんとか言って棄権したようだが、詳細はよくわからない。まあ対戦相手の相性が悪かったのだろう。

『では、選手のご紹介を――まさかまさかの大波乱！　誰一人として、この展開は予想していなかったに違いありません！　Aブロックにて優勝候補だった〝戦剛鬼グラン〟を打倒し、〝剣舞姫アローレ〟、〝闇呪師ワイズ〟といった猛者達《たち》をも倒した、今大会で一番注目されている期待の新星！　D級冒険者とは思えない圧倒的な魔力弾で対戦者を一瞬で消滅させた男――〝魔弾使い〟、レイジ選手！』

俺の紹介が行われ――会場内から割れんばかりの、熱狂的な声援が巻き起こった。

思った以上に注目されている。

大会後にはいろいろと面倒なことになりそうだが……何の問題もない。名前も偽名だし姿も違う。逃げればいいだけの話だ。

俺の実名を知っているのは、提出した書類を見た大会関係者と、主催者であるエレナという王族くらいだろう。

参加者の情報は漏洩《ろうえい》しないはずだし、王族とは関わることもない。つまり問題ない。

『対するは――これまた大会初出場者！　自分では一切手を出さず、Bブロックの全ての試合で対戦相手に降参を選択させた新星！　そのねちっこくしぶとい戦闘スタイルが亀に似ていることから〝亀勇者〟と揶揄《やゆ》され、会場は冷えっ冷えでブーイングの嵐！　A級冒険者で【硬】の勇者でもある男――ロード・シュヴァッハ選手！』

実況が俺の対戦相手を紹介すると同時、会場内にブーイングが巻き起こる。「ちゃんと戦え！」「亀勇者！」と、物を投げてくる観客もいた。これはひどい。

「フッ……世俗の評価で我を測ることなど不可能！　我は唯一無二にして絶対的な存在。その程度の中傷で傷つけられることなどあらぬ……！」

対戦相手である男――ロードは銀色に輝く前髪をファサッと掻《か》き上げ、ニヤッと笑みを浮かべる。

「おい……足、震えてるけど」

「……気のせいであろう。我は【硬】の勇者ぞ？　その精神強度はオリハルコンの如《ごと》く。周りのブーイングが怖くて泣きそうなんてことは……ないのである。ないのである」

「……そういうことにしておく」

不遜な態度と裏腹に膝が笑《や》いまくっているようだが……突っ込んで欲しくないみたいなので、これ以上追及するのは止めた。

「というか、その話し方止めてくれないか？　昔を思い出して死にたくなるから」

こいつの話し方……いちいちキザったらしくて、聞いているだけでもぞもぞとするのだ。まるで、十三歳くらいの思春期特有の病を患っていたころの自分を見ているようで。

「それはできぬな。これは我の〝存在証明《アイデンティティ》〟。我その物と言ってもいいのだ。捨て去ることなど不可能！」

「まあ、別に人の趣味にとやかく言うつもりはないけどさ。……その恰好《かっこう》はさすがに、数年後に後悔するかもしれないから止めたほうがいいぞ」

暗殺者かと見間違えそうなほど真っ黒な服装に、これまた黒い胸当てや籠手《こて》などの装備を着けた風貌。

髪はさらさらとした銀髪で、瞳は魔導具で変えているのか左右で赤、金と違った色。

アクセサリーなのか腕には包帯が巻かれていて——なぜか、動きにくそうな漆黒のマントを羽織っていた。

黒で全身を覆うのは確かにかっこいい。俺も昔、そんな時期があった。

だがしかし。それはいずれ自分を苦しめることになる諸刃《もろは》の装備。

こいつの年齢は……見たところ十七歳くらいだろうか。いつから発症しているのかわからないが、ご愁傷様と言うほかない。

「それでは――両者、試合を開始してください！」

実況の試合開始を告げるホイッスルが鳴り響き、試合が開始された。

俺は他の試合と同様に、この試合も一瞬で終わらせようと魔力を練るが、

「フッフ……〝魔弾使い〟よ。貴様もなかなかやるようだが、我に勝つことはできぬ。なぜなら我は【硬】の勇者であり――〝深淵の監視者《アビス・オブサーバー》〟なのだから」

「深淵の監視者《アビス・オブサーバー》？」

よくわからないことを言いだしたロードに、首を傾《かし》げる。

俺も勇者を志望していた身なので、聖印や勇者関係の情報をある程度は知っている。

【硬】の勇者が使える中で有名なのは――《絶対防御《アブソリュートディフェーザ》》だろう。

自身の周りに高度な結界魔法を幾重にも展開させ、絶対的な防護結界を発生させる、【硬】の勇者にだけ使用可能な結界魔法。

その防御力は、帝級の防護結界を何度も重ね掛けしたのと同じくらい絶対的な防御力を誇るらしく、聖印図鑑に載っていた情報によると、Sランク龍のブレスを受けてもキズ一

つ付くことが無かったらしい。

……だが、〝深淵の監視者《アビス・オブサーバー》〟なんて固有名詞は勇者図鑑でも聞いたことが無い。なぜかちょっとだけ聞き覚えがある単語だが……もしや、こいつだけが使える特殊な魔法か何かなのか？

未知の魔法に警戒していると。

「そう、我は〝深淵の監視者《アビス・オブサーバー》〟。すべての魔を滅する存在であり――〝王《マイロード》〟の帰還を待ち望む〝従者《バレット》〟。そして――」

言いながら、本のような、分厚い何かを懐から取り出すロード。

「この聖典――〝深淵ノ滅命創成期《アビスカタストロフィジエネシス》〟こそが我がバイブル！　我の人生を変えた、〝王の書〟！……フフ、羨ましいだろう！」

「……ん？　ちょっと待て。それ、どこかで――」

興奮した様子で見せびらかしてきた、ロード曰《いわ》く〝王の書〟をまじまじと見る。

黒一色の装丁に、禍々《まがまが》しい魔力を纏《まと》った魔導書らしき本なのだが……なぜか、どこかで見た気がする。

しかも、見ているだけですごく嫌な感覚を覚える。

まるで、今にも頭を抱えてじたばたと動き回りたくなるような――

「そも、我が勇者になったのも、この聖典を書き記した〝王〟――〝ジ・ゼロ〟にお仕えするため！　あぁ、我が王よ！　早くお会いできぬものか……！」

「……それ、ちょっと見せて貰《もら》えないか」

「ぬ？　フフ、やはり貴様も、王が作られたこの〝王の書〟に興味があるのか……だがしかし！　これは世界に一つしか無い、我がバイブル！　口伝《くでん》にて布教するのは構わぬが、触らせるわけにはいかぬ！……だってこれは、我が必死こいて何回も修復魔法をかけて復元した、〝王の書〟なのだからな！」

「それよこせ今すぐ燃やす」

思い出したと同時、ロードの持っている〝王の書〟を、今すぐにでも燃やしたくなる衝動に駆られる。

あのかっちょいい感じの装丁。

〝ジ・ゼロ〟と言う名称、〝深淵の監視者《アビス・オブザーバー》〟という聞き覚えのある単語。

ロードが持っているそれは完全に間違いなく、五年前に俺が衝動的に書いた、書いてしまった——黒歴史ノートだった。

「いますぐそれをよこせ。完膚無きまでにこの世から消滅させるから」

そもそもあの黒歴史ノートは昔、俺みずからの手で完全に燃やし尽くしたはずだ。

修復不可能なように跡形も残さず燃やして塵《ちり》にして、誰にも見つからないように迷宮の最下層に撒《ま》いた。なのになぜこいつが持っているのか。意味がわからない。

「フッ……我と〝王の書〟の出会いはまさに導きだった……迷宮探索中、最下層に隠された王の書の残骸に込められた膨大な魔力を一つ一つ探し出し、丁寧に修復魔法で復元していったのは今でも覚えている……あの出会いが我を変えてくれたのだ！」

「なんてことしてくれてんの？」

そういえば、あの時は何も考えずに「どうせ作るなら魔力込めまくっておくか。そっちの方がかっこいいし」とかいう理由で無駄に魔力を込めていた。どうやらそれが原因で復元されたようである。最悪かな？

「そして、我の目的はただ一つ。我を変えてくれた〝王〟――ジ・ゼロに出会い、従者としてこの身を捧《ささ》げることのみ！　この大会に出場したのも、ジ・ゼロの趣味が〝魔導具集め〟だと記述があったからにして――」

「いいから早くその物体をよこせ！　もう二度と復元できないように消滅させるから！早くよこせ！」

「早くしろ」と催促するも、一向に渡す気配が無いロード。しまいには〝ジ・ゼロ〟がいかに自分を変えてくれたのかを語り、布教をし始めた。

……穏便に済ませようと思っていたが、どうやら難しいようだ。試合開始から長々と話していて観客もブーイングし始めたし、もう終わらせよう。

「――〝王〟は一向に現れてくれない。だが我は既に――〝王〟の目星が付いている」

「……なんだと？」

魔弾で消滅させようと手を掲げるが――ロードの発言に思わず聞き返す。目星が付いているって、そんなバカなことがあるわけ――

「我は……近頃、勇者の間で有名な――〝ジレイ・ラーロ〟なる人物が〝王〟なのではないかと推測している」

あった。がっつりバレてた。

「な、何の根拠があって――」

「最近、勇者ランキング上位のレティノア嬢が、熱心に入れ込んでいるという人物が勇者の間で話題でな。言伝によると――〝何者にも負けない絶対的な力〟、〝誰よりも勇者といっていいほどに民を想《おも》う慈愛心〟、〝魔導具が好き〟、〝レティノア嬢のパーティーに所属(予定)〟――らしいのだ」

「やりやがったなアイツ……！」

どうやら、レティが色々と言いまくっていたようだ。なんてことしてくれる。レティのパーティーに所属する予定なんて微塵《みじん》も無いし、慈愛心とか欠片《かけら》も無い。俺のイメージが間違いまくってる。

「これなら、我の想像していたイメージとも合致するし、〝王〟たるジ・ゼロも無類の魔導具好き。名前も〝ジレイ〟と〝ジ・ゼロ〟で似ている……これはもう〝王〟に違いないであろう！」

手を大仰に広げ、自信満々に言い放つロード。死にたくなってきた。

……絶対に、何が何でもあの黒歴史ノートを書いたのが俺だとバレないようにしよう。バレたら死ぬ。恥ずかしすぎて俺の心が死ぬ。

「フフ……〝ほかの勇者たちも動き出した〟ようだし、我も早くジ・ゼロを探し出し、従者にして貰わねばならぬ！　ああ、待ち遠しいぞ……」

「ほかの勇者？　動き出した？」

聞き捨てならない単語が聞こえた気がする。

「あのレティノア嬢が入れ込むほどの人物であるぞ？　しかもまだ、パーティーには正式に所属していないと言う。……優秀な人材を常に求めている勇者の間で、争奪戦が起こるのは――当然であろう？　もちろん我も例外ではない！」

「最悪だ。最悪すぎる」

そんな情報聞きたくなかった。

レティだけでも手を焼いているというのに。ほかの勇者もとか最悪すぎる。

「フッ……驚いているようであるな？　〝D級冒険者〟である貴様には関係ない話だったかもしれ………む？　そういえば、〝ジレイ・ラーロ〟なる人物も〝D級〟と聞いたような……？　よく考えたら、レイジという名前もどことなく似て――」

「気のせいだ。それ以上考えるな」

顎に手を当て、思案し始めたロードを止める。見た目アホっぽいのに無駄に鋭いな。

「……まあ、いい。我がこの大会で優勝して賞品の魔導具を手に入れれば、〝王〟からのコンタクトがあるであろうからな。そのために、貴様には負けてもらおう。――《絶対防御《アブソリュートディフェーザ》》」

ロードは前髪をファサッと掻き上げたあと、かっこよさげなポーズを取りながら、《絶対防御《アブソリュートディフェーザ》》を展開させた。

聖印図鑑で見た情報では……過去の【硬】の勇者は《絶対防御《アブソリュートディフェーザ》》を展開して理不尽ともいえる防御力を維持したまま、聖剣や大盾で攻撃を行う戦闘スタイルを行っていたらしい。

……だが、こいつは見たところ、腰に下げた聖剣らしき長剣を抜く様子も無いし、何ならかっこよさげなポーズのまま微動だにしない。何してんだ？

「〝魔弾使い〟よ！　早くかかってくるがいい！　そして我の《絶対防御《アブソリュートディフェーザ》》のあまりの防御力故に、絶望に誘《いざな》われるがよい……！」

口は達者だが、一向に攻めて来ないロード。あ、もしやコイツ——

「もしかしてお前——攻撃は出来ないのか？」

確か【硬】の勇者の中でかなりのイレギュラーとして……《絶対防御《アブソリュートディフェーザ》》を展開中、移動不能で攻撃が一切出来ないようになる勇者もいたと書いてあった気がする。

「……フッ。我の《絶対防御《アブソリュートディフェーザ》》は攻守一体。聖剣《深淵ノ黒剣《アビスブラックソード》》で直接手を下すまでも無し……それに、この剣なぜか抜けんのでな……！」

ロードはかっこいいポーズを維持したまま、堂々と情けないことを言った。かっこ悪い。

「そうか、動けないのか……よし」

その姿を見て、あることを思いついた。

こいつは【硬】の勇者で《絶対防御《アブソリュートディフェーザ》》を展開中。

つまり並みの魔法は効かないってこと。

だが、この闘技場には《競技戦場《バトルフィールド》》が掛かっていてどんなに壊れても元通りになる。

そして俺はいま変装中……と、いうことは。

――本気で魔法ぶっ放しても、問題ないんじゃね？

よし、さっそくやってみよう。

使う魔法は……あれでいいか。たぶん一番火力高いと思うし。

「――黄泉《よみ》に宿りし悪霊。朽ちし死神の幻霊。我が魔力を殺と為《な》し、現世に顕現せよ。敵を、味方を、弱者を、強者を……我が正義をもって敵を処刑し、世に混沌《こんとん》を為せ――《浄化虐殺《カルネージカタルシス》》」

長い詠唱が完了し……闘技場内が数多《あまた》の魔法陣で埋め尽くされる。

「……へ？　ちょ、ちょっと待ってくれ、それはさすがに無理――」

次の瞬間。無数の魔法陣から出現した、禍々しい幻霊が一斉に大口を開け――膨大な魔力をロードに向かって咆哮《ほうこう》した。

空気がビリビリと震え、視界が閃光《せんこう》で埋め尽くされたので目を瞑《つぶ》る。まぶしい。

数瞬あと、目を開けて確認すると。

俺の立っていた所を除く《競技戦場《バトルフィールド》》が掛かっていた闘技エリアがすべて、ごっそりと消滅していた。

代わりに、底の見えないほど深い大穴を残して。

数時間後。

一回戦に無事勝利し、なんやかんやあって二回戦も勝利して、最終戦までやってきた。

ここまでの戦績は、今から戦う対戦相手と俺が二勝〇敗ずつ、ロードが〇勝三敗、二回戦で戦った魔導士が一勝二敗という結果だ。

ちなみにロードが連敗しているのは自信があった《絶対防御《アブソリュートディフェーザ》》があっさり突破されてしまい、あれからずっと部屋にふさぎ込んで棄権しているらしい。なんかごめん。

二回戦目の対戦相手は、完全に魔法戦闘特化の魔導士だったので、相手が魔法を使う瞬間に術式を掻《か》き消した。

そしたら「うぅ……何でぇ……」とか涙目になって（というかちょっと泣いてた）降参を申し出てきた。

そして——最後の試合、最終戦。

「では——試合を開始してください！」

試合開始のホイッスルが鳴り、俺は対戦相手を観察する。

年齢は十六歳くらいの少女。

顔に仮面のような目だけを覆う魔導具を付けており、地面に付くほど長い銀色の髪。

服装はこれから戦うとは思えない、黒を基調としたゴシックドレスを纏っており……どこか、怪しげな雰囲気の少女だった。

解説の情報によると、冒険者を始めてわずか一週間でB級にまで上り詰めた天才らしい。

しかし、どうやってそこまで早い昇格を果たしたのかは謎でわかっていない。

その戦闘スタイルも謎に包まれており、戦闘開始と同時に黒い霧が発生するせいで何をやっているのかわからないし、対戦者も何をされたのか覚えていないという。

つまり……まったくの未知数。どれほど強いのかがまったくわからない。

身に纏《まと》う魔力にも何やら黒い歪《ゆが》みがあることから……偽装しているのは間違いない。いずれにせよ、油断はできない相手ということだ。

俺は警戒し、相手の出方を窺《うかが》うが、

「初めまして。レイジ……だったかな？　ボクはエンリ。若輩者だから、お手柔らかにお願いするね？」

柔らかに微笑《ほほえ》み、こちらに片手を差し出す少女——エンリ。

あれ。なんか第一印象の謎めいた感じと違って、謙虚で明朗な親しみやすそうな少女だ。

案外いいやつなのか？

「おう、よろし——」

俺もエンリと同様に手を差し出し、握手するが——

「いッ！」

ピリッと手に電流が走ったような感覚を覚え、すぐに離す。なんだ、今の？

魔法を使う素振りは一切なかった。というか魔力の流れを一切感じなかったから魔法はあり得ない。

そもそも俺は常時、寝ているとき以外は基本的に《身体強化》で肉体を防護している。

だから、余程のことが無いかぎり痛みを感じることはない。それなのに、なぜ――

「――！　きみ――」

しかし、エンリもこれは想定外のことだったようで、驚いたようにこちらを凝視していた。え、お前がやったんじゃないの？

「……そっか、残念。あと少しだったんだけど……まあ、仕方ないかな」

「……？」

ため息をつき、意味のわからないことをブツブツと呟《つぶや》くエンリ。

「審判さん。この試合、降参するよ。ここじゃ――勝てないから」

そして、なぜか降参を申し――え、なんで？　俺なんもしてないんだけど。

「おい――」

「また、別のどこかで会ったらその時は、ゆっくりお話ししようね。……じゃあ、また」

エンリは一礼してからスタスタと闘技エリアを降りて行き、退出する。

あまりのあっけない結末に会場にいる誰もがポカーンとした顔をしていて、会場内は静寂に包まれた。

数瞬あとに、実況がハッと気が付き、

「ゆっ……優勝は――――〝D級冒険者〟、〝レイジ〟選手ぅうううううう！！！」

と、大きな声で叫んだ。

「何これ」

なんかよくわからんけど優勝した。


「なんか締まらない優勝だな……別にいいけど」

優勝者として特別室に通された後、俺は賞金と魔導具を貰《もら》うために、豪華なでかいソファの上で寝転がり、待機していた。

大会の終わり方はめちゃくちゃ不完全燃焼ではあったが、勝ちは勝ちである。観客は盛り上がらないラストにブーイングの嵐だったが、俺にはそんなことは関係ない。

それと……優勝者である俺と少し話をしたいという人物がいるらしい。

面倒だから断りたかったのだが、優勝者の義務と言われてしまったので、仕方なく話を聞くことにした。まあさっさと金と魔導具貰って帰るからいいけど！

「賞金か……何に使おうかな？　アルディへの返済金は既にあるし、魔導具でも買っちゃうか？　賞品の《空間転移《テレポート》》の魔導具もいい物に違いないし、最高かよ……！」

賞金の使い道と、貰える魔導具を夢想し、盛り上がる俺。超たのしい。

「――レイジ様。お待たせいたしました。……〝エレナ様〟、どうぞ」

「――失礼いたしますわ」

コンコンとドアをノックする音が鳴り、ドアが静かに開かれる。……ん、エレナってどこかで聞いたような気がする。

「お初にお目に掛かります。まずは自己紹介を。わたくしはマギコスマイア第六王女――エレナ・ティミッド・ノーブルストと申しますわ。以後、お見知りおきを」

俺はその人物の名前を聞いて慌てて、ソファから跳ね起きて居住まいを正す。

「こ、これはこれは、わざわざご足労いただき――」

「敬語は不要ですのよ。これからのわたくしとあなたの間にはそんなもの必要ないですわ」

「へ？　いや、そういうわけにはですね……」

「お気になさらないでくださいな。レイジ様――いえ、〝ジレイ・ラーロ様〟」

慣れない下手くそな敬語で喋《しゃべ》る俺に、なぜか大会ネームではなく、実名で呼ぶ人物……マギコスマイア第六王女であり、この大会の主催者でもある重要人物の少女。

金髪のくるくるとした、特徴的な巻き髪に、サファイアのような碧《あお》い瞳。

華美で高貴な印象を受けるドレスに身を包んだその少女――エレナ・ティミッド・ノーブルストは、自信満々な声色でこう言った。

「あなたを――わたくしの、夫にしてあげますわ！」

「……は？」

意味のわからない発言に、敬語を忘れて間抜けな声を出す。

「ですから……あなたをわたくしの夫にして差し上げますと言っているんですの。……ふふ、嬉《うれ》しくて声も出ないのかしら？」

「いや、嬉しいというか……意味がわからないというか……」

「照れなくてもいいですわよ？　本当は嬉しいのでしょう？」

胸を張り、自信満々な様子で言うエレナ。普通に嬉しくない。

「というか、早く賞金と魔導具貰えません？　もう疲れたから帰りたいんですが」

「お待ちくださいませ。先にサインを済ませてしまいましょう。ささ、こちらに」

エレナはどこからか婚約誓約書と書かれた紙を取り出し、ぐいぐいと迫ってくる。

「ふふ、素直になっていいんですのよ？　敬語も不要です」

「えーっと……じゃあ、無理。絶対」

そう言うとエレナはピキーンと固まった。

「な……なんでですの？　わたくし、自分で言うのも何ですが超絶美少女でしょう？」

本当に自分で言うな。

「……まあ確かに整ってると思うが、顔がいいからってだけで結婚とかするわけないだろ。それに、お前と俺は初対面だし」

「そ、そこら辺は結婚してからお互いを知ればいいんですわ！　それに初対面なんて関係ありませんことよ！　ずきゅーんとわたくしの心にクリーンヒットの……あれ、ど忘れしちゃった……えっと――」

「一目惚《ひとめぼ》れですお嬢様」

「そうそれ！　一目惚れだったのですわ！」

「嘘《うそ》つけ！　絶対いま考えただろ！」

エレナは「本当ですの！　これはマジですの！」と必死に叫ぶ。めっちゃ嘘くさい。

「それに、俺にメリットが無い。何でお前がそんなことを言ってきたのかわからんが、他を当たってくれ」

「メリットならありますわ！　結婚したら、わた、わたくしのこの豊満な身体《からだ》を、すすす好きにしていいというメリットが！　これならあなたも文句はないでしょう！」

やけくそ気味に腕を組み、胸部装甲を強調させながら叫ぶエレナ。

「豊満な身体……？」

エレナいわく、〝豊満な身体〟をジロジロと不躾《ぶしつけ》に見る。エレナはなぜか自分で言っておいて恥ずかしいのか、顔を赤くしてもじもじしているが、構わず凝視する。

確かに自分で言うのもあり、大きな胸部装甲を持っているようだ。

だが、魔導具が好きな俺ならわかる。これは――偽物だと。


「《帝位鑑定》」

■魔導具名：模造装甲《レプリカアーマー》

■魔導具等級：古代遺物級《アーティファクト》
【効果】

身体に装着し、装甲を作り出す魔導具。

身体の部位に関連する物であれば再現可能。

色・形・強度を変幻自在に変えることができ、既存の鎧《よろい》をコピーして、機能や見た目がそっくりの鎧を作り出すこともできる。

腕、手、足などの生身も再現できるが、あくまでも装甲なので、動かすことはできない。

高度な魔力偽装がかけられており、一見すると魔導具だとわからない。
■装着者：エレナ・ティミッド・ノーブルスト
■装着部位：胸部（AAA↓G）

「AAA……まな板の間違いでは？」

「ふぁ!?　な、何でそれを――こ、この変態！　すけべ！」

「透視魔法じゃないから安心しろ。……まあ、これでデメリットしかないってわかったな？　じゃあさっさと魔導具と賞金をくれ」

「……ちょっと、ここで待っててくださいな。スティカ、こちらへ」

「はぁ？　いやそんなことより賞金を――」

「ここで、待ってて、くださいな」

「いやもう話すこと無――」

「あなた、ここで、待つ」

「お、おう……」

有無を言わさない態度でそう言い、近くで待機していたスティカと呼ばれたメイド服の女性を連れて部屋から出ていくエレナ。思わず了承してしまった。

隣の部屋のドアがパタンと閉じる音が聞こえて、

「――なんなのあの男ぉぉ！　わたしちっちゃいの気にしてるのにデメリットとか言うし……！　そっちだって目濁ってるくせに！　濁ってるくせにぃ!!」

「――落ち着いてくださいお嬢様。確かにお嬢様の胸は絶壁で僅かな起伏すら無いですが、それでも健気《けなげ》に生きています。ちなみに私はHカップです」

「――全然慰めになってないんだけど！　むしろ追い打ちになってるんだけど!?」

でかい声で叫ぶエレナと、それを窘《たしな》めるスティカの声。

「――というか全然ダメじゃない！　スティカが『あのユニウェルシア王国の〝天使王女〟に匹敵するほどのお嬢様の魅力ならいけるはずです。ゴーゴー』とか自信満々で言うからやったのに！　まったく興味なさそうだったじゃないの！」

「――何言ってるんですかお嬢様。理想の王女として名高く他国から複数の縁談があっても『心に決めた人がいる』と全て断っているお方に、へっぽこ王女であるお嬢様が敵《かな》うわけがないでしょう。寝言は寝てからにしてください」

「――あれぇ？　この人本当にわたしの侍女？」

「――ではお嬢様。こうなったらもう同情を誘いましょう。いい感じにしおらしくお願いしたらいけるはずです。…………たぶん」

「――いまたぶんって言った？」

「――言ってません」

そして、エレナとスティカは少し段取りを話し合い、揉《も》めているのかドタバタと騒がしく喚《わめ》いた後、戻ってきた。

「お待たせっ……ズズッ……しましたわ」

戻ってきたエレナの顔は、泣いていたのか目元が少し赤くなっていて、時折ズビズビと鼻をすっていた。鼻かんでから来いよ。

「あなたがわたくしと結婚したくないことはわかりましたわ。でも……これを聞いたら、あなたも考えが変わるはずです」

「いや、さっきの全部聞こえてたから。普通に変わらないから」

全部丸聞こえだったわ。変わるわけないだろ。

「え？　ちょ、ちょっとスティカ？　音消しててくれたんじゃ――」

「忘れてました。てへ」

機械のようなピクリとも動かない顔で、「てへ」とかのたまうスティカ。

「……実はいま、マギコスマイアの王宮内で王族同士の継承争いが始まっているのです」

エレナはスティカの言葉に固まってプルプルと震えたあと、何事も無かったかのようにそう言った。どうやら、聞かなかったことにしてほしいらしい。

「ここ、マギコスマイアは今でこそ、魔導以外の呪術や剣技も評価されていますけど……王宮ではまだまだ魔導至上主義の考えが多いのが現状ですわ」

「ふーん……」

何やら、凝り固まった考えの人間が多いらしい。まあ、そりゃすぐに全員が変わるわけ無いし当たり前だろう。

「その中でも一番、魔導至上主義を謳《うた》う、ダリウス・ティミッド・ノーブルスト——わたくしのお父様は『より魔力が多く、様々な魔術に長《た》け、なおかつ強い人物を連れてきた者を王にする』と宣言いたしました」

「……なんだそりゃ。何で〝連れてきた者〟なんだ？　王族同士で比べればいいだろ」

「兄妹間での比較となると、どうしても優劣が激しくなってしまい公平ではなくなってしまうからですわ。だからお父様は〝夫〟ないしは〝妻〟を連れてきて、その人物を評価することにしたようです。……まあ、子孫に色濃く魔力を受け継いでもらいたいという打算もあったみたいですけども」

つまり、トーナメントでド派手に魔法をぶっ放してしまった俺に目をつけて、こうして話を持ち掛けてきたということだろう。何それめんどくさい。

「それに、あなたならあの忌まわしい〝心臓を抜き取る悪魔〟もきっと——」

「お嬢様。まだ信憑性《しんぴょうせい》のない話ですから、話しすぎないようお願いいたします」

「うっ……それはそうですけど」

「犯人は騎士団が捜索中です。市井の人間に余計な心配をかけてはいけません」

「……わかりましたわ」

うつむいて暗い顔で話している二人。……何か事件でもあったのか？

エレナはこちらを見上げて。

「ですから……お願いします！　わたくしにはもうあなたしかいないんですわ！」

「うーん……でも結婚とかはなあ……」

先ほどまでのふざけた様子と違い、必死の顔で頼み込んできていることから……継承うんぬんは事実なのだろう。こいつ演技できなそうだし。

もしかしたら、兄妹に命を狙われているから仕方なくとか、そういった事情があるのかもしれない。まあ俺には……関係ないんだけども。

でも、結婚は絶対に嫌だが、もう少し話を聞くくらいならしてやっても――

「そうです。お嬢様にはあなたしかいないのです。昔からお稽古をサボりまくっていて未《いま》だに《初級魔法》すら使えず、舞踏会でダンスに誘われても挙動不審になって大失敗しちゃう陰キャのお嬢様には、もはやあなたという選択肢しかないのです。そもそもお嬢様が継承戦に参加したのは、一生独り身で王宮内に引きこもってだらだら過ごす予定だったのに、王に叱咤《しった》されて他の貴族と婚姻させられそうになったからですし、そんなどうしようもないお嬢様には、もうあなたしかいないのです」

「断る。断固として断る」

訂正。話すら聞く価値ないわコイツ。

「そ、そこをなんとか！　考え直してくださいませ！」

「絶対、無理」

「じゃあちょっとだけ！　ほんのちょっとだけ！」

「ちょっとだけって何だよ！　そのまま引きずり込むつもりだろお前！」

縋《すが》りついてこようとするのを必死に抑える。目が血走っててハァハァ言ってて怖い。

そのまま言い合うこと数十分弱。

「ぐ、ぐぎぎぎ………わ、わかりました。諦めますわ」

「……や、やっと諦めてくれたか。じゃあ、俺は帰るから早く賞品の魔導具を――」

「諦めますが――ただで出れると、思わないでくださいまし？」

……ああ、さっきから気になってたけどそういうことか。

「それは、さっきから周りに潜んでるやつらのことか？」

ちらりと僅かに感じる魔力の流れに目を向ける。

「――っ！　さすがですわね。高度な《妨害魔法》と《偽装魔法》を使っているはずなのですけど……あなたには、意味がないということかしら」

そもそも、この部屋に案内された時から気になっていた。

敵意や殺意は感じなかったから放置していたが……こいつの差し金だったようだ。

潜んでいる人数は七人。気配を完全に消していることから、かなりの実力者であることがわかる。

「なるほどな。それはいいから早く魔導具を――」

「どうです？　さすがのあなたでも魔導士である以上、この広くない室内で魔法を使うことは難しいでしょう？　加えて、潜んでいる彼らは対魔導士の精鋭。……今なら、先ほどの言葉を撤回すれば助けて差し上げますが――」

「いい感じですお嬢様。そんなことしたら犯罪ですし、ただの脅しなのでするつもりなんてまったく無いのに、いい感じの演技です。大根役者のお嬢様にしてはいい感じですよ」

「スティカぁ！　なんでいうの！　なんでいうのぉ！！！」

……どうやら、ただの脅しのようである。なんだそりゃ。

「もう帰っていいかなこれ……」

エレナはスティカに「だいたいスティカは日ごろからわたしのことをバカにして――」とかなんとか言って涙目で訴えてるし、スティカは平然とした顔で佇《たたず》んでいる。賞品の魔導具も一向に渡してくれる様子が無いし、なんかもうめんどくさいし帰ってもいいのではないだろうか。

だが……出入口は潜んでいるやつらに完全に封鎖されている。強引に突破することは出来るが、できれば見つからずに逃げたい。

となると、取れる手段は一つ。

「できれば使いたくなかったが――」

足元に青白い魔法陣を展開させ。

「――《空間転移《テレポート》》」

呟《つぶや》いた後、俺はその場から跡形もなく掻《か》き消えた。


「うえええ……ぎもぢわるい……」

さっきまでいたトーナメント会場から少し離れた街道。

そこに一瞬で転移した俺は、地面に四《よ》つん這《ば》いになってうずくまっていた。

《空間転移《テレポート》》

次元魔法の一つで、詠唱後、指定した距離に術者を一瞬で転移させる魔法。

《空間転移《テレポート》》は習得が難しい次元魔法の中でも、特にめちゃくちゃ覚えるのが難しいと有名な魔法だ。

だがしかし、そのぶん効果は絶大。

自分の覚えている場所であれば、どんなに距離が離れていても一瞬で転移することができるし、自分と接触している相手と魔力波長を合わせれば一緒に転移することもできる。

とても、かなり、ものすごく便利な魔法だ。便利――ではあるのだが。

「うっぷ……やばい吐きそう。身体《からだ》バキバキで痛くて動けないし……死んじゃう……」

なぜかこの魔法、使った後にめちゃくちゃ体調が悪くなるのだ。

たとえるのならば、乗り物酔いと風邪と頭痛と腹痛と睡眠不足と筋肉痛を同時に喰《く》らったかのような感覚。

転移する距離が短くなるに応じて、この気持ち悪さも軽減されるのだが……今回は大した距離を転移していないのにもかかわらず、この気持ち悪さである。死にそう。

しかし……今はこれで済むが、昔はもっとヤバかった。

そもそも《次元魔法》は術式、魔術構造が難しいゆえに習得難度が高い魔法なので、取扱いが極めて難しい。

昔はそれこそ使った後は一週間くらいまったく動けず、動けるようになっても体調は戻らず、食欲も一切無かったので水を飲むことしかできなかった。つまり地獄。

この魔法を覚えるのにもかなり時間かかったし……比較的簡単な《次元付与》は早めに習得できたが、《空間転移《テレポート》》はわりと数年前に覚えたばかりである。

……まあ正直、《回復魔法》の《疲労回復《リフレッシュ》》を使えばこの気持ち悪さを味わうことも無いのだが。今は使えないからそれもできない。

「くそ、賞品の《空間転移《テレポート》》の魔導具が貰《もら》えてたらこんな思いしなくてすんだかもしれないのに……ちくしょう」

街道のど真ん中にうずくまり、通行人からの邪魔そうな視線を受けること数分。

「ふぅ……やっと収まってきた。やっぱり、何度味わってもきっついわこれ」

体調が戻ってきたので立ち上がり、邪魔にならないように木陰に移動する。

「そういえば……結局、優勝賞金も貰ってないな。でも今から戻りたくないし……てかもう会いたくない」

……まあ、最悪あとでアルディに請求すればいいか。それでシャルへのツケを返すことにしよう。うん、そうしよう。

そのまま、木陰で爽やかな風を頬に感じながら休んでいると。

「あの……先ほど、あちらでうずくまっていたようですが、大丈夫でしょうか？　すごく顔色が悪かったので心配になって……」

透き通るような、美しい声色の女性が声をかけてきた。心配をかけてしまったらしい。

「大丈夫だ。ちょっと気持ち悪くなっただけだか――ッッ!?」

俺は地面に向けていた顔を上げる。そしてその女性を見て、驚きに息を呑《の》む。

その女性――外見年齢は十五歳前後の少女は、つばの広い白い帽子を被《かぶ》って少しだけ顔を隠し、純白のワンピースを着ていた。

しみ一つない白いなめらかな肌に、少女の繊細さを表すように華奢《きやしや》な手足。

その風貌をたとえるなら、貴族のお嬢様のような……いや、どこか一国の――お姫様のような少女だった。

「それなら良かったです。とても……心配でしたので。そう、とっても……」

少女はその新雪のごとく真っ白な美しい〝白髪〟を風になびかせ、少し幼さを残した可《か》憐《れん》な顔に安堵《あんど》の表情を浮かべる。

　俺は天使と見間違うほど美しい、絶世の美少女が微笑《ほほえ》むこの光景に、絵画の世界に入ってしまったかのような錯覚さえ覚えた。

　それほど見目が整っている少女だ。なぜか、俺の動悸《どうき》が激しくなって呼吸が荒くなる程である。変な意味ではなく。

「……心配どうも。じゃあ俺は、急いでるから――」

　顔を出来るだけ隠して、足早にその場を立ち去ろうとする。今の俺は赤髪、つまりまだバレていないはず……なら問題ない。早くこの場を去れば――

「お待ちください！　せっかくですのであちらのお店で少し、お話しして行きませんか？　ゆっくりと……ね？」

　しかし、白髪の少女は去ろうとする俺の服を優しくつまみ、引き留めてきた。

　美少女にお茶に誘われているという、羨ましいと思われそうな状況。

　心の中がドキドキでいっぱいだ。主に恐怖的な意味で。

　俺が「いや、本当に急いでるから」と言うと、少女は「そうですか……」と残念そうな顔になり、つまんでいた俺の服を離す。

「でしたら、お一つだけ。お聞きしてもいいでしょうか？　実は私、人を捜していまして――こんな特徴の方をお見かけしていたら、教えて欲しいのです」

「……知らないな。見たことも聞いたこともない」

少女が差し出してきた、〝黒髪黒目でやる気が無さそうな目が濁った青年〟が精巧に描かれた似顔絵をちらりと見て、すぐに少女から顔を背ける。

どこの誰かわからないが、そっくりである。どこの誰かわからないが。

「残念です……もしお見掛けしたら、教えて頂けませんか？　謝礼は致しますので……」

「わかった。じゃあ――」

去ろうとするが。

「それと――その方に会ったら、こう伝えてほしいのです」

少女の言葉に、足を止める。伝えてほしいこと？

「きっと……ジレイ様にも、お考えがあったのだと思います。そうでなければ、誠実なジレイ様が何も言わずに消えるなんてするわけがありませんもの。私も、あのときは興奮していて……自分の気持ちを優先して、ジレイ様のお気持ちを考えられていませんでした。本当に……とても、とても反省しています」

少女は胸元でぎゅっと両手を握り、言葉を続ける。

「あのときは九年分の想《おも》いが暴走してしまって……私だけを愛してほしいなんて、押しつけがましい自分勝手な発言をしてしまいました。本当は私だけを愛して欲しいですが、ジレイ様ほど魅力的な殿方ですもの。様々な女性が惹《ひ》かれるのは致し方ないことです。……でも、正妻は私です。それだけは譲れません。他の女性が惹かれてしまうのは仕方ないことだと思いますが――」

なおも続けて。

「――婚姻してもいない女性と一つ屋根の下で過ごすのは、如何《いかが》なものかと。節度のある行動を為《な》されたほうがいいと思います。ジレイ様にまったく、微塵《みじん》もこれっぽっちもそんな気持ちが無いとしても、その女性はそう思っているかどうかはわかりませんから。

……………と、お伝えいただけますか？」

俺はブルブル激しく振動しながら、無言でコクコクと首肯する。

「もしお会いしたらよろしくお願い致します。あ、それともう一つ伝えて欲しいことが」

少女はニッコリと天使のような笑みを浮かべて。

「トーナメント優勝、おめでとうございます。とても、とっても、かっこよかったです。やっぱり、私の結婚する人はこの方しか居ないと再認識できて……本当に、素敵でした」

頰を染めて恍惚《こうこつ》とした表情を浮かべる少女。

「それでは、失礼いたしますね――〝ジレイ様〟」

白髪の少女――ラフィネ・オディウム・レフィナードは固まる俺に対し、流麗で華麗なお辞儀をしたあと、去っていく。


――数十分後。

身体の硬直が解け、理解を拒んでいた脳が現実を受け入れ始める。

三秒後……脱兎《だっと》のごとくその場から走り去ったのは、もはや当然と言えるだろう。

三章　水色の少女

翌日。

「どうしよう……マジでどうしよう……」

俺は混乱していた。

あのあと、魔導大会も無事（?）に終わり、約束していた買い物に付き合うため、イヴに準備ができたと連絡しにいった。

すると「じゃあ明日付き合って」と言われたので快諾した後、帰って速攻、すべてを忘れるように寝た。布団の中は幸せに満ち溢《あふ》れていた。

そして今日。朝起床して気持ちよく大きく伸びをしてからふと現実に返った。ずっと夢の中にいたかった。

そもそも、なぜラフィネがマギコスマイアに来ているのかがわからない。

場所は誰にも言っていないはずだ。なのに、前回関わったやつらが勢揃《せいぞろ》いしそうな状況。レティとウェッドが居たらほぼフルコンプリートである。ふざけるな。

「というか、第四王女とはいえ王女が街を出歩いてたらダメだろ……！」

見たところ護衛も居なかったし……まあ、ラフィネの《言霊魔法》ならそうそう危ないことにはならないんだけども。それでも不用心である。

しかもおそらく、誰にも言わずに出てきたのだろう。誰かに言ってたら一人で出歩いているわけが無いし、護衛がわんさか周りにいるはずだからだ。

と、いうことは……ユニウェルシア国内は今頃、とんでもない騒ぎになっているのではないだろうか。ファンクラブや王様が阿鼻叫喚《あびきょうかん》してそう。

ラフィネのあの口ぶりからして、今もどこかで見ていそうだし……非常に落ち着かない。

さっきから何度も周りをキョロキョロして挙動不審になってるまである。

「……さっきからどうしたの？」

挙動不審になっていると、水色の髪の、女の子らしいおしゃれな服装の少女——イヴが心配そうな声色で話しかけてきた。

現在時刻は朝早く。イヴの買い物のために慣れない早起きをして、集合場所に集まってさあ行こうという状況。

「大丈夫だ、問題ない」

俺はまったく大丈夫ではないが、そう答える。大丈夫じゃないけど大丈夫だと思えば大丈夫なのだ（混乱）。

「……やっぱり、やめる？」

「いや、いける」

イヴが俺の様子をみて中断を提案するが、秒速で拒否。それだけは絶対にできない。チケット貰えなくなる。

「本当に問題ない。ちょっと見つかりたくないやつがいるだけだから。今日からは《魔力偽装》もしてるし……問題ないはずだ」

「そう。そんなに見つかりたくないなら、顔も変えればいいのに」

「……顔を変えすぎると感覚変わって気持ち悪いから嫌なんだよ」

《変幻の指輪》は自由自在に姿を変えることが可能だが、実際の自分と乖離《かいり》した姿にすると、感覚が変わってなんか気持ち悪くなるのだ。

それに顔を別人にするのはなんとなく嫌だ。俺は俺。髪色とか少し程度ならいいが、全部変えるのは嫌なのである。

「あと俺、自分の顔が割と好きだし……イケメンだろ？」

「……目が濁って無ければ」

ひどい。

「顔を……隠せるものがあればいいの？　なら少し、待ってて」

イヴはそれだけ言ってどこかにスタスタと去り、少しして金属状のゴテゴテとした何か――鉄鎧《てつよろい》とフルフェイスの兜《かぶと》を両手で抱えて、戻ってきた。

「これ、着て」

「買ってきてくれたのか？　悪いな。金はいくらだった？」

「お金はいい。だからこれ、着て」

金を出そうとするも、そう言ってぐいぐいと兜を俺に押し付けるイヴ。ならお言葉に甘えることにする。

「ん、軽いな。仮装用か」

持ってみると、通常の重さよりもかなり軽い。どうやら、仮装用のレプリカのようだ。

ゴテゴテのフルフェイス兜を被り、顔を隠す。《魔力偽装》もしてるし、これなら余程のことが無い限り、俺だとバレないだろう。これで安心——

「これも、着て」

だと思ったのだが、なぜか鎧部分もぐいぐいと渡してくるイヴ。

「いや、別にこれだけで問題ないんだが……」

「どうせなら、着たほうがいい」

「めんどくさいから着なくても——」

「着たほうがかっこいいから」

「でも——」

「チケット」

「着ます」

鎧も着ることになった。鎧大好き！

「……うん」

イヴは俺の姿を見てうんうんと頷《うなず》き、満足した様子。よくわからないけどまあ喜んでるならいいや。

「じゃあ……買い物いこ」

そして──心配だった問題点が表面上は解決されたので考えないようにして（実際は解決していない）、俺とイヴは買い物を始めることにした。

「このお店」

イヴに連れていかれるまま十分ほど歩くと、目的である服屋に着いた。

「普通だな……」

店の外観を見て、率直に思っていることを口にする。

店名は『VillageIsland《ヴィレッジアイランド》』。平民や、少し裕福な富裕層向けの衣料品を扱っている、有名な服屋だ。

正直、「全部買ってもらう」と言っていたので、もっと高いブランド物がわんさかある服屋に連れていかれるものかと思っていた。そのために金を工面したんだし。

「なに。もっと高いとこだと思った？」

「ああ、ブランド物を湯水の如《ごと》く奢《おご》らされるものかと」

「別にあれは、言ってみただけ。それに、高いから良いわけじゃないから」

イヴは少しだけ眉を寄せてムッとした表情になり、そう答える。意外と庶民派だったようだ。金がかからなそうで俺としては嬉《うれ》しい誤算である。余った金で魔導具買おう。

そして──俺とイヴは店内に入った後、イヴが目当ての服をちょちょいっと手に取って個室の試着室に持って行き……。

今回の買い物でお願いされていた「イヴのファッションショーを俺が評論する」という、謎イベントが始まった。

「……どう？」

まず初めにイヴが着替えたのは、水色を基調とした、おしゃれちっくな服装。

「うーむ、いいんじゃないか？」

「似合う？」

「いい感じだと思うぞ」

「……そう」

試着室のカーテンがシャーっと閉められて、衣擦《きぬず》れの音が聞こえる。

「……これは？」

次に着替えたのが、これまた水色を基調とした、おしゃれちっくな服装。

「むむ、いいと思うぞ」

「……そう」

カーテンがシャーっと閉められ、衣擦れの音。そして次に着替えたのがまたまたおしゃれちっくな服装。

「……これ」

「いい感じなんじゃないか？」

ノータイムで答えると、イヴは俺の方に近づいて来て。

「真面目に、答えて」

と、俺が被《かぶ》っているフルフェイスを両手でガシッと挟み込み、ぐぐぐと力を込めて圧迫する。無表情で目が笑っていない。怖い。

「いや……真面目にやってるんだけど」

「ちゃんとどこがいいとか、これがこうだから似合ってるとか言ってくれなきゃ……参考にならない。これじゃ鏡に見せてるのと変わらない」

俺のレビューにご不満の様子。

「そんなこと言われてもファッションとか全然わからんし、正直さっきの全部同じに見えたぞ。……というか、服なんて着れればそれでよくないか？」

反論すると、イヴは顔をムッとさせて。

「さっきのは、全部違う。あなたはもう少し、見た目に気を使うべき」

「俺も少しは気を使ってるんだけどな……着心地とか」

「そういうことじゃない」

イヴはこれはこういう名前の服で、これは～とかなんとか教えてくれるが、まったく頭に入ってこない。正直、服なんて見た目がダサすぎなければそれで良くないかと思う。着れば全部同じだろ。

「……はぁ。……じゃあ、次からはもっと、わかりやすい服装にする」

まったく話を聞いていない俺にあきらめたのか、店内から数着を手に取り、イヴはスタスタと試着室に入っていく。

……まずいな。少し声色が怒っている風だったから、次からはしっかり考えて答えなきゃ不味《まず》い。頑張ろう。

「……どう」

そして、衣擦れの音が聞こえたあと、試着室のカーテンが開かれた。

爽やかな雰囲気の、水色と白色を基調としたワンピースを着たイヴの姿。

すそ部分にはかわいらしいフリルが付いていて、少女的な可憐《かれん》さを際立たせている。頭には水色のヒモリボンが付いた、白いベレー帽を被っていて……一言でいうなら、お嬢様や令嬢が着ていそうな服装である。

俺は熟考した後に、「お嬢様っぽい」と答えた。

「……次は、これ」

次にイヴが着替えたのは、少しだぼっとした白いポロシャツに、水色のパーカーを緩く着込み、ショートパンツといった格好。

頭には、前方につばのついたキャスケット帽を被っており、髪もヘアゴムで短く纏《まと》めている。とてもボーイッシュな印象を受ける服装だ。

俺はうんうんと頭を悩ませた後に、「ボーイッシュな感じだ」と答えた。

「……ご主人様」

次は、フリフリのフリルがいっぱい付いたかわいらしいメイド服。頭には水色のカチューシャを装備していて、とてもかわいらしい。

俺は頭を極限まで捻《ひね》って考え、「メイドだな」と答えた。

「……ねこ」

次に視界に映ったのは、猫耳と猫の手を模した手袋を着けたイヴの姿。猫の手ポーズで手招きをしている。

俺は深く考えず、「アルディに似てる」と答えた。

「……………魔女」

今度は、つばが広い黒い魔女帽子を被り、黒いゴシック風の服装。

俺はよく考えた後に、「怪しい薬作ってそう」と答えた。

「……………シスター」

次は教会のシスターみたいな感じのやつ。「俺は無宗教だな」と答えた。

「……………」

寝巻みたいなやつ。というかパジャマ。「俺はパジャマ着ない派」と答えた。

「……………」

クマの着ぐるみ。全身を覆っているので顔は見えないがいい感じにかわいい着ぐるみだ。

俺は「かわいいな」と思った通りのことを伝える。しかし——

「――絶対、絶対にふざけてる。何で他の服装のときは適当で、これの時はその感想なの。おかしい。絶対に、おかしい」

「ちょ、ちょっと待て！　怖い！　その姿だと怖いから！」

着ぐるみ姿のままで、俺のフルフェイス兜を圧《お》し潰さんばかりの力でメキメキと圧迫してくるイヴ。声色がドス利いてて顔見えないからめっちゃ怖い。

というか、何で怒っているのかがわからない。俺は良く考え抜いた上で、ベストな答えを出したと自負しているのだが。

「……もういい。どれが一番似合ってたかだけ、教えて」

イヴは着ぐるみの頭部を脱ぎ、僅かにジト目にしながら、諦めたように呟《つぶや》く。

「うーん……一番似合ってたやつか。……なら、最初の水色ワンピースのやつで」

特に考えもせず、なんとなくで答えると、

「そう。じゃあこれ買う」

水色のワンピースを「会計お願い」と渡してくるイヴ。えっ……そんな適当でいいの？

特になんも考えないで言ったんだけど。

「これだけでいいのか？　別に他のも高くないし、全部買ってもいいんだが――」

「別にいい。もともと、一着だけ貰《もら》おうと思ってたから」

「………マジか」

値札を見ると、一万リエンも行かない程度の値段。

……どうやら、当初の三万五千リエンでも問題なかったらしい。俺の努力は何だったんだろう。まあ余れば魔導具買えるからいいんだけど。なんか釈然としない気持ち。

会計に行って精算し、ワンピースが入った紙袋をイヴに手渡す。イヴは受け取って「ありがと」と呟き、少しだけ微笑《ほほえ》んだような表情を浮かべた。

「本当に、これで良かったのか？　実は、適当に言っただけだったりするんだが――」

「大丈夫。本当のこと言うと……あんまり期待はしてなかったの。それに、レイも同じこと言いそうだから」

どこか懐かしむような遠くを見る目をして、イヴは紙袋をぎゅっと胸に抱く。

適当でも問題なかったようだ。俺、けっこう頑張って答えてたのに……。

「じゃあ、これで終わりでいいのか？　ならチケットを――」

「服はこれでいいけど、せっかくだから――街を見てみたい」

「街？　まあ、もともと買い物に付き合う約束だったし、俺は構わないが……」

「ん。じゃあ、いこ」

イヴは、俺の手甲部分をちょこんとつまんで引っ張り、店の外へ連れ出す。俺も何も言わずに、ただ引っ張られるままについていった。


そして俺たちは、マギコスマイアの魔法溢《あふ》れる街を回ることになった。

ある時は、路上パフォーマンスをしている観客が少ない大道芸人の芸を鑑賞して、イヴが無表情でピクリとも笑わずにいたら大道芸人が泣きながら逃走したり。

　またある時は、英誕祭へ向けて作ったのだろう〝死霊屋敷〟と書かれたアトラクションに入って、イヴが一切驚かずに無表情で通り抜け、最速記録を叩《たた》きだして景品を貰ったり。

　魔導銃を使った射的屋で一度も外さずに景品を落としまくり、店主に許してくださいと言われたりした。何やってんだ俺たち。

「めっちゃ疲れた……」

　そして今、疲れたので近くの広場のベンチで休憩している所である。いろいろ回って結構疲れた。日も落ちかけてるし……。

「……ごめんなさい」

　ベンチに背を預けて休憩していると、なぜかイヴが顔に陰を落として、謝ってきた。

　俺は何で謝られたのか理解が出来なかったので、「え？　何が？」と応える。

「あなたには、つまらなかったと思う。だから……ごめんなさい」

「？……別に、そんなことないけど」

　そもそも俺は、こういったことを誰かとするのは初めてだったので、結構新鮮で楽しかったりした。

　なので、イヴの心配は無用である。それに――

「俺が楽しかったかなんてどうでもいいだろ。それよりイヴは、楽しかったのか？」

　そっちの方が重要だ。俺が楽しいかどうかなんて考える必要が無い。

俺の言葉に、イヴは俯《うつむ》いていた顔を上げて、

「……うん、楽しかった」

と、少しだけはにかんだ表情で呟いた。

「なら、それでいい。そもそもこれ自体、イヴの希望でやってるんだから俺のことなんて気にする必要はない」

自分が思ったことをそのまま伝える。

「俺は接待役でイヴは接待される側。なら、イヴがしたいことをすればいい。……人間、自分のやりたいようにするのが一番だからな」

「っ…………ありがと」

イヴは俺の言葉に一瞬驚いた表情を見せ、地面に視線を向ける。

「じゃあ……次はどうする？　そろそろ夕刻だし、腹も減ったから飯にしないか？　まあ俺、おすすめのお店とかわからないんだけどさ」

広場に設置してあった大きな魔導時計《マギ・クロック》をちらりと見て提案。

「わたしも、お腹《なか》減った。お店はわたしが知ってるから、ついて来て」

イヴはそう言って、立ち上がろうとベンチに手をかけるが。

「痛っ……」

痛そうな声で小さく呟き、右手の人指し指を押さえた。

見てみると……指の腹が少し切れていて、血が出ているのがわかる。

どうやら、ベンチの一部がささくれていたらしく、材質が木材だったこともあり指を切ってしまったらしい。そんなに深くは切ってなさそうだが血が出ていて痛そうだ。

「《治癒《ヒール》》——」

すぐに回復魔法を行使しようと手を掲げる。

「大丈夫。大丈夫だから——使わないで」

が、行使する前にイヴが「止《や》めて」と拒否したので中断した。

「いや、でもそれ——」

「大丈夫……このくらい舐《な》めておけば、治る」

「男気」

人差し指を口の中に含み、ちゅーちゅーと吸うイヴ。男らしすぎる。イヴ△《サンカッケー》。

普通に回復魔法かければいいじゃんとは思うが、白魔導士の中には軽度の怪我《けが》なら自然治癒で治す派の人もいる。おそらく、イヴも自然治癒派なのだろう。それに、過度な回復魔法は逆に危険でもあるからな。

「——ん。……じゃあ、ついて来て」

少しだけ経《た》ち、血が止まったのか口から人差し指を出し、歩き出した。

俺も、スタスタと歩き出すイヴに付いていくために足を動かすが。

「……あれ？」

それを見て、若干の違和感。

「《回復魔法》、使ってたっけ？」

血が止まった……というより、元から怪我なんてなかったかのように綺麗《きれい》になっている
イヴの右手人差し指を見て首を傾《かし》げた。

おかしいな、魔力は感じなかったと思うんだけど……？

……まあ、いいか。こっそりと使ってたんだろう。たぶん。


定食屋に移動すると、市民や冒険者たちで席の大半が埋まって混雑していた。

案内された定食屋は、庶民から中流冒険者までがよく使うであろう大衆食堂。値段も定食が三百リエンからとかなり安い。

ウェイトレスが注文を取りに来てくれる形式ではなく、自分から受付に行って注文し、出来たら呼ばれる形式を取っている珍しい店だった。

それを見て、二人分買ってこようと席を立ったのはいいものの。イヴは、

「疲れてるだろうから待ってて。買ってくるから」

と言ってさっさと行ってしまった。いや、まだ何食いたいか言ってないんだけど。

……まあいいか、たぶんおすすめを持ってきてくれるんだろう。

素直に甘えることにして、鎧《よろい》と兜《かぶと》を脱ぎ、椅子にだらっと座り休憩。

すると――こんな会話が、耳に入ってきた。

「――おい、聞いたか？　また〝悪魔〟が出たんだとよ。今度はアレクトリオン街道沿い

のジークの店の裏で倒れてたらしい。ほんと、おっかねえなぁ……」

「……またかよ。騎士団は早くとっ捕まえろっての」

「胸糞《むなくそ》悪ぃ……子供の〝心臓〟を抜き取るなんて悪魔にしかできねえよ」

「早くなんとかして貰いてえな。うちの子も遊びに出かけさせられんし……」

「はあ……誰でもいいから早く解決してほしいもんだ。こんな時に、英雄レイが居てくれたらなぁ――」

三十代くらいの男たちはそんなことを話し合い、ため息をつく。

「……物騒だな」

話を聞いている限り、なかなか物騒な事件が起きているようだ。

……まあ、俺にはまったく関係ないか。

関係ない話だが。

「今日は少しだけ、遠回りで帰るか」

……なんとなく、たまにはいいだろう。

帰り道で怪しい人物を見かけたらぶちのめしてしまうかもしれないが、最近ストレスが溜《た》まっていたから発散に丁度いいかもしれない。

「怖い顔、してる。……どうしたの？」

そんなことを考えていたら、イヴが両手に大量の料理を持って帰ってきた。怖い顔？

別にしてないけど。それより量多くない？　こんな食えないよ俺。

と、心配したが次々と消えていく料理を見て杞憂《きゆう》だと再認識した。すごぉい。

「……ん。ごちそうさま」

俺が血眼で目を凝らして原理を見つけようとする間に食事終了。

口をナプキンで拭いたあとに、手提げポーチから何かを取り出して。

「今日は、ありがと。……はい」

スッと、待望していた古代遺物展覧会《アーティファクトショー》のペアチケットを差し出してきた。俺はすぐさま無くさないように《異空間収納《アイテムボックス》》にぶち込んだ。任務完了！

「サンキュ、せっかくだし、今日一日付き合うよ。もう夜だし……宿舎まで送るわ」

「……そう。じゃあ、最後に一つだけ行きたいところがある」

定食屋を出たイヴについていき、日が落ちた街道を歩くこと数分。

「花屋？」

様々な種類の綺麗な花が売られているお店——花屋の前でイヴは立ち止まった。

ここが目的地か？　と思ったが「ちょっと待ってて」とだけ言って店に入り、数本の花を購入して戻り、歩き出したのを見て違うと判断する。

そのまま二人して無言で、月明かりで照らされた街道を歩いていると。

「あ……それ」

と、こちらを指さして何かを伝えようとしてきた。俺は何のことかわからず、「？」と頭に疑問符を浮かべる。

そしたら、イヴは立ち止まってこちらに向き直り、何かを取ろうと手を伸ばしてきて――俺の頬に付いていたらしい、パンくずを取ってくれた。

「付いてたか……悪い」

「いい。なんかあなたって……子供みたい」

お礼を言うと、急に中傷された。俺が子供？　そんなわけが無いだろう。

「いや、俺ほど大人なやつは他にいないぞ。俺って食べ物の好き嫌いしないし。めちゃくちゃ苦い魔力増強剤だって毎日欠かさず飲んでたほどだ。どこからどうみても大人じゃないか？」

「……やっぱり、子供」

イヴは「ふふ」と目尻を下げて口角を上げ、柔らかに笑う。今まで見た中で一番、表情が動いた気がする。というか――

「ちゃんと笑えたんだな。つまらなそうな顔してるより、そういう顔してた方がいいぞ」

思ったことを何も考えずにそのまま言った。

「え……」

すると、イヴは目を見開いて俺の顔を凝視する。

そして、ツーっと静かに一筋の涙を流し――んん？　いきなりどうした⁇

「どうし――んぐっ……ゴホッゴホォッ⁉」

慌てすぎて喉が詰まった。

「ンンッ……ど、どうした？　眼《め》にゴミでも入ったか？　ハンカチいる？」

「大丈夫。ちょっと、びっくりしただけだから」

「？　なら、いいが」

突然泣くから俺の方がびっくりしたわ。

「……やっぱりあなたは、レイに似てる。ちょっとじゃなくて、すごく。行動も性格も――そっくり。生き写しみたい」

「ほーん……」

そんなに俺に似てるやつがいるのか。俺は自分のことを世界に唯一人の存在だと思っているから、それだけ似てると言うならちょっと見てみたい。ひょっとして俺本人だったりしてな！

……まあ、こんな無表情で感情が動かない水色髪の人物なんて俺の記憶にないから、無関係だろうけど。

「どんなやつなんだ？　俺みたいにイケメンだったか？」

興味がわいたので、質問してみる。

「知らない。顔は見たこと無いから。でも、本当に凄《すご》い人。誰よりも優しくて、強くて……私を救ってくれた、大切な人。顔なんて関係ない」

「お、おう……そうか」

饒舌《じょうぜつ》に喋《しゃべ》りだしたイヴに面食らう。めっちゃ愛されてるじゃんそいつ。

それにしても、こんな美少女に好かれるなんて罪な男である。

今年の古代遺物展覧会《アーティファクトショー》も一緒に行く予定だったのに来ないらしいし、なんてひどい男なんだ。まあそのおかげで俺が行けるからいいけど！

「でも……そんなにすごいやつなら、今ごろ勇者にでもなってそうだな！」

茶化すように言うと。

「ううん。それは絶対に……ありえない」

はっきりとした口調で断言された。

同時、イヴが足を止める。どうやら、目的の場所に到着したようだ。

「なんで――」

言い切れるんだと言おうとするが。

到着した場所を見て、俺は言葉を飲み込んだ。

大きな広場を覆うように添えられた、見渡す限りの色とりどりの花。

その中心に建てられた石造りの大きな柱のような何かには、小さく文字が刻まれている。

その柱……〝墓標〟に刻まれている名前は――〝英雄レイ〟。

イヴは振り返り、月明かりに背を照らされて影が落ちた顔で、言った。

「だってあの人はもう――死んで、しまったから」

煌々《こうこう》と輝く青白い月光が、イヴの月影を地面に映し出す。

冷たい夜風が広場に吹くたびに、水色の髪はさらさらと揺れていた。

月に照らされながら墓標に花を添えるその華奢《きやしゃ》な後ろ姿は、どこか幻想的にも見えて……それと同じくらい寂しげに、儚《はかな》いように見えた。

「……」

俺は何を言えばいいのか、どんな声をかければいいのかがわからず口を結ぶ。

こういうとき、どうすればいいのかわからない。

冗談かー？　と茶化して流すのは違うし、大変だったんだなと同情するのも違う気がする。そもそも俺にはイヴが抱いているその気持ちがわからない。大切な人を失った気持ちなんてわからない。

だから……理解できていない俺が、知ったような口で簡単な言葉で取り繕って慰めるのはなにか、そうではないいんじゃないかと感じてしまう。

何も言えずに黙っている俺に、花を添えたイヴはこちらに向き直って口を開いた。

「……ごめん。こんなこと聞かされても、困るでしょ」

「……まあ、そうだな」

取り繕わず、素直に答える。

「いま言ったことは、忘れてほしい。もう用事は終わったから――」

「俺には……気の利いた慰めの言葉はかけられない」

伏せていた顔を上げて、帰路へと足を向けたイヴの言葉を遮る。

「でも、聞くだけならできる。辛《つら》いことがあって自分の中に溜め込むよりも、外に吐き出した方がずっと楽だ。……何も生産的な解答はできないけど、鏡に話すよりはいいだろ」

俺は「それに」と言葉を続けて。

「今日一日、付き合うって言ったからな」

あーめんどくさいと肩をすくめる。言ったからには最後までやり遂げるのが俺のポリシー。聞くだけでいいならいくらでも聞く。マジで相槌《あいづち》しかしないけど。

イヴは俺がそんなことを言うとは思っていなかったのか、きょとんと大きく目を開けたあと僅かに微笑《ほほえ》んで、ゆったりと散歩をするように歩き出す。

「あなたは本当に、レイに似てる。昔のレイもそうやって――」

月光を浴びてぼんやりと光る花を眺めながら、イヴは少しずつ話をしてくれた。

――かわいいって言ってくれなくてムキになってファッションを勉強したり。

――レイの好きな魔導具のお話ができるようになりたくて魔導具の勉強をしたり。

――『早く食べられる魔法だ』って嘘《うそ》を教えられてからかわれたり……。

語るイヴの様子は本当に楽しそうで、いつも無表情のイヴの顔がはっきりとわかるくらいに、穏やかに優しく微笑んでいた。

「わたしがここにいるのは、全部あの人のおかげだから。レイが居なかったら、今のわたしはいなかった。ずっとあの頃のまま――灰色のわたしだった」

月明かりに照らされながら語るイヴの姿は儚げで、その声色は泣いているように僅かに震えていて、取り戻すことができない想《おも》い出《で》を懐かしんでいるようにも聞こえた。

それほどまでに……イヴにとって大事な、大切な人だったのだろう。

「でも、あのとき、レイがわたしの世界に色を与えてくれた。生きてていいんだよって。この世界にはたくさんの色があって、希望が、楽しさが、喜びが……わたしには知らなかった色があるんだって、教えてくれたの。……だから全部、レイのおかげ」

「……そうか」

美しく輝く大きな月に手を伸ばしながら言葉を紡ぐイヴに、相槌を返す。

「わたしね、レイのことが――好きだったの。でもわたしはバカで、気付くのが遅かったから……告白は、できなかった」

イヴは月光を背に、陰を落とした表情で自分の心情を吐露する。

俺には好きな人とか恋人だとかは居たことが無いので気持ちはわからない。でも、愛する人と死別してしまうのはきっと辛いのだと思う。

「だからいつかまた会ったとき、今度こそ伝えるの。……もう、後悔はしたくないから」

「……伝える？」

イヴの言葉に疑問を抱く。伝えるって……。

「それは、《虚言結界》の〝死生逆転〟でか？　でもあれは、死後から数日程度しか話せないはずだが――」

聞くと、イヴは小さく首を振る。どういうことだ？

他に人を蘇《よみがえ》らせる魔法と言えば《回復魔法》の《蘇生《リザレクション》》しかない。しかし、もちろん厳しい条件があるし長い時が経《た》った人物を蘇らせるのは不可能だ。

俺が覚えてる《蘇生《リザレクション》》でも死んで十日が限界。加えて、霊魂が現世に残っていなければ蘇生《そせい》はできない。

イヴの口ぶりからして、もう何カ月も経っているだろうし……そんな期間死んでいたら魂はとっくに消滅している。

それでも蘇生できる魔法なんて、もはや〝あの御伽噺《おとぎばなし》〟の眉唾魔法しか――

イヴははっきりとした、決意したような強い声色で呟《つぶや》いた。

「わたしは《世界樹の祝福《ユグドラシル・セイブレ》》を探しているの。レイを生き返らせて――」

同時、広場に風が吹き、水色の髪がふわりと遊ぶように揺れる。

イヴは揺れる髪を押さえること無く、まっすぐに決意を宿した瞳で、こう言葉を続けた。

「――もう一度、会うために」

月の明かりに背を照らされて顔に影が落ちた中。

イヴの水色の瞳が淡く光っていたのが、酷《ひど》く幻想的だった。

《世界樹の祝福《ユグドラシル・セイブレ》》

本当にあるのかどうかすらわからない、眉唾物の《回復魔法》。

御伽噺『世界樹《ユグドラシル》』の中にしか出てこない、伝説の魔法。

その効果は絶大で、通常の《蘇生《リザレクション》》が頑張って死後最大十日までなのに加え、霊魂が残っていることが条件なのに対し《世界樹の祝福《ユグドラシル・セイブレ》》はどんなに期間が空いていても、霊魂が現世に残っていなくても蘇生が可能というとんでもない魔法。

しかも、自分で自分に《蘇生《リザレクション》》をかけることは制約上不可能だが、《世界樹の祝福《ユグドラシル・セイブレ》》は強力すぎる魔法の癖に、なんと制約が一切存在しない。

なので死後、無条件で術者を蘇生するように設定することもできるのだとか。

そもそも《蘇生《リザレクション》》自体がかなり高度で難しい魔法。白魔導士協会の上層部で情報を秘匿していることもあり、一般の白魔導士に習得方法が知れ渡ることはない。

協会に強力なコネがあり莫大《ばくだい》な寄付金を払わなければ《蘇生《リザレクション》》を使ってもらうことも出来ないし、有力な貴族でも知っている者の方が少ないだろう。

俺が習得しているのも正規のルートではなく、協会に不法侵入して勝手に覚えたのだ。どうしても覚えたかったからね。しょうがないね。

つまり……通常の《蘇生《リザレクション》》ですら習得が難しいのに、《世界樹の祝福《ユグドラシル・セイブレ》》はそれ以上の眉唾伝説魔法ということ。

侵入した一番大きい協会でも《世界樹の祝福《ユグドラシル・セイブレ》》の情報は無かった。だから当然俺も覚えていない。そんな魔法をイヴは探している。でもそんなもの——

「——あるわけない、と思うかもしれない。でも何年、何十年経ってでも絶対に見つける。見つけて見せる」

はっきりとした声で宣言するイヴ。その声色に籠った気持ちは俺には汲《く》み取ることができない。

「俺が数年前に見た時は、白魔導士協会にすら情報は無かった。……それでもか？」

「それでも、諦めるわけにはいかないの。わたしには、これしか希望が無いから」

「……そうか」

何があっても見つけて見せるという、揺らぐことの無い固い意思。

それほどイヴにとって大切な人物なのだと改めて思い知らされる。そうでなければ、死んだ人間にこんなに執着はしない。

「俺も……何か情報を得たら教える」

「……ありがと」

俺の返答に、イヴは嬉《うれ》しそうに柔らかく微笑んだ。

「じゃあ、帰ろ。……送ってくれるんでしょ？」

少し悪戯《いたずら》そうな顔を浮かべるイヴに、俺も笑って「ああ、もちろん」と答える。

広場を出て、来たときと変わらず二人で並んで、無言で帰路につく。

少し柔らかくなった雰囲気で、月明かりに照らされた街路をゆったりと歩いていた。

——そのときだった。

「——イヴ嬢！　ジレイを捜すの手伝って欲し——ってジレイ!?　こんなとこにいたのかよ！　なんでイヴ嬢と一緒に……いやそれより大変なんだ!!」

猛特急で、上空からもふもふの猫――アルディが飛んできて、焦った様子で声を荒らげた。

「……はあ？　何が大変なんだよ。ついにお前の本性がバレてやばいとかか？」

「違えって！　そんなんじゃなくて――」

アルディは冗談では無い迫真の顔で、叫ぶ。

「居ないんだ！　ジレイに任せた生徒たちが――――どこにも、居ないんだよ！」


「はぁ？　居ないって……どうせどっかで遊んでんだろ」

「昨日から学生寮に帰ってねえんだ！　トーナメント最終戦の、ジレイの試合を応援に行ってから……」

呆《あき》れた顔で返すが、アルディは落ち着きなく、なおも声を荒らげて叫ぶ。

「いや、というか護衛は付けてなかったのか？　あいつら有名貴族の子息と令嬢なんだから付けてたんだろ？」

「付けてたさ！　でもその護衛も行方不明で帰って来ねえんだよ！……確かに問題のある生徒たちだが、門限を一度も破ったことがねえのに帰って来ないなんてあり得ねぇ……何か、事件に巻き込まれたとしか――」

「事件、か」

頭に過《よぎ》ったのは、定食屋で耳に入ってきた『子供を狙って、心臓が抜き取られている』

という事件。

嫌な予感がする。いや、でもまさかそんなこと——

「オレの《探知魔法》じゃ精度が悪いのか見つけられねえ。昨日から教員も総動員してるのに、一向に見つかる気配が……だから頼む！　もうお前しか頼れるやつが居ないんだ！」

「嫌だ、と言いたいところだが——わかった」

「ジレイ……！」

「その代わり……弁償代はチャラだ。それならやってやる」

「恩にきる……！」と大仰に感謝するアルディ。

言うと、このまま無視してもいいが……少しモヤモヤして気持ち悪い。それに——

『——せんせー今日もみんなで来たよ！　魔法教えて！』

『——おい!?　だから休日は来るなって言っただろ！』

『——だってよー！　もっと先生に教えて貰《もら》いてえんだもん！』

『——はぁ……教えたら早く帰れよ。マジで』

脳裏に過る、生徒たちとの会話。

……別に、あいつらがどうなったって構わない。が、弁償代もチャラになるし俺に損はない。だから、仕方なくだ。

「……嘘つき」

俺が肩をすくめていると、イヴに半眼で睨《にら》まれる。

「そんなの無くても……助けに、行くくせに」

「……」

何も言わずイヴから顔を背けて頭を掻《か》く。イヴはぼそっと小さな声で「……ひねくれてる」と呟いた。ほっとけ。

「でもどうやって、捜すの。いくらあなたでも《探知魔法》の最上級――《千里眼》は使えない……でしょ？」

「？　いや別に――」

あれ？　前にラフィネの《千里眼》を見て覚えて使ってたんだけど……そういえば、こっそり使ってたんだっけ。だから知らないのか。

「普通に使えるぞ。《千里眼》」

生徒たちの魔力の特徴を再現し、《千里眼》を行使する。イヴは「やっぱりあなたって、変」と少しだけ呆れたような表情を浮かべた。

これですぐに見つけて解決――にはならなかった。

「おかしいな。まったく見つからん」

《千里眼》を使って生徒たちの魔力波長に似た魔力を探してみても、該当する物は見つからない。

となると……どこか魔力の濃度が高い空間――ラスヴェート大陸のような所にいるか、俺の魔力量を上回るほど高度な《妨害魔法》や《偽装魔法》を使っているかしか考えられない。魔力には自信があるし、勝っていると思うから……魔力の濃度が高い空間にいるとしか考えられない。

「……無いな」

しかし、マギコスマイア全域を《魔力探知》で探しても、そんな空間は見つからない。アルディは「そんな……」と絶望した表情を浮かべ、イヴも顔を強張《こわば》らせる。

「仕方ないか。もう二度とやりたくなかったが……〝あれ〟を使う。アルディ、お前に用意して貰いたいものがある」

「何だ、何でも言ってくれ！　《古代遺物《アーティファクト》》でもなんでも、絶対に用意する！」

身を乗り出して叫ぶアルディ。そんな貴重なものはいらない。むしろ俺にくれ。

「おそらく、《千里眼》でも見つからない空間――《異界》にいる可能性が高い。《魔力探知》でも空間が探せなかったから、たぶん間違いない。つまり……街の中か周辺のどこかに、《異界》に繋《つな》がる歪《ゆが》みがあるはずだ」

「《異界》!?　そんな大掛かりなもの、一体誰が……それで、オレは何を用意すればいいんだ!?」

「ああ、それはだな――」

やろうと思えば、《魔力探知》を使って探し出すことも可能だ。

だがしかし、この広いマギコスマイア国内のどこかにある、僅かな歪みを見つけるのはそれじゃ時間がかかりすぎる。

そんなことをするより……大量の視界で、目視で歪みを見つけたほうが圧倒的に早い。

つまり、必要な物は。

「マギコスマイアに生息している――――〝ネズミ〟だ」


「楽しい……楽しいな……」

薄暗い、湿った洞窟の深層。

黒いローブ姿の人物が、狂気的な笑みを顔に張り付け、不気味に独り言を呟いていた。

暗い洞窟の中にもかかわらず、光源は一切つけていない。それが一層、不気味さを際立たせていた。

「――――ッ！――――ッッ!?」

暗闇の中。洞窟内の広い空間に不気味な声と……どこか、くぐもった声が反響した。

「ぷ、くくく……どうしたんだい？　助けて欲しいの？」

黒ローブの人物はそのくぐもった声のする方向を見て、堪えられないと言った様子で吹き出し、そう問いかける。

問いかけられた人物は声を出せないのか、必死に頭を振ってブンブンと頷《うなず》かせた。

「そっか。仕方ないな……じゃあ、助けてあげよう」

「――――！…………ッ!?　ッッ!!　ッッ！？？」

救いの言葉に、その人物は一瞬だけ救われた表情になるが……なぜか黒ローブの人物が、手に持っていた――〝大きな鉈《なた》〟を自分の頭上に振り下ろさんばかりに掲げたのを見て、「話が違う」と言いたげに声を荒らげる。

「ひひっ……助けてあげるよ？　僕なりのやり方だけど……ねッ！」

「――ッッ！――ッ!?」

鉈を勢いよく振り下ろす瞬間。

「――っ……なんだ。ネズミか」

視界に映った物体――〝灰色〟のネズミを見て、手を止めた。ネズミはチチッと鳴き声を上げ、素早くどこかに去っていく。

「せっかく楽しかったのに……邪魔するんじゃねえよクソが。……あーあ」

黒ローブの人物は振り下ろそうとしていた鉈を下ろし、先ほどまでの楽しそうな様子と口調を一変させ、ぶつぶつと陰鬱に悪態を吐《つ》く。

「……まあ、いいか。あとこんなに、楽しみは残ってるんだから。楽しいことはゆっくりやらなきゃ」

ちらりと、周囲を見渡して狂気的な笑みを浮かべる人物。視線の先には先ほどの人物と同じような体格の――少年や少女が、寝ているのか静かに倒れ伏していた。

「ひひっ。あぁ……なんて僕は幸運なんだろう？　幸せだ、幸せだよ……！」

静かな空間に響く、心底楽しそうな笑い声。

「感謝します……感謝します……」

黒ローブの人物は急に、突拍子もなく地面に膝をつき、祈りを捧《ささ》げるように手を組んで感謝の念を吐き出す。

そして、ここには居ないどこかの誰かに伝えるかのごとく腕を大仰に広げて、叫んだ。

「敬愛なる我が主――〝暴食様《グーラ》〟!」


「ここだな」

あれから俺は――《異界》への歪みを見つけるべく、アルディに用意して貰ったネズミをベースに召喚魔法を行い、多数のネズミを操作して頑張って探し回っていた。

その数、なんと十万匹。

普通なら、こんなに多くの召喚獣を操作すれば、神経が耐えられずに頭の血管が切れてすぐに死ぬ。

だが俺は《並列処理》、《高速思考》を使うことでなんとか、死にそうになりながらも操作し……結果、歪みを特定することができた。マジで神経使いすぎて死にそうになった。

だからやりたくなかった。

「本当に、ここなの？　普通の一軒家にしか……見えないけど」

イヴは目の前の建物――住宅街のど真ん中、どこにでもあるような空き家を見て、疑問の声を上げる。アルディも「魔力は感じねえな」と半信半疑な様子。

「いや、この建物で間違いない。ほら……ここのドアの所、少し変だろ？」

「？　別にかわらねえと思うが？」

「よく見てみろ。この部分……少しだけ、空間がズレてるんだよ」

「た、確かによく見てみれば……いやでも、普通こんなの気づかねえよ！　よく見つけられたなこれ……」

アルディは歪みの部分を色んな方向からジロジロと眺めたあと、「やっぱりジレイの魔法を隅々まで研究したいな……」と小さく呟《つぶや》いた。止《や》めろ。

「この《異界》は転移式だ。事前に、操作していた〝黒色〟のネズミを歪みに接触させたら、薄暗い洞窟に視界が切り替わった。魔物や生物も生息していたから――迷宮《ダンジョン》型の《異界》に間違いない」

「迷宮型か……構造は何だったんだ？」

「一方通行や広場だったら良かったんだが……複合型の迷路だ。一番めんどいやつだな」

言うと、「うへぇ……」と嫌そうな顔になるアルディとイヴ。気持ちはわかる。迷路型の迷宮は一番めんどくさいやつだから。

「でも問題ない。もうすでに生徒たちは発見してるし、そこまでのルートは頭に入ってる。迷わず行ける」

「おお、さすがジレイ！　なら早く行こう――」

「待て」

　生徒たちが心配なのか、一目散にドアに近づいて歪みに触ろうとするアルディの首根っこを掴《つか》んで静止させる。

「ここからは俺一人で行く。お前はここで待ってろ」

「はぁ？　いや、戦力は多い方がいいだろ？　オレだって腐っても学園長なんだぞ」

「お前の魔法系統は戦闘寄りじゃなくて支援寄りだろ。俺は既に《身体強化》で自己強化《バフ》してるから必要ないんだよ」

「でも、オレにも学園長としての責任ってもんが――」

「お前はこの歪みに誰かが近づかないようにしてくれるだけでいい。付いてくるな」

「いやでも――」

　来るなと言っているにもかかわらず、諦めずに付いてこようとするアルディ。……どうやら、直接的に言わないとわからないようだ。

「しつこいようだから、はっきり言わせてもらう――足手まといなんだよ」

　語気を強めた声で、断言する。

　アルディは俺の発言に顔を強張らせた後、

「っ…………わかった。……頼んだぜジレイ」

　諦めたのか視線を地面に落とし、無念そうに呟いた。

「じゃあ俺は行ってくる。二人とも、絶対に入ってくるなよ」

　それだけ言い残し、《異界》に転移しようと手を歪みに近づける。

これで一安心、と思ったが――

「わたしも、行く」

俺の服の裾を掴んできたイヴに、足を止めて振り返る。

「……聞いてなかったのか？　足手まといだから来るなって言っただろ」

「あなた一人でなんて行かせられない。わたしも行く」

イヴは決意を宿した瞳でこちらを見つめ、はっきりと断言した。

何か、思う所があるのかもしれない。だが――

「ダメだ。付いてくるんじゃない」

もう一度はっきりと言った。今度は身体《からだ》から魔力を放出し、威圧するように。

空気が、俺の魔力に呼応してビリビリと震える。並みの術者ならこれだけで立っていられなくなる程の魔力を空気中に込めた。これでイヴも諦めてくれるはず……。

「絶対に、行く」

だと思ったが、イヴはなおも諦めず、魔力に圧されることもなくしっかりと地面に足を着けて裾を掴んだ手を更にぎゅっと強く握った。

「……召喚獣のネズミを先行させて偵察したが、これほどの広さの《異界》を作るのは相当な術者じゃないとできない。それに、イヴの《回復魔法》でもあれは――」

「邪魔にならないようにする。いざとなったら見捨ててくれてもいい。だから、お願い」

なんとか諦めさせようとするものの、一向にあきらめてくれる様子がない。一体、何がそこまでイヴを駆り立てるのか。意味がわからない。

どうやって付いてくるのを止めさせようか考えるが。

「……はぁ。わかった。付いて来てもいい。その代わり……絶対に、俺から離れるなよ」

「！……ありがと」

いくら考えても解決案が浮かばなかったので、仕方なく了承することにした。

放っておいて勝手に付いてこられたら困る。それなら近くに置いておいた方がマシだ。

「な、ならオレも――！」

「お前は留守番。どっちみち見張る役は必要だから」

アルディも便乗して付いてこようと声を上げるが、即座に却下。アルディはしょぼんと肩を落とした。

「じゃあ、行くぞ」

「……うん」

そして――いじけて地面に絵を描き始めたアルディを尻目に、俺とイヴは《異界》へと足を踏み入れた。

「ここを曲がれば、目的地だ。準備はいいか？」

《異界》に入り、頭に入っていたルートを辿《たど》ること数十分弱。

俺とイヴは《隠蔽魔法》で身体を隠し、時折遭遇する魔物の横を通り抜け、何事も無く……目的地である、生徒たちがいる場所の少し手前までたどり着くことができた。

「……大丈夫」

イヴは取り出した魔導士用の白い杖《つえ》をぎゅっと両手で握り、こくりと頷く。

「俺は……既に召喚獣を通した視界でこの先に何があるか知ってる。そのうえで聞くぞ……帰るなら今のうちだ。今なら、召喚獣に帰り道を案内させることができる。でもここから先に入ったら……それはできなくなる」

目の前に映る、行く手を阻むように立ち塞がった黒い煙壁。

この煙壁から先は、内部から外部への魔法干渉ができなくなっている。その証拠として、召喚した黒いネズミをこちらに戻すことができていないのだ。だから戻るなら今、このタイミングしかない。

「ううん、行く」

しかし、イヴの返答は変わらず。

「………後悔するなよ」

イヴの変わらない言葉を聞いて、俺は黒い煙壁に手を触れさせる。

忠告はした。ここから先は……自己責任だ。

俺の手に触れた所から、黒い煙が解けるように晴れていく。

阻む壁が消え、視界が明瞭になって――

「――――ぇ」

　イヴが、小さな擦《かす》れた声を漏らした。

　顔を向けると、いつも無表情がデフォルトのイヴが目を見開いて唖然《あぜん》としていた。「目の前の光景が信じられない」とでも言いたげに。

　耐えられなくなったのか、イヴは口元を押さえて地面に膝をつく。……まあ、これを見たら普通はそうなるだろう。極めて当たり前の反応だ。

「だから、来るなって言ったんだ」

　イヴから目線を外し、俺も目の前の光景に苦々しく視線を巡らせる。

　最初に、視界に入ってきたのは。

　アルディから聞いていた、行方不明の護衛によく似た〝肉塊〟の姿と……。

　胸の部分にぽっかりと大きな穴が空いた――――生徒たちが倒れ伏している姿だった。


　嗅覚を刺激する、腐った血肉が混じり合ったような猛烈な死臭。

　思わず、息を止めて空気をそれ以上吸わないようにしてしまう。

　空間の広さは、人が余裕で何百人ほどは入れるくらい広い。

　しかし……濃厚な死臭は薄れることが無く、空気中に充満していた。

　その広い空間の中に一人、ぽつんとこちらに背中を向け、何か〝赤黒い物体〟が何個も入った大きな器を手に持って、ブツブツと呟いているローブ姿の人物。

《隠蔽魔法》を使っているからか、ローブ姿の人物はこちらに気づいていない。

ここからでは遠く、何を言っているのかはわからないが……その人物がひどく興奮して息を荒らげていることだけはわかった。

ちらりと、ピクリとも動かない生徒たちに目を向ける。

俺が召喚獣——黒いネズミを飛ばして発見した時には、もう既にこの惨状だった。

つまり、遅かったのだ。だからこれは仕方ない。

仕方がないことだとわかっているのに——

「……くそが」

ぽつりと、悪態が口から漏れた。

どうしようもなかったことだ。俺は出来る限り、最速でこの場所を見つけ出した。……仕方なかったんだ。もっと早く対処すればよかったとかは結果論にすぎない。

だから……今は、この場を冷静に対処するべきだ。

「……よし、落ち着いた」

大きく深呼吸し、冷静を取り戻す。……いつもは冷静でクールな俺としたことが、こんなことで心を乱してしまった。ここからは冷静になろう。

「イヴ。あの凄惨な状態を見ればわかると思うが……生徒たちと護衛はもう死んでる。既に《治癒《ヒール》》とかでどうにかできる問題じゃない」

心臓を抜き取られ、拷問でもされたのか所どころ欠損している生徒たちの骸《むくろ》を横目で見ながら、まだ口に手を当てて真っ青な顔をしているイヴに小さな声で声をかける。

「《治癒《ヒール》》じゃどうにもできない。だから――《蘇生《リザレクション》》を使う」

「――ッ！　使える、の？」

「ああ。俺の《蘇生《リザレクション》》なら、あいつらを生き返らせることができる」

「それなら――」

「できる……が、霊魂が現世に残っていることと、対象が生き返りたいと思っていなきゃ無理だ。あいつらの霊魂は残ってはいるが、残虐に殺されたからか怯《おび》えて霊魂が消えかけてる。この状態じゃ……蘇生《そせい》させることは不可能だ」

「じゃあ……どうすれば、いいの」

イヴは縋《すが》るような顔つきで、不安そうに俺を見つめてくる。

俺はそんなイヴを安心させるように、少しだけ優し気な声色でこう言った。

「あいつらが怯えている元凶を無くせば、蘇生するだけならできるってわけだ。つまりは、あそこにいるあいつを殺せばいい」

遠くにいる、ブツブツと呟きながら、〝赤黒い物体〟――心臓が何個も入った大きな器を掲げている男を指さす。

「だが、あいつを殺して生徒たちを蘇生させるにしても……敵の強さが未知数である以上、殺すまでの間に消えかけてる霊魂を現世に留《とど》める人間が必要になる。だから――」

「わたしがやる。何をすれば、いい？」

「……イヴには、あいつらの骸に声を掛け続けて欲しい。ただ……絶対に、俺に何があっても生徒たちに声を掛け続けてくれ。それだけしてくれればいい」

「うん……わかった」

イヴは力強く首肯し、そう言ってくれた。……よかった、何も疑問に思われなくて。

「じゃあ――頼んだ」

イヴを黒いローブ姿の人物から離れた位置に倒れている、生徒たちと護衛の骸の方に向かわせる。

「《帝位結界》」

そしてイヴが行ったのを確認した後――《帝位結界》をイヴと骸の周辺に展開させた。

もちろん、イヴにはバレないように《隠蔽魔法》で見えないようにして。

……これで安心だ。《帝位結界》の中から外に出れないようにしておいたし、戦いに巻き込まれることはないだろう。

実のところ、霊魂が怯えているのは本当だが、消えかけているというのは嘘《うそ》だ。どんなに残虐に殺されたとしても、死後三日は余裕で現世に残る。

この時ばかりは、白魔導士協会が《蘇生《リザレクション》》のことを秘匿していてくれて感謝である。

そのおかげでイヴが何の疑問にも思わないでいてくれたのだから。

俺は懸念事項が無くなったので、黒いローブ姿の人物の元まで静かに歩く。《隠蔽魔法》を使って姿を消しているのでこちらに気が付いた様子はない。

「死ね」

そして――目と鼻の先の位置まで歩いた後、その人物の頭に手を掲げて、膨大な魔力を解放して圧《お》し潰した。

「……思ったより呆気《あっけ》なかったな。てっきりもっと強いもんかと……警戒しすぎたか？」

ぐちゃりと潰れた人物の残骸を見て、息をつく。だが――

「――いきなり何だお前？　あ？　せっかく僕が楽しんでたのに、なんてことしてくれるわけ？　殺すぞクソが」

「――!?」

背後から男の声が聞こえ、すぐに振り向く。

「クソ、クソ、クソ……！　邪魔するんじゃねえよゴミが。誰だよお前、勝手に入ってくるなよクソゴミが。あームカつく、今すぐ殺したい。……決めた、お前は惨《むご》たらしく殺す。決定」

その人物――痩せこけた頬の男……いや、少年は、顔を醜く歪《ゆが》めながら親指を血が出るほど噛《か》んで、くすんだ灰色の髪をガシガシと荒々しく掻《か》く。

フードを深くかぶっているせいでわからなかったが顔つきはまだ幼く、子供といっていい年齢――十三歳程の少年だった。

「……なんで、生きている。お前はいま、俺が殺したはずだ。死体もここに――」

「あ？　そんなん決まってるだろクソ。僕の敬愛なる我が主に〝こうなるように〟して貰《もら》ったんだよ」

「……はぁ？」

少年の言っていることの意味がわからず、そんな声を出す。確かに殺した感触はあった。幻影なんてことはありえない。

「ま、低能な人間風情にわかるわけがないか。僕をバカにして虐《いじ》めたあのゴミクズと同じ種族なんかに……ああ、思い出しちゃった。あいつらが死ぬときの顔、すっごく面白かったなあ……」

歓喜に顔を歪ませ、ひひっと狂気的に、ケタケタと楽し気に笑う少年。

俺はその言葉を聞いて、少年が誰のことを言っているのか理解した。

「あいつらって言うのは、街で噂《うわさ》になってた——通り魔事件のことか？　子供の心臓が抜き取られていたらしいが……残虐なことをするもんだ」

「んん？　いや、それだけじゃないけど……ちゃあんと、生きている間に死なないように手足をバラバラにして、苦痛を味わわせてあげたから。最初は『いますぐ離せ』って強気な態度だったのに、最後には『殺してくれ』って懇願してくるんだから、本当に愉快だよなぁ……！　ああ……楽しい……！」

「……」

心底楽し気に顔をにやにやさせる少年を見て、眉をひそめる。

何でこの少年がそこまで狂気的な行動をしたのかはまったくわからない。口ぶりから、その子供たちに言うのもはばかられるような酷《ひど》いことをされたのかもしれない。

……でも、それでもだ。

「何で……魔導学園の生徒たちを殺した？　あいつらは何の関係も無かった筈《はず》だ」

少しだけ怒気を含んだ声色で、問いかける。少年は俺の言葉を聞いて、なんてことないと言わんばかりに答えた。

「んー、確かに魔導学園の制服を着てたから襲ったけど。別に狙ってたわけじゃないし、たまたまに決まってるじゃん？……まあ、あのゴミ共と同じくらいの年齢だったし、僕としてはすっごく楽しかったけど」

「……そうか」

平淡《へいたん》な声で、呟《つぶや》く。どうやら運が悪かっただけらしい。不慮の事故にあったみたいなものだろうか。

俺は無言で左腕を上げ、手のひらを少年の方向に掲げる。もう聞いていられない。

「最後に、聞かせてくれ。なんでこんなことをした？」

俺が左手に膨大な魔力を充填させながら聞くと、少年はニヤリと顔を歪ませて。

「お願いされたのさ……〝邪神〟の召喚を」

「……〝邪神〟？」

何のことかわからず、口を開いて聞こうとするが。

「そうですよね？　親愛なる我が主――〝暴食様《グーラ》〟！」

それより早く、少年が大仰に手を天に掲げ、叫んだ。

次の瞬間。

「――!?」

掲げていた左腕に、強い衝撃と痛みが襲った。

すぐに何事かと、左腕に視線を移す。

しかし――

「なッ――!?」

本来そこにあるべきはずの左腕は無く……跡形もなく、消失していた。

まるで、〝何かに喰《く》われた〟ように。


「くっ――!」

状況を理解した後、すぐに残った右手で着ていた服を破って、止血するように左腕に巻く。……これで最低限、出血は抑えられるはずだ。

「!? いま《上位治癒《ハイヒール》》を――」

「来るな! そのままそこにいろ!」

イヴが俺の方に駆け寄ろうとするが、大声を上げて止める。

「でも――」

「〝俺に何があっても生徒たちに声を掛け続けてくれ〟って言ったよな?……それに、今はどちらにせよ《回復魔法》は効かない」

「ッ……わかった」

イヴは今すぐ駆け寄って治したいと言わんばかりな表情だったが……俺が有無を言わせない口調で言うと、理解してくれたのかコクリと頷《うなず》いてくれた。

『へえ……よくわかったね？　ボクの《捕食》を喰らったら治せないなんてこと……やっぱりキミは強いね』

どこからか聞こえてくる、楽し気な少女の声。

俺は周囲を見渡し、声の主を探す。

……が、どこにもそれらしい人物は見当たらない。

『あー、ごめんごめん。そういえばまだこの姿だったね。いま元の姿に戻るよ』

そんな声が聞こえると同時。近くにいた灰色のネズミから、凄《すさ》まじいほどの魔力が漏れ出した。

「……ふぅ。やっぱりこの姿が一番落ち着くね。それに、ボクってネズミは好きじゃないんだ。だってなんか気持ち悪いじゃないか。キミもそう思わない？」

小さな灰色のネズミがぐにゃりと揺れ、膨張し、やがて一人の人間――少女の姿になる。

その少女を一言で表すなら……どこか怪しげな雰囲気の少女。

黒を基調としたゴシックドレスを身に纏《まと》っていて、地面に付くほど長い銀色の髪。

爛々《らんらん》と輝く銀の瞳でこちらを見つめ、何が楽しいのかにっこりと笑みを浮かべて、親し気に話しかけてきていた。

「久しぶり、というわけでもないね。一日ぶりかな？　ふふ、まさかこんなに早く再会するなんてね」

「……ああ、まさか——俺もこんな所でまた会うとは思わなかったよ」

俺は、目の前で笑みを浮かべる……大会最終戦の時に、戦いもせずなぜか降参した少女——エンリに向けて、そう言った。

「じゃあ……前に言った通り、ゆっくりお話でもする？　何の話にしようか。この前食べた美味《おい》しい料理の話と、最近面白かった出来事のどっちがいい？」

「するわけがないだろ。そんなことよりなんで、こんな所にいる。俺の左腕が吹き飛んだのはなぜだ」

まるで友人と話しているかの如《ごと》く、明朗に話しかけてくるエンリに、構わず問いかける。

そもそも……俺は《身体強化》で身体《からだ》全体を覆っているから、生身が傷つけられることはほぼ無いはずだ。それなのになぜ——

エンリは「お話ししないのかぁ……残念」と肩をがっくりと落とした後。

「そんなの当たり前だよ。だってボクの《捕食》は絶対に防げないからね」

「俺の《身体強化》は帝級の《結界魔法》と同じくらいの魔力を込めている。……いや、それ以上か。なのに、防げないなんてあるわけがない。少なくとも軽減はされるはずだ」

「うーん？　いや、だからさ……そんなの関係なく、ボクの《捕食》は防げないんだ。ど

んな魔法でも盾でもね。例外があるとしたら——現段階の〝勇者〟か〝あの《権能》〟くらいかな」

「……意味が、わからん」

理解ができなかった。

どんなものでも防げない攻撃魔法なんてものは存在しない。そんなものが存在しているとしたら、魔術理論は根本から引っ繰り返ってしまう。

「それよりさ、キミにもう一度会ったら聞きたいことがあったんだ。あの時は変な眼鏡を付けてたからわかりにくかったけど……君のその〝黒い瞳〟——」

混乱している俺に構わず、エンリが問いかけてこようとするが——

「——暴食様《グーラ》！　そんなやつより、僕が集めた〝心臓《グーラ》〟を見てください！　あのクズ共とそこに転がっているガキの心臓です。これなら……暴食様が仰《おつしや》っていた、邪神を召喚できるはずです！」

黒いローブ姿の少年がエンリの言葉を遮って叫ぶ。

エンリはにこにことしていた顔を急に真顔に変え、少年に振り返った。

「あぁ、そういえばそうだったね。すっかり忘れてたよ。……うん、これならいけると思う。ありがとね？」

「いえ、僕に復讐《ふくしゆう》の機会を与えてくれた暴食様《グーラ》にはこれくらいは当然のこと！　こんなすごい力もくれて、感謝してもしきれない……！」

少年が掲げた、心臓が何個も入った器を一瞥《いちべつ》したエンリに、少年は大仰に感謝の言葉を吐き出す。

「本当に助かったよ。ご苦労様。じゃあ――」

少年の方に手を伸ばすエンリ。少年はそれを見て褒めて貰えるのかと、恍惚《こうこつ》とした表情を浮かべるが――

「もう、死んでいいよ。必要ないから」

「……え？」

エンリはにっこりと笑みを浮かべ、少年の肩をポンと叩《たた》く。すると――

「なん、なんで……！　暴食様《グーラ》が、僕のことを必要って言ったのに――」

少年の頭が、腕が、足が……身体の部位が徐々に、ボロボロと崩壊していった。

「うん。あの時は必要だったけど……もう役割は終わったでしょ？　だからもう、君はいらない」

「そん、な……」

少年は絶望的な表情を浮かべ、エンリに救いを求めるように手を伸ばす。だが、エンリはその手を取らず、虫を見るような冷たい瞳で見るだけだった。

「さて、これでお話の続きができるね？　それで、君の瞳のことだけど――」

――数秒後、ボロボロと身体が崩れ、灰になった少年の姿には目もくれずに、エンリは話を再開しようと口を開いた。

「お前……そいつは、仲間じゃなかったのか？」

一連の光景をただ見ていた俺は、エンリの問いかけを無視し、言葉を吐き出す。

「仲間じゃないよ？　ただの他人。なんかあっちはボクを主君か何かと勘違いしてたみたいだけど……ただ、ボクは力を与えてちょっとだけお願いしただけなのにね？　困るよほんと」

「あいつは、まだ少年だった。いくら強力な力を与えられたとしても、いきなり人を躊躇《ちゆうちよ》なく殺せるようになるとは思えない。……お前が何かしたんだな？」

少しだけ声色を荒らげ、問いかける。

エンリは「ん？　あぁ……」と口角を上げて楽しげな表情になり。

「そうだよ。ボクが、彼の《殺意》と《復讐心》以外の感情を食べて、おまけに《殺意》を増幅しておいてあげたのさ。そうしなきゃ、人って理性やら何やらで行動できないもんね。……ボクって優しくない？」

……やはり、こいつが何かしていたようだ。そりゃそうである。普通なら、どんなに恨みを持っていたとしても、人間をあんなに残虐に殺すことなんて出来やしない。それはもう……人間の皮を被《かぶ》った、悪魔だ。

こいつが何をしたのかはわからない。そんなこと興味も無い。あの少年がしたことは許されることなんかじゃないし、こうなって当然のことなのかもしれない。

それに、俺にはどうでもいいことだ。所詮は他人、死のうが生きようがどうでもいい。

……でも。

「それより聞きたいんだけど、その黒い瞳って――」

「黙れ。話は終わりだ」

強い口調で、言葉を吐き出す。

「……もしかして怒ってる？　うーん、何で怒ってるのかわからないけど……まあいいか。別に関係ないだろうし、聞かなくてもいいや」

エンリは「残念だなぁ」と肩をすくめ、

「それで、どうする？　ボクはこの〝心臓〟を使って邪神を召喚してみるけど……今から帰るなら、見逃してあげるよ？……そっちの女の子もね」

遠くで、祈るように護衛と生徒たちの骸《むくろ》に声をかけ続けているイヴをちらりと見て、エンリはそんな提案をする。

「……逃げるわけないだろうが」

「あれ。もしかしてキミにとって、大事な人たちだったのかな？　ボクがやったわけじゃないけど……悪いことしたよ。ごめんね」

エンリは手を胸の前で合わせ、本意かわからない軽い態度で謝罪の意を示す。

……大事な人たち？　いや、俺にそんな人間は一人も存在しない。俺は自分のことしか大事じゃないし、自分のことしか考えない自分勝手な人間だ。

「別に、あいつらは大事な人でも何でもない。致し方なく数日だけ魔法を教えた、ただそれだけの関係だ。あと少しで関わることもなくなる、どうでもいいやつらに過ぎない」

「ふーん？　それなら早く帰り――」

どうでもよさそうに言うエンリの言葉を遮り。

「そう、もうどうでもいいやつらだった。あいつらが惨《むご》たらしく殺されたとか、あの少年をお前が唆したとかそんなことは微塵《みじん》も関係ない。だからこれは……俺の個人的な感情だ」

ベラベラと紡ぎだされる、俺の言葉。

自分でもこの、腹の奥底から湧き上がる強い感情がなんなのかはわからない。

「ただ、俺は――」

あいつらは俺にとってどうでもいい存在だ。マギコスマイアに来て、少し魔法を教えたら無理矢理に押しかけられて、迷惑していた存在だ。つまり俺の人生には何ら影響がないってこと。死んで喜びこそすれ、悲しむことも怒ることもない。

……だから。

いまの俺の、この感情はただ。

「お前のことがムカつくんだよ。無性にな」

俺個人の、傲慢な感情に過ぎないのだろう。

「……やっぱり、怒ってるじゃないか。うーん、さっき謝ったからボクがこれ以上謝る必要は無いし……どうしようかな？」

エンリは俺から吐き出された言葉を聞いて、「うむむ」と腕を組んで考え始める。

「どうしようも何も、選択肢は一つだけだ。俺は逃げないしお前も引く気が無い。というより引かせない。お前には俺の、このストレスの発散相手になって貰《もら》わなきゃいけないからな」

「ボクと戦うってこと？　むむむ、止《や》めたほうがいいと思うけどなぁ。それに……どうやってボクと戦うの？」

エンリはわがままを言う子供を見るような目で、困ったように眉をひそめた。どうやって？　そんなの決まってるだろ。

「決まってる。お前を――――？」

右手に魔力を練り、魔力弾をぶちかまそうとするが。

「なんだ、これ。魔力が――――無い？」

なぜか、一向に魔力を練ることができないことに気づいた。

身体中から体内魔力《オド》を集めようとしても、なぜか一切存在しない。……まるで初めから無かったかのように。

なら、と外界魔力《マナ》を使おうとしても一向に魔力が集まる気配が無い。どうなっている？

「あは、やっと気付いた？　いつ気づくんだろうって思ってたよ」

「お前が、何かしたのか」

「正解！　さっきキミの左腕を〝食べた〟ときに、ついでにキミの体内魔力《オド》と、この空間の外界魔力《マナ》を食べておいたんだよねぇ。キミの魔力をたとえるなら、芳醇《ほうじゅん》なコクと香りが強い、上質なワインって感じかな。すごく、すっごくおいしかったよ。癖になっちゃいそうなくらいね。ごちそうさま？」

「…………は？」

意味が、わからない。

敵の魔力を奪う魔法？　考えられるとしたら《吸収《ドレイン》》くらいしか浮かばないが、それでもあれは対象にずっと触れていることが条件だったはずだ。あんな一瞬の出来事で俺の体内魔力《オド》を全部持って行くなんて……不可能なはずである。

「勘違いしてるかもだから言っておくけど《吸収《ドレイン》》じゃないよ？　これはボクの――【暴食《グーラ》】の《権能》だからね。……ほら、これで食べたのさ」

エンリはぱちんと指を鳴らす。すると、周辺の空間が湾曲して――

「な――」

――現れたそれは、エンリの周囲を無数に漂っていた。

大きさは大小問わず、握り拳ほどの大きさのモノもあれば、人間数人分ほどの大きさのモノもある。

形態も様々で、獣のモノのような形もあれば、人間のモノのような形もあった。

ソレは、個体一つ一つがまるで生きているかのごとくゆらゆらと動き……笑っているような、泣いているような、喜んでいるような――様々な感情を表現している、ように、見えた。

俺は突然、無数に現れたソレ――〝歯や牙を持った、黒い口のようなナニカ〟を見て……あまりの禍々《まがまが》しさに、顔を強張《こわば》らせることしか出来なかった。

「……なんだ、それ」

ぽつりと、呟《つぶや》く。

あまりにも禍々しい物体だった。

見ているだけで背筋がぞっとするような、この世のモノならざる物体だった。

「何って、さっき言ったじゃないか。これがボクの【暴食《グーラ》】の《権能》――《捕食》さ。本当は自分の手の内を晒《さら》すなんて、バカのすることだからやりたくないけど……こっちが先に不意打ちしちゃったからね。このくらいはサービスしておかないと、フェアじゃないでしょ？」

エンリは場違いなほど軽快で明朗な口調で、楽し気に嗤《わら》う。その様子が禍々しい物体――《捕食》と対照的で、より一層、狂気的に見えた。

「その物体からは魔力を感じない。つまり《魔法》でも《呪術》でも無い。となると考えられるのは――《加護》か」

それしかあり得ないと思い、断言するが。

「えぇ？　いやだからさ……《権能》だって言ってるじゃん。《魔法》でも《呪術》でも《加護》でもない、【暴食《グーラ》】の魔王に選ばれたボクだけが使える《権能》だよ。……何回も言ってるんだけどな」

エンリは呆《あき》れた様子で否定し、ため息をつく。【暴食《グーラ》】？　魔王？　何を言っているのかまったく理解できない。

まさか、こいつが魔王？　いや、それは考えられないか。

なぜなら、今代の魔王はまだ誕生していないからだ。誕生したら預言師にお告げが降りるはずだし、勇者が討伐しに行く。それが当たり前であり常識だ。

「あれ、そう言えば――人間は魔王が一人だけだと思ってたんだっけ。……忘れてたよ」

「は？　それ、どういう意味――」

意味のわからない言葉に、問いかけようとするが。

「おっとっと、危ない危ない。これは言っちゃいけないんだった。……まあ、別にどうでもいいことだから気にしないでいいよ？　キミには関係ないことだし」

誤魔化すように、そう呟くエンリ。

「それより――やるなら早く始めようよ。いい加減、喋《しゃべ》るのも疲れちゃったからさ。……まあ、魔力が無くなったキミに、できることなんて無いんだけど」

「……？　何を言っているんだ？」

魔力が無い俺に、出来ることが無い？　何でそんなこと……

「だって、君は魔術師でしょ？　魔導大会でキミの魔力を〝視《み》た〟けど……あんなに膨大な魔力、魔術師しかありえないじゃないか」

「魔術師？」

「剣士、と言うには装備が貧相で鎧《よろい》も籠手《こて》も胸当ても一切付けてないし、なんならそれ、普段着じゃない？　魔術師だとわかれば怖くもなんともないよ」

若干小馬鹿にしたような声色で、やれやれと肩をすくめるエンリ。

装備が貧相？　魔術師？　いや、俺は――

「魔力が無い魔術師なんて木偶《でく》も同然だからね。楽しいお話もしてくれないみたいだし。ボクも、無駄な会話で喋りたくないんだよ。だからさ――」

エンリはにっこりと満面の笑みを浮かべ、別れの挨拶をするようにひらひらと手を振り。

「――さよなら」

無数の《捕食》を、凄《すさ》まじい速度でこちらに撃ちだした。

四方八方から襲い来る、無数の禍々しい大口。

それを見て俺は、即座に展開した《異空間収納《アイテムボックス》》に手を突っ込み、〝久しく使っていない長剣〟を引き抜く。

そして。

「別に、俺は魔術師なんて言ってないんだが」

鞘《さや》から抜いた漆黒の剣身で、禍々しい《捕食》を全て切り落とした。

一瞬で幾重も剣を振り、木っ端微塵《こっぱみじん》になるように。

「…………………へ？」

パラパラと地面に落ちる《捕食》を見て、エンリは間の抜けた声を出す。

「ちょ……ちょっと待って！　なに、何それ？　なんでボクの《捕食》が斬れるの⁉」

「何でって、斬れたとしか」

驚いたように声を荒らげるエンリに、そう返す。

「《捕食》に触れた瞬間、その剣は消滅するはずなんだ！　それなのになんで……！」

「結果的に斬れたんだから、そんなこと言われても困る。……というか、やっぱりこれ使うとだるいな」

握っている、剣身が真っ黒なのが特徴的な黒剣を苦々しく見る。

この剣、二年前にある場所で拾ったものなんだが……なぜか、鞘から剣身を抜くとめちゃくちゃだるい気分になるのだ。

それはもう、今すぐにでも寝転がって何もしたくなくなるくらいのだるさ。マジでだるい。もう寝たい。

魔剣なんじゃないかと《帝位鑑定》で調べても、なぜかわからない。普通なら、ロングソードとかショートソードとか少しの情報はわかるはずなのだが、なぜかこの剣だけはわからない。

それが気持ち悪くて捨てたりもした。

だが、捨てても捨ててもいつの間にか俺の元に戻ってくるのだ。

遥《はる》か遠くまで《空間転移《テレポート》》までして死にそうになりながら、無いことに安心して寝て起きたら枕元に置いてあるし、知らない誰かに無理矢理譲渡しても気付いたら腰に装着されている。

それなら壊そうと思い、剣を地面に置いて使える攻撃魔法を全てぶっ放しても、地面にでかいクレーターが出来るだけでこの剣自体には一切、キズすらついていなかった。意味がわからないんですけど。

調べてみても呪いじゃないっぽいし、《異空間収納《アイテムボックス》》に入るから生物でも無いだろうし……そのうちめんどくさくなって諦めた。

正直、この剣を振るたびにクッソだるくなるので使いたくない。

……のだが、この剣にはそれを上回るほどの利点がある。

この剣、なぜかわからないがめちゃくちゃ耐久性が高いのだ。

〝耐性〟、〝頑強〟などの魔法が掛かっていないにもかかわらず、俺の攻撃魔法を全て耐えるくらいには硬い。

しかも、普通の剣であればたまにメンテナンスが必要なのに対し、〝自動修復〟とかも掛かっていないのになぜか、どんなに汚れても一瞬でピカピカになる。めっちゃ便利。めんどくさくない。すごい。

　この剣なら、エンリの《捕食》も斬れるだろうと思ったら案の定あっさり斬れたし、欠点に目を瞑《つぶ》れば最高の剣と言える。使ってるとめっちゃだるいけど。今すぐにでも全部放棄して寝たくなるけど。

「意味が、わからない。なんでボクの《捕食》が……？　いや、それでも《捕食》に少しでも触れさせれば何の問題もないか。それなら――」

　エンリはブツブツと呟いたあと、パチンと指を鳴らす。すると、周囲に漂っていた《捕食》が混ざるように一か所に集まり――

「でけぇ……」

　視界を埋め尽くす、大きく膨張した禍々しい物体。

「ふふ……これならもう、どうしようもないでしょ？　そんなちっちゃな剣で、こんなに大きい《捕食》を斬ることなんてできないからね」

　確かに……俺の持っているこの剣では、剣の長さが圧倒的に足りない。この大きさの物を斬るのは普通に考えて難しいだろう。……でもまあ、たぶん。

　少し考えていると、エンリはそんな俺の様子を見て焦っていると思ったのか、顔に余裕の笑みを浮かべる。

「じゃあ――今度こそ、さよなら」

　そして、俺に向けて《捕食》を撃ちだして嗤った。嘲笑とも取れるような表情でこちらを見ながら。

放たれた巨大な《捕食》が俺に触れる一瞬。

「ふんッッ！」

剣を強く握り、左下から右上に流れるように勢い良く振る。

「────へぁ？」

すると、巨大な《捕食》が俺が振った剣筋をなぞる様に、すっぱりと真っ二つに斬れた。

「なッ……なあッ……」

エンリはそれを見て動揺しているのか、パクパクと口を動かし、言葉にならない様子。

これだけの大きさなので分断できるかどうかちょっとだけ不安だったが……問題なく斬れてよかった。たぶんいけると思ったんだよな。

「お、おかしいでしょ!?　明らかに、その剣の大きさじゃ斬れないはずだよ!?」

「いや、現に斬れただろ。それに、勢い良く振れば風圧で剣の長さ以上に斬れるし」

「た、確かにそうだけど、それでもできて剣の長さの五倍くらいのはず……！　ボクの《捕食》は三十メートルくらいあったのに────」

「そんなこと言われてもなぁ……」

やってみたら斬れたとしか言えない。

前にとんでもなくでかい魔物と戦ったときにも一振りで分断できたし、今回も出来るかなとやってみたらできた。それだけである。

「おかしい、絶対におかしいよキミ……魔法もあり得ないくらいだったのに、剣技はそれ以上なんて……本当に人間なの？」

顔を引きつらせ、化け物でも見るかのようにこちらを睨《にら》むエンリ。失礼なやつだ、どこからどう見てもイケメンの人間だろうに。

「そもそも、ボクの《捕食》は絶対に防げない筈《はず》で、それこそ防げるとしたら、現段階の〝勇者〟かあの《権能》くらいしか――――！」

ブツブツと呟き、エンリは急に何かに気がついたようにバッと顔を上げる。

「あは、そう、そうだったんだね。そっか、キミが――あは、あはははははははははは」

俺の顔をマジマジと見つめたあと、頭がおかしくなったのか突然、楽しそうに笑い出した。なにこいつ怖い。

「どうりで、見つからないわけだよ。まさか魔族じゃなくて人間に出てるなんてね……そりゃ、ボクの《捕食》が斬れるわけだ。あの《権能》ならできて当然だよね。まだ使いこなせてるわけじゃ無さそうだけど……まあ、それはボクがゆっくりと教えればいいかな」

楽し気に、友人や仲間に話しかけているかの如《ごと》く、明朗な声色で話しかけてくる。急になんだコイツ。俺はお前の敵なんだが。

エンリはにっこりと親し気な表情を浮かべ、こちらに手を差し伸べて、こう言った。

「キミが――――〝《怠惰》《スロース》〟だったんだね」

「……は？」

言葉の意味が理解できず、疑問の声を出す。急に何言ってんだ。

「ふふ、大丈夫。もうわかったから大丈夫だよ。……いや、《怠惰》《スロース》って呼んだ方がいいかな？　反応が無かったのもおそらくまだ、未覚醒だったからだろうね。ボクたちもまさか人間に〝魔印〟が出るなんて思いもしなかったし……ほんと、今代はイレギュラーが多いなぁ……」

赤子をあやすかの如く優し気な声色で、呟《つぶや》くエンリ。

というかこいつ……人のこと怠惰怠惰って失礼すぎやしないだろうか。

俺は自分のことを怠惰で自分のことしか考えないどうしようもないクズ人間だと自覚しているが、人から言われたらそれはそれで癪《しゃく》に障る。放っておいて欲しい。

エンリは「《怠惰》《スロース》ならここまでの異常性にも説明がつくよ」とうんうん頭を頷《うなず》かせ、納得している様子。……いや、これ全部死にそうになりながらも魔物討伐とか筋トレとかしまくった結果なんだが。怠惰とは真逆のことしたからなんですけど。

「《怠惰》《スロース》、いまならさっき攻撃してきたことは水に流すよ。だからボク——《暴食》《グーラ》の仲間になるんだ。まだ《権能》を使いこなせてないみたいだし、ボクが色々と教えてあげる。キミの力があれば、ボクは本物に——」

「何で上から目線なんだお前。お前の方が負けてるんだけど？」

握手するかのように片手を差し出し、ドヤ顔で命令してくるエンリにそう指摘する。

「さては……負けそうになったから、仲間になれとかなんとかいって有耶無耶《うやむや》にしようとしてるだろ」

言うと、「うぐっ」と図星を突かれたかのような表情になるエンリ。わかりやすい。

「じゃ、じゃあ……キミが欲しいものを何でも、好きなだけあげるよ。それなら――」

「いらん」

きっぱりと、断言する。

「そ、それなら！　ボクの仲間になれば一生、何もしないで怠惰にすごしてもいい！　おまけに、欲しいものを言ってくれれば何でも用意するよ。地位でも金でも女でも……《怠惰》《スロース》の君には、魅力的な提案でしょ？」

「ほう……」

必死な様子で、仲間になるメリットを提案される。どこまでが本当なのかはわからないが……本当であるなら、エンリに付いていけばとても素晴らしい生活を送ることができるだろう。

「それは確かに、魅力的な提案だな」

「だよね！　ならボクの仲間に――」

「でも――」

顔を明るくさせるエンリの言葉を遮って。

「お前の下はつまらなそうだから、止《や》めておく」

一足でエンリの元に移動して剣を振り、絶対に再生できないように、粉々に消滅させた。

「やったか……？」

粉々になり、跡形もなく消え去ったのを確認した後、警戒しながら呟いた。

エンリを消滅させた瞬間から俺の体内魔力《オド》と外界魔力《マナ》が徐々に戻ってきたから……おそらく、消滅したはずだ。

念のため、戻ってきた魔力を使って《魔力探知》で反応が無いか確認する。……が、完全に無反応。どうやら、終わったようである。

「よし、あとはあいつらに《蘇生《リザレクション》》をかけて、〝アレ〟を解除してから腕を治せば……一件落着だな」

剣を鞘《さや》に収めて身体《からだ》を振り向かせ、離れた位置にいるイヴと生徒たち、護衛の姿をちらりと見る。

イヴは俺の言ったことを守ってくれているのか、生徒たちと護衛に向けて声を掛け続けてくれているし、流れ弾で怪我《けが》をした様子もなさそうだ。

……途中で体内魔力《オド》が奪われたと気付いた時は、張っていた《帝位結界》が剝がれてどうしたものかと思ったが……何事も無くて安心だ。

「めっちゃだるい……ズキズキして痛いし。ちゃっちゃと後始末して帰って寝よ」

もうさすがに疲れた。この剣使ったからいつもより身体が重くてだるいし、左腕が吹き飛ばされたせいでめちゃくちゃ痛い。ずっと我慢してたけどもう無理。きつい。

早く《回復魔法》を使って治したいが、アレの〝解除〟には少なくとも一時間は掛かる。

その前に、生徒たちを蘇生《そせい》させた方がいいだろう。

……あ。解除するってことは——また、数日中アレをやらなきゃいけないのか。めっちゃめんどくさすぎる……でもやらなきゃなぁ……うへえ。

重たい身体を動かし、イヴと生徒たちの元へ向かう——

が。

「——!?」

背後から高速で迫りくる何かの気配を肌で感じ、何も無い宙に剣を振る。

ボトリ、と地面に何かが落ちた。

落ちたソレは、すぐに可視化され……禍々《まがまが》しい、歯や牙を持った黒い口のような物体——《捕食》になった。どういうことだ。エンリは完全に消滅させたはず。なのになぜ——

「くっ……！」

更に、俺めがけて飛んでくる透明の《捕食》。俺はすぐに剣を振って切り捨てる……が。

「——!?　まさか——！」

切り捨てたにもかかわらず、俺の遥か〝後方〟で《捕食》の気配を感じた。

「くそッ……！」

すぐさま足に魔力を込めて、走り出す。

だが、まだ《体内魔力《オド》》と《外界魔力《マナ》》が戻り切っていないのか、使える魔力を全力で足に込めても、僅かに《捕食》の方が速い。《空間転移《テレポート》》を使うにも、囚《とら》われた《異界》の空間では使うことができない。このままだと――

「とど……けッッ！」

間に合わないと判断し、手に持っていた長剣を《捕食》の気配がする場所へ思いきり投げつける。《高速思考》と《並列処理》を使い、俺の投げる速度と《捕食》の速度を一瞬で計算して、確実に当たるように。

数瞬あと、投げつけた長剣がガキンッと壁にぶつかる音が響いて。

――可視化された《捕食》が、見事に剣に串刺しになって、壁に縫い付けられているのが視認できた。

「危ねえ……。よか――」

安心した瞬間。

「がっ――」

拳大ほどの物で背中を殴られたような、強い衝撃。

すぐに何事かと、自分の姿を見ようとした。だが――

「か、はッ……」

それより早く、俺の口から大量の血が吐き出された。

なんだ、これ、どうなって――

「────は？」

ソレを見て、愕然《がくぜん》とした。胸の部分──本来なら心臓があるはずの部分に、ぽっかりと大きく穴が空いていたから。

ぐらっと支えを失ったかのように、俺の身体が前のめりに倒れ始める。

視界が徐々に暗くなり、消えゆく意識の中。

「────ッ！────ッッ!!」

誰かが急いでこちらに駆け寄ってくるような、そんな音が聞こえた。

◇

「《上位治癒《ハイヒール》》！　《上位治癒《ハイヒール》》！……なんで、なんで——！」

広く薄暗い洞窟内に、少女の声が反響する。

その少女——透き通るような水色の髪と瞳を持った人物は必死な様子で、先ほどから何度も何度も、《回復魔法》を倒れ伏した青年に対し、行使していた。

「なんで、どうして——効かない、の」

しかし、《回復魔法》を青年の胸部分、ぽっかりと穴が空いた箇所に何度行使しても、一向に治癒される気配はなかった。まるで、何かに弾《はじ》かれているかのように。

「お願い、死なないで……！」

水色の少女はそれでもなお、諦めることなく何度も何度も《回復魔法》を青年にかけ続ける。

しかし。

「————あ」

青年の僅かに吐いていた息が——完全に止まったのを見て、擦《かす》れた声を漏らした。

「あ、ぁぁあ……」

少女は壊れた人形のように、言葉にならない声を口から吐き出す。

——また、私のせいで人が死んだ。

少女の脳内に想起されるのは過去の記憶。自分のせいで死なせてしまった、人々の姿。

「ぁぁ……ぁあああああ……」

水色の少女はピクリとも動かなくなった青年の遺体に縋《すが》りつく。

その絶望した、機械の如《ごと》く虚《うつ》ろな表情はまるで……あの頃、四年前の……灰色だった頃の少女に戻ってしまったような錯覚すら感じさせた。

少女が一人の人間としてではなく――〝悪魔〟と呼ばれていた、あの頃に。

四章　灰色の少女

——夢を、見ていた。

『ふふ……これで■●●も、お姉ちゃんね』

『感慨深いなぁ……きっと、この子も■●●みたいに美人さんになるに違いない！　■●●がこんなにかわいいんだからね！』

顔がぼやけて認識できない金色の髪の夫婦と、楽し気にはしゃいでいる〝灰色の髪〟を持った女の子の夢。

誰なのかはわからない。

ただ、その少女はとても幸せそうで……楽し気な様子を見ていたら、なぜか不思議と心が温かくなった。

『おかあさん！　わたしも▲▲■だっこしたい！』

少女は金色の髪をした赤子を抱く女性に、「抱っこさせて！」と元気よくせがむ。

夫婦も、そんな無邪気な少女を愛《いと》おしそうに見つめ……赤子を優しく慎重に、少女の小さい腕に抱かせた。

少女はその小さな命を真剣そうな顔で、まるで壊れ物でも扱うかのようにそうっと抱く。

夫婦はそんな少女を、優しい目で見守っていた。

とても温かい、仲がいい親子の光景。

きっとこの親子は、これからも幸せに暮らすのだろう。

そう思えるほど、その光景は温かいものだった。


本当に、幸せそう——

――ノイズが走る。

『なんだ、これ。■●●、その禍々しい魔力は何だ、何をした。どうして▲▲■が――死んで、いるんだ』

『ち、ちがう……わたしはなにも――』

一転して視界に映ったのは、ピクリとも動かない〝赤子によく似た肉の塊〟と、怯《おび》えた目を少女に向ける、夫婦の姿。

そこに数瞬前の幸せな光景は無かった。わけがわからず混乱する灰色の少女と、化け物でも見るような目で怯える、夫婦がいるだけだった。

(やめて……！　もう見たくない……見たくない！)

なぜか、これ以上先は見たくないと強く感じた。これはただの夢のはずなのに。関係ないはずなのに。

しかし、わたしの意思とは無関係に夢は流れていく。

『お、おとうさん、おかあさん……こわい、こわいよ……』

少女は自身を覆う〝黒く禍々しい魔力〟に怯え、夫婦に手を伸ばして助けを求めた。

『たすけて……！』

きっと、ただ安心させて欲しかっただけなのだろう。

両親ならなんとかしてくれると思って、手を伸ばしたのだろう。でも――

『ひっ――ば、化け物！』

夫婦は少女を〝化け物〟と呼び、少女が伸ばした手を叩《たた》いて、拒絶した。

恐れている目だった。

我が子を見る目ではなかった。

夫婦の瞳の中にはもう――かわいがっていた、娘だった少女は映っていなかった。

◇

「――寝てんじゃねえ〝十五番〟！　ったく、また生き残りやがって……この〝悪魔〟が。早く死んじまえってんだ」

ガンッと金属が響く音と、怒号で目が覚めた。

「……」

重い身体《からだ》を起こし、周りを見回す。

囲むように張られた鉄格子。

ろくに手入れもされていない、灰が被《かぶ》った空間。

「あーあ、もったいねえなぁ。ツラは良いんだから変態に高く売り飛ばせるのに、クソ加護のせいでそれもできねえ。……お前なんかを管理しなきゃいけない俺の身にもなってほしいもんだ。本当、早く死んでくれよ」

鉄格子越しに対面する男。

その男は苦々しげな声色でそれだけ言って、唾を吐いて去っていく。

殴られたりはしない。

いつものように意味もなく叩き起こされ、罵倒されるだけ。

「……」

顔を下げ、自分の姿を見る。

ボロ布のような薄汚れた服。

不健康すぎるほどに細く、痩せた身体。

そして――首に装着された、首輪のような物体。

ボロ布の服は大量の汗を吸ったからか濡《ぬ》れていて、額からは玉のような汗が出ていた。

「また……あの、夢」

何度見たかもわからない、悪夢。

二度と思い出したくない、昔の自分の夢。幸せな日々が壊れ始めた瞬間の夢。

夢の中のわたしは、少女とは無関係な傍観者なのに……目が覚めたら、全てを思い出す。

思い出してしまう。あの少女が――自分だということを。

「……」

体育座りになり、自分を守るように膝をぎゅっと抱える。

この悪夢で起きたときは毎回こうして膝を抱えて、忘れるまでうずくまる。
――わたしは何のために生きているんだろう。
家畜のように扱われる日々。
ただ命を繋《つな》ぐためだけに与えられた、僅かばかりの食事。
友人も家族も居ない、趣味も夢も目標も希望もない、空っぽの人生。
いつ死んでもよかった。
もう死んで楽になりたかった。
早く誰かに殺して貰《もら》いたかった。

でも……それすら、許されなかった。

剣で首を刎《は》ね飛ばされても。
魔法でぐちゃりと圧《お》し潰されても。
轟々《ごうごう》と燃える炎に全身を焼かれ続けても……。

死ぬことは、決してなかった。
この身体に刻まれた〝加護〟と名のついた〝呪い〟が、死なせてすらくれなかった。
いくら剣で斬り刻まれようと、発生した黒い魔力で数秒後には跡形もなく完治し。

魔法で肉塊になるまで圧し潰されても、少し経《た》てば元の身体に修復される。

首を刎ね飛ばされ、意識を失っても……起きたときには刎ね飛ばされたはずの首が綺麗《きれい》に生えていて、身体にはキズ一つ無い。

傷つけられたときに発生するその黒い魔力は、わたしの意思とは無関係に、わたしを生かし続けた。

そして……わたしを害した人間に、死の厄災を与えるのだ。

みんな、化け物でも見るような目で睨《にら》みながら死んでいった。怨《うら》みがましい表情で、絶望に染まった顔で。

「……」

娯楽も無く、鉄格子の中に繋がれた生活。

違法闘技場で他の奴隷と闘わされ、仮面で顔を隠した貴族たちに面白可笑《おか》しく見世物にされる日々。

救いを求める気持ちなんて、とうの昔に消えた。

両親に化け物と拒絶されて捨てられて。

甘い言葉を掛けてきた男に奴隷として捕まって。

何度も、期待しては裏切られて……そのうち、誰かを信じることは無くなった。誰も信じられなくなった。

「……」

膝に顔を埋《うず》め、ぎゅっと脚を抱く。

すると――頭の中に勝手に、ひとつの御伽噺《おとぎばなし》が思い浮かんでくる。

それは、もう名前も覚えていない母親だった人に寝る前の子守歌代わりに読んでもらった、勇者が魔王を倒して神様に一つだけ願いを叶《かな》えて貰うという、シンプルな英雄譚《たん》。

物語の中で勇者が何を願ったのかは、もう覚えていない。

でも、もし……勇者ではなく、わたしが一つだけ願いを叶えられるとするならば――

――助けなんて求めない。意味が無いから。

――過去に戻ってやり直すこともしない。もうどうでもいいことだから。

何もいらない。何も欲しくない。ただ一つ、願うことは――

「終わらせて、ほしい」

この生に、終わりが来ることだ。

「え……ここ、に？」

そんな少女に変化が訪れたのは、ある日のことだった。

「そうだ。今日からはコイツが、お前と同じ牢《ろう》に入ることになる。クソ加護には呪い持ちの同居人がお似合いだろう？」

奴隷たちを管理している男が、一人の人間を連れてきて言った。

（なんで、鎧《よろい》……？）

少女はまず、そう疑問を抱いた。その人間はなぜか、鎧を装備していたから。

ゴテゴテとした動きづらそうな、大きな全身鎧。

顔を覆い隠すような、フルフェイスヘルム。

普通なら……反抗されないように、装備は取り上げられるはずだ。

それなのにこの人間はなぜか、奴隷の印である首輪も付けられていなかった。

あまりにも――場違いな恰好《かっこう》。

だが、鎧人間を連れてきた男は何の疑問にも思っていないようで……牢屋に押し込むなり、さっさと去って行ってしまった。

「……？」

その不自然な行動に、少女は少しだけ疑問を抱く。

「……」

……が、すぐにどうでもよくなって、膝を抱えてふさぎ込んだ。考えても何の意味もない、どうでもいいことだと感じて。

「――なあ、ここって毛布とか布団ないのか？　寝るにしても床は汚いし固いし……まあ別に全然寝れるんだけど」

関わって欲しくないのに、その鎧人間――声色は若そうな男性は、少女に平然と軽い口調で話しかけてきた。

「……」

少女は何も言わず、無言で返す。

「……まあ、別にずっと居るわけじゃないしいいか。すぐに出てくし」

その男――鎧男は良くわからないことを呟《つぶや》いて、ごろんと床に寝そべった。

そしてすぐに、寝息が聞こえてきた。数秒しかたっていないのにもかかわらず。

「……なに、このひと」

膝に埋めていた顔を上げ、鎧男を見る。

――変な人。

少女はそう思った。とにかく、変な人間だった。

数時間後。

鎧男は起床し、「う～ん、よく寝たなぁ」と気持ちよさそうに伸びをして。

「それにしても、本当にここ汚いな……ちゃんと掃除とかしてんのか？　まあ、俺が言えたことじゃないけど。お前もこんなとこいてつまらなくね？」

なぜかまた、少女に話しかけてきた。

「……」

少女はただ、無言で返す。

「俺だったら絶対嫌だな。なんもやることなさそうでつまらなそうだし、魔導具も買いに行けないし……ん？　いやでも、何もしなくても勝手に飯が出てくるのはいいかも……考えようによっては一生ぐうたらできるよな？　おいお前、ここの飯ってどんな感じなんだ？　それによっては一考の価値があるかもしれん」

しかし鎧男は構わず、少女に話しかけて来る。

「……はなしかけないで」

少女は膝に埋めていた顔を少しだけ上げ、ぼそっと拒絶の言葉を吐き出した。

これでもう、話しかけられることはない。そう思ったが――

「……ダメか。わかった、もう話しかけない。その代わりひとつだけ、答えて欲しい」

ため息をついた後……急に真剣な声色になって、そんなことを言ってきた。少女はそれで話しかけて来なくなるならと思い、コクリと頷《うなず》く。

「お前――――やりたいことはあるか？」

聞いてきたのは、わけのわからない意味不明な質問。

「無いなら興味があることでも、好きなことでも、将来の夢でも……何でもいい。ちなみに、俺の夢は魔王を倒して王様になることだ。でかい夢だろ？」

それは少女にとって予想外の質問だった。だが、そんなもの――

「…………あるわけ、ない」

それだけ言って、拒絶するように膝に顔を埋める。

「……そうか」

鎧男は少女の返答を聞き、何かを考え込むように黙り込む。

そして――少し経った後に、急に立ち上がって。

「――決めた。やっぱり奴隷は、気に喰《く》わない」

と、決心するようにハッキリと言った。

鎧男は「行くぞ」と少女に声をかけ、何もない空間から大振りの剣を取り出し、鉄格子にスタスタと近づいていく。

「？　いくって……？」

混乱する少女に構わず、鎧男は鉄格子に向かって勢いよく剣を振り――

「決まってるだろ？　この闘技場を、ぶっ壊しに行くんだよ」

――綺麗に切断され、カラカラと地面に落ちる鉄格子を見ながら、そう答えた。

たとえるならそれは、暴風のようだった。

鎧男が大振りの大剣を一振りするだけで、混乱して逃げまどう貴族たちはモノ言わぬ骸《むくろ》へと変わった。

鎧男の通った道は、まるで大型の魔獣が大暴れしたかのように死肉と死臭で満ちていく。

ゴテゴテとした武骨な鎧は返り血で真っ赤に染まっており……悪魔と言われても、誰一人疑わないだろう風貌になっていた。

あれから。

闘技場をぶっ壊すと宣言した鎧男は、宣言通り破壊の限りを尽くしていた。

最初は、突然現れた侵入者に対して貴族たちは嘲笑し、余裕の態度を取っていた。

だが……護衛として雇っていた屈強な戦士や魔法使いが一振りで命を失ってからは混乱し、逃げまどうようになった。

中には自分の剣闘奴隷に、犠牲になって逃げる時間を作れと命令する者もいたが……鎧男は目にもとまらぬ速度で命令主である主人を先に殺し、無力化させていた。

鎧男は無言でただ剣を振り続け、肉塊を積み上げる。

「な……何なのだ貴様！　ここは、選ばれたモノしか入れないはずで……！」

気づけば、逃げまどう貴族たちは居なくなり、あと一人――豪華な装飾や指輪で自らを飾り立てている、ぶくぶくと太った男だけになっていた。

「あ……」

少女はその太った男の姿を見て、小さく息を零《こぼ》す。その姿に見覚えがあったから。

奴隷同士の殺し合いを、見晴らしのいい特等席で観戦して、歪《ゆが》んだ笑みを浮かべていた男。支配人と呼ばれ、奴隷商たちがペコペコと頭を下げていた男。

「ああ、それなら何の問題も無く入れてくれたぞ。……ちょっとだけ魔法で弄《いじ》ったけど。まあそんなこともう、どうでもいいだろ？」

鎧男は腰が抜けて地面に倒れた男を見下ろして、大剣を高く掲げる。

「ひっ……わ、私はこの国の宰相の息子であるぞ！　私を殺したら貴様は――」

太った男は自身の地位の高さを、唾を吐き出しながら叫ぶ。しかし――

「……それで？　別にお前が偉いとかそんなの、心底どうでもいいんだが」

鎧男は意にも介さない態度で、言った。

「なッ……！　そ、それなら欲しいものを言うがよい！　金か？　女か？　それとも地位か？　何でも好きなものをくれてやる！　だから――」

「魅力的な提案だが……何かが欲しくてやったわけじゃないし、遠慮しておく」

「じゃ、じゃあ何が目的なのだ！　何のためにこんなことをした！」

「いや、何のためにって言われても――」

鎧男は大剣を下ろし、少しだけ思案するように考え込んで。

「――ただ、奴隷ってやつが気に入らなかった。それだけだ」

と言った。わがままな子供のように。

「そ、そんな自分勝手な理由で……？」

「はぁ？　お前たちだってこうして、好き勝手やってただろ。それに、そもそも奴隷は犯罪のはずだ。何で犯罪者であるお前らにそんなこと言われなきゃいけない？」

「た、確かに奴隷は犯罪だが……我々は、何も悪いことなんてしていない！　価値の無い平民ごときを有効活用してやってるのだから、むしろ感謝されるべきだろう！」

太った男は醜く吐き捨てて弁明する。

「それに私をここで殺しても、奴隷は無くならん！　そうだ！　なら私も奴隷を無くせるように協力しよう！　この国だけでも他に奴隷商はたくさんいる！　私がいれば――」

「いや、別に」

ヒュンッ、と何か大きな物体が風を切るような音が聞こえて。

「俺一人で全部潰すから、お前はいらん」

次に少女の視界に映ったのは、ボールのような丸い物体――男の首が宙高く飛ぶ、そんな光景だった。


その後。

鎧男は闘技場にいた奴隷たち全員――三十名ほどを一か所に集めたあと「少し待ってろ」とだけ言い、スタスタとどこかに去っていった。

残された奴隷たちはいきなりの出来事に何が何だかわからず、ただ言われたとおりに待機する。

「よし、お前ら付いてこい」

数十分後。鎧男は返り血を拭いたのか綺麗《きれい》になった鎧姿になって戻ってくるなり、先導するように歩き出した。

「あの……助けて……くれたん、ですか？」

奴隷の一人が、僅かに希望が籠った声色で質問した。だが――

「……はぁ？　これは全部、俺のためにしてることだ。勘違いするな」

鎧男は冷たく吐き捨て「いいから来い」とだけ言って、スタスタと歩いていってしまう。

「そう、ですか」

冷たい態度で吐き捨てた鎧男を見て、質問した奴隷は顔を俯《うつむ》かせて平淡《へいたん》な声を吐き出す。

奴隷たちはさっさと行ってしまう鎧男の命令に従い、虚《うつ》ろな顔でただ鎧男の後ろに付いて行く。違法闘技場を出て、人通りの少ない街道をペタペタと歩いて――

「……？」

少女はそこで、少し違和感を覚えた。

なぜか、すれ違う人たちが誰一人として――少女たちに気づいていないのだ。

これほどの大人数で移動していれば、いくら人通りが少ない街道とはいっても、誰かしらが気づいて何かしらの反応をするはず。

それなのに……誰一人、少女たちの存在に気付いた様子が無かった。

まるで――魔法でもかけられているかのように。

鎧《よろい》男の後ろをただついて行くこと数十分弱。

街道を抜け、街の中心部からやや外れた建物の前で立ち止まった。

「――ここだ」

「……屋敷、ですか？」

その建物を一言で表すなら――貴族が住んでいそうな、広い庭付きの大きな屋敷。

「本当はもっと地味な所が良かったんだが……広さとか立地とか即日で住めるとか……条件に合うのがこれしかなくてな。お前らには悪いが、我慢してほしい」

鎧男は正面門に張られていた「魔導不動産売家：二億リエン」と書かれた張り紙をびりっと剝がし、乱暴に門を開け、玄関へと向かう。

入っていいのかわからず、門の前でただ待機していた奴隷たちだったが、「何してる？早く来い」と命令され、急いで屋敷の中に足を踏み入れた。

「よし、まずはお前らに、やってもらいたいことがある」

屋敷の中に入り、豪華な広間へと連れていかれたあと……鎧男が開口一番に言った。

奴隷たちはこれから何をさせられるのかを想像し、顔を強張《こわば》らせる。

「ここ、めっちゃ埃被《ほこりかぶ》ってて汚い。掃除するぞ」

「…………え？」

しかし、言われたのは想像していたものと違う、予想外の言葉。

奴隷たちが意味もわからず硬直していると、鎧男は「お前とお前は窓、お前はこれで床を――」とテキパキと指示し、どこからか大量の掃除道具を取り出して渡していた。
そして――なぜか、鎧男と奴隷三十名弱による、大掃除が始まったのだった……。

それから奴隷たちはなぜか、この屋敷で生活することになった。

まず鎧男がしたのは、奴隷たちに文字の読み方と書き方を教えること。

もうその時点で、奴隷たちは理解ができなかった。

そもそもここにいる奴隷は、何らかの理由で労働奴隷にも家事奴隷にも性奴隷にもできなかった奴隷しかいない。

身体《からだ》が欠損していて、労働奴隷に使えない男奴隷。

酷《ひど》い火傷《やけど》で皮膚が爛《ただ》れていたり、病気を持っているせいで家事奴隷にも性奴隷にも使えない女奴隷。

年齢は十〜十五歳ほどで、体力がある奴隷は一人もおらず……この場にいる奴隷たちは全員、それ以下の価値の低い奴隷たち。掃《は》き溜《だ》め以下の、出来損ないの存在。

教養もない。技術もない。体力もない。

そんな自分たちがなぜ勉強をさせられているのか、意味がわからなかった。

少しずつ文字の読み書きが出来るようになったころ、次はなぜか大量の本を持ってきて「これで勉強しろ。わからないところは聞きに来てくれ」と置いて行った。

その本は、基礎教養などがわかりやすく書かれた綺麗な装丁がなされた本で、平民が買える物ではなく、貴族の子息などが使っている一冊数万リエンはくだらない代物。

それほど高価な本を何冊も床に乱雑に置き自分たちに与える鎧男のことが、奴隷たちは理解できなかった。

しかし、そんな日々が続いていき……徐々に、奴隷たちは鎧男を信用するようになった。

当初考えていた酷い扱いはまったくされず、命令されることも一度としてない。

それどころか、以前であれば貧相な食事が一日一食与えられるのに対して、必ず一日三食の食事を取らせてくれたのだ。……「食糧庫にある食糧を使って適当に食べろ」という、投げやりな食事ではあったが。

奴隷たちが信用するようになった一番のきっかけは、「わからない所を教えて欲しい」と一人の奴隷が恐る恐る教えを乞いに行ったときに、面倒くさがりながらも丁寧に、わかりやすく教えてくれたからだろうか。

相変わらずぶっきらぼうで冷たい態度の鎧男だったが、家族や奴隷商たちから迫害され、事あるごとに暴力を振るわれていた奴隷たちにとって、鎧男の行動はそれだけで優しくみえた。

（……どうでもいい）

しかし、灰色の少女にはそんなこと、どうだってよかった。

そもそも……鎧男はあの奴隷商たちと同じで奴隷たちのことを〝お前〟、〝おい〟としか呼ばないし、自分の名前すら教えてくれない。

奴隷たちの名前を聞かないのは、どうせ売り飛ばそうとしていて覚える気がないから。

本を与えて教養を教えようとしているのも、付加価値を付けようとしているから。

決定的な根拠として……鎧男は奴隷である証《あかし》──首輪を取り外していない。つまり、奴隷として扱っているということに違いない。

少女はそう思っていた。所詮、この男もあの奴隷商たちや甘い顔をして近づいてきた人たちと変わらないのだと。

加えて鎧男は、時折ふらっと「ちょっと出てくる」と言ったきり数日居なくなって、戻ってきたときには新しい奴隷たちを連れてくるのだ。

なぜか、この家に住んでいる奴隷が五十人を超えてからは連れて来なくなったが……それでも何度も何度もふらっと居なくなり、たまに帰ってきては二階の自分の部屋に引きこもって、何をしているかわからない。そんな人間を少女が信頼できるはずが無かった。

それに──少女にとって信頼できる人間かどうかなんて、関係の無いことだった。

あの鎧男が良い人間かどうかなんて、どうでもいいのだ。

「……」

少女は、広い庭でボール遊びなどをして楽し気にはしゃいでいる奴隷たちを日陰の隅っこでぼーっと見ながら、膝を抱える。

奴隷たちが和気あいあいと遊んでいるのと対照的に……少女の近くには誰一人、近寄る人間は居なかった。

そんな生活が数カ月を過ぎたころ。

「――お前ら、今日からはこれを教えようと思う」

久しぶりにやってきた鎧男は来るなり、両手で包み込めるほどの大きさの水晶を持ちながら、そう言った。

「これは……自分に一番適性のある魔力系統を見るときに使う魔導具だ。基礎教養はある程度身に付いてきたと思ったから、これからは併用して魔法も教えていく」

鎧男は綺麗な水晶を机の上に置いて、「よし、まずはお前からやってみろ」と近くにいた奴隷に声を掛けた。

奴隷たちは心なしか少しワクワクした様子で、一人ずつ順番に水晶に手を近づける。

すると、水晶は赤色、青色、緑色……などの様々な色に発光し変化していった。

中には色が変化せず、落ち込む者もいたが……鎧男が「……まあ、その代わり魔力操作に長《た》けてるのかもしれん。たぶん」とフォローなのかわからない励ましを行い、微妙な顔になっていた。

「――次は……灰色の髪のお前だな」

少女の番がやってきた。

鎧男が少女に声をかけると同時に、先ほどまでにぎやかだった奴隷たちが静かになる。

「ん、お前らどうした？……まあいいか。ほら、やってみろ」

その様子を不思議に思った鎧男だったが、構わないことにしたのか、水晶に手を近づけるように少女に促す。

少女はただ黙って、俯いたまま水晶に手を伸ばす。すると——

「おお、《白》か。珍しい」

発光した水晶の色は——《白色》。

「《白》は——《回復魔法》だな。あんまりいないレアなやつだぞ。良かったな」

「……回復、魔法」

色がわからずにいる少女に、鎧男はそう説明してくれる。少女はその、言われた魔法の名前を復唱し——僅かに目を見開き、唇を震わせる。その様子はどこか、怯《おび》えているようにも見えた。

「よし。じゃああとは……俺が魔術理論と術式の組み方だけを教えるから、行使する魔法については置いてある本を勝手に読んで学んでくれ。ただ——攻撃魔法を使うときは必ず俺が見ているところで使うんだ。いいな？」

鎧男が言うと、元気よく返事をする奴隷たち。

「あー、でも、《回復魔法》の本は無かったんだよなぁ……白魔導士協会が禁止してるせいで……」

鎧男はうんうんと悩んだあと、

「しょうがない。灰色の髪のお前は、特別に俺が教えることにする。めんどくさいけど」

と、少女に言った。それを聞いた他の奴隷たちは不満げな様子になるが、口に出すことはしなかった。

それから少女は《回復魔法》をほぼ無理やり、教えられることになった。

鎧男の教え方はとても丁寧で、覚える気がまったくない、やる気のない少女が何回も「わからない」と言っても、面倒くさがりながらも一から教えてくれた。

どんなに失礼で不躾《ぶしつけ》な態度をとっても、殴られることも命令されることもない。

もともと少女は、よりにもよって回復魔法なんてものを覚えたくは無く、教わらないようにしようとしていた。

だが鎧男は「ダメだ、やれ」と少女に回復魔法を覚えることを強制するのだ。

少女が部屋に引きこもっていても授業の時間には強制的に連れ出され、巧妙に隠れてやりすごそうとしてもなぜか見つかってしまい、授業をするためのボードが置かれた部屋に引きずって連れていかれる。

そしてその度に、他の奴隷たちからのやっかみのような、恐れているかのような、恨むような……鋭い視線に晒《さら》されるのだ。

少女はそれが嫌だった。だから最近ではこの時間を早く終わらせて去るために、ある程度は授業を聞くことにした。一刻も早くその空間から抜け出したかったから。

そんな日々が続いていた——ある日のこと。

「よし、今日は《治癒《ヒール》》を実践してみるか。まず最初に——」

少女はいつものように《回復魔法》を教えられていた。

段階は《回復魔法》を行使する際に必要なある程度の基礎は終わり、実践してみるという段階。

鎧男は何処《どこ》からか小振りのナイフを取り出し。

「本当なら俺の身体にキズを付けた後、治して貰《もら》いたい所なんだが……今はそれが出来ないから、自分の身体でやってくれ。あまりにも深く切った時は俺が治すから安心しろ」

と言い、少女にナイフの持ち手部分を手渡す。

「……こんなの、意味ない」

銀色に煌《きら》めくナイフを右手に持ち、ぼーっとした瞳で見つめる。鎧男は少女の発言に
「意味ない？　何が？」と頭に疑問を浮かべた。

少女はそんな鎧男の様子をちらりと冷めた目で見たあと——思いっきり、ナイフを持った右腕を振り下ろし、白く細い左腕に突き刺した。

「!?　お前、何を——!?」

鎧男は少女の突然の奇行に驚き、慌ててナイフを取り上げようとするが——

「——！　何だ、その魔力……？」

少女の身体から発生した黒い魔力を見て、一瞬動きを止めた。

鎧男が少女の魔力を見て驚いたのも当然だ。少女から発生した黒い魔力は普通の魔力とは違い……禍々《まがまが》しく、生き物のように躍動していたのだから。

少女は無表情で、その様子をぼんやりと見る。この男も他の人たちと同じように自分を恐れているのだろう、そう思った。だが――

鎧《よろい》男はおもむろに少女に手を伸ばし。

「ふんッ！……うわ、なんかこの魔力ねっとりしてる……気持ちわる！」

黒い魔力を摑《つか》んで、べしっと叩《たた》き落とした。

「…………え？」

少女はその光景に、目を大きく見開いて呆然《ぼうぜん》とする。あまりにも意味がわからなくて、あり得なすぎる光景だった。

「ん、どうした？」

鎧男はまるで当然の結果と言わんばかりの声色。ついでとばかりに少女からナイフを取り上げ、《上位治癒《ハイヒール》》と詠唱し、少女の左腕をキズ一つなく修復させる。

「な、んで……触れる……の？」

少女は途切れ途切れに擦《かす》れた声を出す。鎧男は「いや……普通に触れるけど」と何でもないことのように返答した。

信じられない光景だった。

少女の加護である黒い魔力には、今まで誰一人抗《あらが》うことができる人物はいなかった。防護系統の魔法も魔導具も何一つ、意味を為《な》さなかったのだ。触れた瞬間に対象を覆いこみ、瞬く間に衰弱させて死に至らしめていたのだ。

それなのに、この鎧男はいとも簡単に——

「お、おい、どうした急に？　まだ痛い所あったか？　もう一回《治癒》《ヒール》かけとくか？」

鎧男はぎょっとしたように身をすくめて、問いかける——少女が、なぜかポロポロと涙を流していたから。

鎧男に、少女の加護がなぜか効いていないのは明らかだった。

今までだと発生した黒い魔力が即座に少女の傷を癒していた。それなのに、鎧男が床に叩きつけた瞬間、黒い魔力は少女のキズを癒すこともなく、苦しむように蠢《うごめ》いたあと消滅した。つまり……少女の加護は、無効化されたということ。

（この、人なら……わたしを——）

少女は静かに涙を流しながら僅かに顔を綻ばせて、笑っているような泣いているような、歪《ゆが》んだ笑みを浮かべる。

その暗く濁った瞳の中には……僅かに、希望の光が灯《とも》っていた。

その日の夜。奴隷たちが寝静まった時間帯。

少女は、二階にある鎧男の部屋へ足を運んでいた。今からする〝お願い〟を聞いてもらうために、事前に準備を行った姿で。

「──ククク……フフフフ……」

階段を上がり、鎧男の部屋へ近づくと──何やら、奇怪な笑い声が耳に入ってきた。

少女は耳を澄ませ、その不気味な笑い声がどこから聞こえてくるのかを確認する。

聞こえてくるのは、鎧男の部屋。

ノックしようと思っていた少女だったが、少しだけ興味が湧き……部屋の前に立ち、そうっと慎重にドアを開ける。

「クックック……いいぞ、いい感じだ……！」

少女の目に映ったのは、椅子に座ってこちらに背を向け、机の上に置いた何かを一心不乱に弄《いじ》っている〝赤髪〟の男の姿。

（……？）

少女は一瞬誰かと思ったが……近くに置いてあったゴテゴテのフルフェイスヘルムを見て、この男があの鎧男だと確信した。

「……」

そーっと足音を殺して静かに、鎧男が集中している何かを見ようと近づいていく。

あと少しで見えるという所まで近づいた時──

「うおおッ！　なんだなんだ!?」

地面に置いてあったものを踏んで音を立ててしまい、気づかれてしまった。

鎧男は一瞬でフルフェイスヘルムを被《かぶ》り、驚いたように少女に振り向く。

「……なんだお前か。めっちゃびっくりした……あのクソ猫かと思った……」

胸に手を当てて心底安心したように軽く息を吐く鎧男。

「で、なんの用だ？　いま忙しいから後にして貰いたいんだけど。そもそも深夜だし、こんな時間に来るなよ。子供は寝る時間だぞ」

しっしと手を振り、鎧男は少女を追い出そうとする。

「あなたに——お願いがあって、来た。……じゃない、来ました」

「お願いぃ？　やだよめんどくさい。何で俺がお前のお願いを聞かなくちゃいけないんだ。帰れ帰れ」

少女が慣れない敬語でお願いするも、取り付く島もなく鎧男は断る。小馬鹿にしたような声色と苛立《いらだ》つ動き付きで。

「……お願い、します」

諦めること無く頭を下げるが、「いや、でも今日は～」と渋る鎧男。……だが、少女が頑《かたく》なに動かないのを見て「……じゃあこれ終わったらな」とため息をついて了承した。少女はその言葉に、僅かに相好を綻ばせる。

「てか……何だその恰好《かっこう》。外套《がいとう》？　お前その外套着ていつも寝てんの？　そんな丈が長いの羽織っててよく邪魔にならないな……」

鎧男は少女を頭からつま先までじろりと見る。少女の恰好——地面に付くほど長い、身体《からだ》全体を覆い隠した灰色の外套に、少し疑問を抱いたからだ。

少女が「寝巻……じゃない、です」とたどたどしく答えると鎧男は「ふーん」とだけ言い、先ほどまで一心不乱に弄っていた何かの作業に戻る。

「それ……なん、ですか？」

少女は鎧男が楽しそうに弄っている物に少しだけ興味を抱いて、聞いてみる。

「お、興味あるか？　これはだな……魔導具の《天翔靴《ヴィントブーツ》》だ。かっこいいだろ？」

手に取り見せてくれたのは──金属状の、羽根の装飾が為された靴。

「魔導具、ですか？」

「あぁ。これは見てわかる通り、足に装着する魔導具でな。装備するとなんと……空を飛ぶことが出来るんだ！　メンテナンスが大変だからそう何回も使えるものじゃないんだけど、めちゃくちゃかっこいいと思わないか？　ほら見ろこの流れるようなフォルム！　かっこよすぎるだろ……！」

鎧男は興奮したように声を荒らげ、少女の方に身を乗り出して説明する。その声色はとても楽しそうで……普段の冷たい印象の鎧男とは違い、まるで少年の様だった。

少女はそんな鎧男に少し面を喰《く》らいながら、「……わからない、です」と答える。すると鎧男は「……そうか」としゅんとしたように落ち込んだ。少女はその姿を見て、子供っぽい所もある人なのかなと思った。

数分後。

「──ふぅ。それで、お願いしたいことって何だ？　しょうもないことだったら怒るぞ」

用事を終えた鎧男は少女の方に振り向き、軽い調子で呟《つぶや》く。

少女は自分を落ち着かせるように軽く深呼吸する。

そして、濁った瞳の中に希望が灯った瞳で、こう言った。

「わたしを殺して、ください」


「…………は？」

鎧男は唖然《あぜん》とした声を漏らした。意味がわからない、とでも言いたげに。

「あなたなら……わたしの加護が効かないみたい、ですから……わたしを、殺せます。だから――」

「ちょ、ちょっと待て……何で俺がお前を殺さなくちゃいけないんだ。それに……加護？意味がわからないんだが」

鎧男は「？？？」と頭に疑問符を浮かべる。少女は疑問に答えるように、自身の加護についての説明を淡々と行った。

そして数分後。少女の説明で理解した鎧男は、あまり興味がなさそうな、つまらなそうな様子で。

「なるほどな。それはそれは……大層な加護を持ってるもんで。それで、なぜか加護が効かなかった俺に殺して貰おうってことか」

「そう、です。だからわたしを――」

「断る」

言いかける少女を遮り、即答する鎧男。

「そもそも俺にメリットが無いし、そんなことするつもりもない。……話はそれだけか？じゃあ早く自分の部屋に戻って寝ろ。俺ももう寝る」

鎧男はしっしと手を振り、少女を問答無用で追い出そうとする。

だが、少女は部屋を出ていくこと無く。

「メリットなら……あります」

ぼそりと呟き、身体に纏《まと》っていた外套の留め具に手をかけて——

「——この身体を好きにしていい、です」

外套を脱ぎ、生まれたままの一糸纏わぬ姿になって、そう言った。

「殺してくれるなら、何でもします。どんなことでもします。だからお願い、します」

少女はシミ一つない白くほっそりとした裸体を一切隠すことなく、鎧男に晒《さら》す。

少女にとって、自分の裸を誰かに見せるのは初めてのことだった。

だが——自分の容姿が他の奴隷よりも優れているということは何度も奴隷商たちが言っていたし、自身の身体を性的な目で見てくる男性も多かった。加護があることで、誰も手を出してくることはなかったが……自分の容姿が魅力的に映っているのだろうと思っていた。

だから、そういった経験は一切無かったが、同じ男性である鎧男にもこう言えばお願いを聞いてくれると考えた。それ以外、自分がメリットとして渡せる価値のあるものが無いということもあった。

「……」

実際、少女の目論見《もくろみ》通り——鎧男は何も言わず、無言でこちらに近づいてきた。

鎧男はずんずんと近づいていき、少女の裸体に手を伸ばす。少女はこれから自身にされるであろうことに、耐えるように静かに目を瞑《つぶ》るが——

「——？」

ファサっと、何か布のようなものが身体に触れて、目を開ける。見てみると……近くにあった毛布が、少女の裸体を隠すように身体に被さっていた。

「冗談は止《や》めろ。早く服を着て、出ていけ」

鎧男はこちらに背を向けた状態で、低い声を出す。

「……冗談じゃない、です。本当に、この身体を好きに——」

少女が言いかけるが。

「——ふざけるなよ。いいから早く服を着て出ていけ」

「ふざけてなんか……いません」

「ふざけてるだろ。殺してほしい？　殺してくれるなら自分の身体を好きにしていい？

お前……自分を、何だと思ってんだ？」

低い声を荒らげ、言葉を吐き出す鎧男。少女はなんで鎧男が怒っているのかが理解できず、言葉を飲み込む。

鎧男《よろい》は、はぁと怠《だる》そうにため息をつき、その後少しだけ考え込むように無言になったあと、少女の方を向いてゆっくりと話し出した。

「……お前に何があってそんな考えに至ったのかは知らん。……だけどそれでも、自分の身体を投げ出すようなことはしなくてもいいんじゃないか。もっと自分を大事にしろって」

「……自分を、大事に」

「あぁ、別に死ぬことないだろ。過去のことは過去。いつまでもクヨクヨ悩む必要なんて無い。失敗も挫折もなしに生きる方が難しいって話だ」

「……」

顔に影を落とした少女を見て、鎧男は諭すように少しだけ優しげな声を出す。

「……たぶんお前は、自分の見てる景色が全てだと思ってるんだと思う。だけどさ、この世界にはお前の知らないことがたくさんある。頬が落ちるくらい旨《うま》い食べ物も、幻想的で感動する絶景も——むしろ、知らないことや経験したことがないことだらけだ。……それなのに死ぬなんて、勿体《もったい》ないと思わないか？」

「……」

少女はじっと、返答することなく無言でうつむいたまま。

「……よし、じゃあこうしよう。明日、俺がこの街で絶品と評判の飯屋に連れて行ってやる。旨いもん食えばまた今度来たいって思うだろ？　で、次回からは自分で金を貯《た》めて行けば良い。……あ、これ他のやつらには内緒な。俺もそんな奢《おご》れる金持ってないから」

「……行きたく、ないです」

「そんなこと言うなよ。んじゃ、それなら服屋とかにするか？　女性は服が好きって言うし、何か好きな服を一着買ってやってもいいぞ？」

「いらな――」

「そうだ。せっかくだし、服屋に行ってから帰りに飯を食うことにするか。なんて贅沢《ぜいたく》なんだ……明日が楽しみだな？　よっしゃ今日は早く寝なきゃだ。お前も――」

楽観的な声で、鎧男はべらべらと捲《まく》し立てる。少女に考える時間を与えず、少女の言い分を聞き入れず身勝手に決めようとしていた。

「……」

少女はただ、顔を俯《うつむ》かせて何も言わずにその言葉を聞いていた。

「……」

わかっていた。鎧男の言っていることが正しくて、自分の考えが間違っていることなんて。自分の命を捨てることがダメなんて、そんなことはわかっていたのだ。

でも――

「……った、こと――」

「ん、なんだって？　よく聞こえん」

「わかっ…………で、ください」

「悪い、もうちょっと大きく――」

俯いたまま小さな声で、しかしはっきりと意志を示すように、少女は言葉を呟いた。

「わかったようなこと言わないで、ください」

少女の言葉に、鎧男はべらべらと喋《しゃべ》っていた口を閉じ、黙り込む。

本当は、こんなことを言うつもりは無かった。反論なんてせずに、断られたらまた意味の無い毎日に戻ればいいとだけ思っていた。……でも、なぜか、気づけばそんな言葉を口にしている自分がいた。

「……はぁ」

鎧男はそんな少女を一瞥《いちべつ》し、面倒そうにため息をついて頭を掻《か》く。

その様子は……どことなく、上手《うま》くいかなくて、仕方なく諦めたように見えた。

「……まあ、確かに事情は知らないしわからないな。だけど、別に死ぬことはないだろ？」

「……」

少女はただ黙って、何も答えない。

鎧男はそれを見て、更に面倒そうにがしがしと頭を掻き。

「……やっぱり俺、お前のこと嫌いだわ」

「……」

「いいか、俺は俺のことが大好きだ。世界で一番大事にしてるし、何なら自分のことしか考えてない。他人のことなんか知ったこっちゃないし、自分さえよければ他はどうでもいい」

独白するように、言葉を吐き出す鎧男。

「自分のことが一番大切だし、愛してると言ってもいい。このイケメンな顔も、性格も、名前も……全部気に入ってるし、一度たりとも嫌だと思ったことはない。だから――」

声を荒らげながら続けて。

「俺はお前みたいな自分すらも好きになれない、大切に出来ないやつがだいっ嫌いだ。反《へ》吐《ど》が出るほどにな」

吐き捨てるように、そう言った。心底不機嫌そうな声色で。

「そもそも、最初から気に入らなかった。やりたいこともない、人生諦めてますって顔で牢屋《ろうや》の中に引きこもってるお前のことがな。あの時はお前の加護のことなんか知らなかったからそれでも仕方がないと思っていたが……いまは違う。お前は現状を変えようと動くこともせず、いつまでも過去に囚《とら》われて行動しなかった――臆病者だ」

鎧男はバカにするような態度で次々と言葉を吐き出し、少女を罵倒し否定する。

少女はただじっと、顔を俯かせて何も言わずにその言葉を聞いていた。

何を言われても大丈夫だと思っていた。

「どうせ……そうなった理由も大したことじゃないんだろ？　親が殺されたのか？　それとも親に捨てられたか？　まあどちらにせよ——その程度で死にたい死にたいって意味がわからないけどな。バカじゃねえの？」

でも、煽《あお》るような、苛立《いらだ》たせる態度で無神経に罵倒するその言葉に、反応してしまった。

「……あなたに、何がわかるの」

だから、何も言うつもりが無かったのにそう言葉が漏れた。何も事情を知らず、無神経に罵倒してくるのが許せなかった。

「わたしは、この加護のせいで妹が死んで——」

「あーあー、別に言わなくていい。お前の過去に何があってそんな風になったのかはどうでもいいし、聞きたくもない」

「——！　それなら、わかったようなこと——」

バカにするような態度で腹が立つ言動をする鎧男を睨《にら》みながら、少女は声を荒らげる。

だが、鎧男は構うことなく次々と言葉を吐き出す。

「俺はお前のことなんか何にも知らないし、知るつもりもない。さぞかし大変な目にあってきたんだろうな？　それだけはほんと同情するよ。だけどな——」

鎧男は言葉を続けて。

「——それが理由で、お前が自分の人生を諦めるのは、ただ逃げてるだけにしか思えない。たとえ家族を失っても、何度失敗しても、魔法が一切使えなくても、才能が無くても——

諦めて止まったら、それは逃げただけだ。生きている限り、それはただの言い訳だ」

「……言い、訳?」

睨みながら、復唱する。

「ああ、言い訳だね。……そもそも、人生死ななきゃなんとでもなる。本当に嫌なら全部放り投げればいい。過去なんて気にせずに、未来のことだけ考えてりゃいい。周りの人間なんて気にせずに、自分のしたいようにすればいい。……人間、自分のやりたいようにするのが一番だからな」

「……っ!」

少女はその、あまりにも理想論な理屈に、言葉を飲み込む。確かに、その言葉は間違っていない。どんなに辛《つら》いことが起こっても忘れて未来に思いを馳《は》せればいい。そうすれば自分で自分を苦しめないで済む。だが、そんなもの――

「できるわけ、ない」

少女にはできなかった。鎧男の理屈は、心が弱い少女にはできるはずがなかった。

両親に捨てられて奴隷になって、
何度も期待しては裏切られて、
誰からも必要とされなくて、
加護のせいで誰も殺したくないのに殺して……

そんな人生を送ってきて、未来に希望を抱くなんて出来るわけが無かった。何をしたいかもわからない、夢も目標も無い自分が、過去を忘れて未来を生きることなんて出来なかった。

「はぁ？　できない、なんてことないだろうが。そもそもお前、そんな強力な加護があるならそれこそ奴隷になることも無かっただろ。お前を強制的に捕まえようもんなら、加護の力で死ぬはずだからな」

鎧男は荒らげた声色で、少女を詰問する。

言う通り……奴隷にされる前に、逃げることはできた。逃げたいのならこの加護の力を使って、全員殺してでも逃げればよかったのだ。でも——

「……そんなこと、できない」

できるはずが無かった。どんなに生きたくても、逃げたいと思っても——自分の意思で誰かを、殺したくなかったのだから。

「できないできないって……それしか言えねえのか？　言い訳ばっかしてんじゃねえよ」

「……じゃあ、どうすれば良かったの」

「どうすれば？　そんなの俺が知るわけないだろ。お前の人生は俺が決めるもんじゃないからな。実際問題、俺にとってお前なんか死のうが生きようがどうでもいい。……ただ、俺はムカついたから、気に入らない所を言葉にしてるだけだ。死にたい殺してほしいって他力本願で後ろ向きなお前のことがな」

鎧男は心底どうでもよさそうに、吐き捨てた。

「……なに、それ」

口からぽつりと言葉が漏れる。事情も知らない癖に好き勝手罵倒し、無責任に言葉を吐き出す鎧男に、啞然《あぜん》としてしまった。

「わたし、だって……初めから死にたかったわけじゃ、ない」

「ふーん。それで？　どうでもいいんだが」

肩を竦《すく》ませ、苛立つ動きをする鎧男。少女は無神経すぎるその様子に苛立ち、殺意が籠った目で鋭く睨む。

「あなたなんかに、何がわかる。わたしのことなんか何一つ、知らない癖に……」

「知らねえよそんなの。俺は心が読める加護を持ってるわけじゃない。そもそも興味も無いしどうでもいい。聞いて欲しいなら聞くだけ聞いてやろうか？　かわいそうだねーって言ってやるよ」

「……どうせ、あなたなんかに言っても意味ない。強いあなたには、わたしの気持ちはわからない」

「はぁ？　強いって……むしろ強くなるために魔物倒したり筋トレしまくったりして努力してんだよこっちは。初めから強い人間がいるとでも思ってんのか？」

「でも……わたし、は……」

顔を俯かせ、擦《かす》れた声を吐き出す。

「そもそも……あの牢屋から逃げなかったのも、意味がわからない。結局加護の力で誰かを殺す結果になるなら、逃げるために貴族共を殺せば良かっただろ。……あ、もしかして本当は奴隷のままで居たかったとか？　やらされてるから仕方ないとか思いながら、喜んで人を殺してたんじゃねえの？」

「――！　そんなわけ、ない……でしょ」

嘲るような態度で言ってくる鎧《よろい》男の無神経すぎる言葉に、少女は怒りで目を見開き、唇を震えさせる。この男が何を言っているのかが理解できなかった。奴隷のままで居たい？　喜んで人を殺していた？　そんな、そんなわけが――

「どうだかな。本当は――」

「自分で誰かを殺すなんて、出来るわけない……！　わたしは、誰も殺したくなんてなかった！　奴隷になんてなりたくなかった！」

鎧男の言葉を遮り、擦れた声で少女は叫んだ。何も反論するつもりなんて無かったのに、事情も知らずに嘲笑してくる鎧男の言葉に、勝手に言葉が口から漏れ出てしまった。

「家族に捨てられて……助けて欲しくても何度も裏切られて、誰も信じられなくて……みんな、わたしのことを必要としてくれなかった！　わたしは何もしてないのに、こんな加護があるせいで……」

とうの昔に失ったと思っていた気持ちが、言葉となって次々に吐き出される。

「わたしだって、他のみんなみたいに――」

もう感情なんて失ったと思っていた。死んでもいいと本気で思っていた。

「――幸せに生きたかっただけ、なのに……」

だが……口から吐き出されたのは、正反対の生への渇望だった。生きたいと願う気持ちだった。

自分でも、何でそんなことを叫んでしまったのかはわからない。ただ、気づいたら心の奥底にしまい込んでいた感情を、言葉として吐き出していた。

「なんだ、やっぱり――本当は死にたくないいんだな、お前」

「――っ！　そんな、こと……」

鎧男は先ほどの嘲笑するような態度を一変させ、優し気な声色で呟《つぶや》く。

早く死にたいと思っていた。

〝悪魔〟である自分は生きてちゃダメなんだと。だから早く死ななくちゃいけないんだと。

でも……鎧男の言葉に反論する言葉を、口から出すことができなかった。

「よし、なら俺から提案だ。これからは自分のしたいようにすればいい。好きに生きろ」

楽し気な声色の鎧男。

「……そんなの、できない」

「できないぃ？　何でだよ。お前はもう、誰からも縛られることも無いはずだ。できないなんてことはない」

鎧男ははっきりと断言する。だが――

「わたしは生きてちゃダメ、だから……早く死ねって、みんな――」

〝死んでくれ〟、〝お前なんかが居なければ〟、〝化け物〟――そんな言葉を、今までで何回も言われた。生きていることを、何度も何度も否定された。お前は生きていてはいけない存在だと、誰からも必要とされない、害を与えるだけの悪魔だと。

だから……早く、死のうとしていた。求められないなら生きている意味がなかったから。この先生《い》きていても、また誰かを傷つけてしまうだけだから。

鎧男は少女の言葉に「はぁ？」と声を出して。

「……？　みんなって……そいつはお前にとって、大事なやつなのか？」

と言った。不思議そうな声色で。

「どうでもいいやつらに言われたところで……そんなの、気にしなきゃいいだけの話だ。誰からも好かれるなんて不可能な話だからな。考えるだけ疲れる」

「……でも」

「あー、もういいから気にすんな。そう言うのは気にするだけ無駄なんだよ、言いたいやつには言わせとけって。それより大事なのは――他人じゃなくて、自分がどうしたいかだろ？　お前がやりたいことをやればいいんだよ」

「……やりたい、こと」

「そうだ。何か一つくらいあるだろ？　昔やりたかったこととかさ」

そう言われ、少しだけ考えるが――

「……ない」

すぐに、そう答えた。考えても何も見つからなかったから。

鎧男は少女の返答を聞いて「ない？　一つも？」と問いかけてくる。少女は顔を俯《うつむ》かせながら、コクリと頷《うなず》いた。

「……じゃあ、これから見つければいい。お前は見たとこ十一歳くらいだろ？　時間はいくらでもある」

「……どうせ生きてても、誰もわたしを必要だと思ってくれない」

「それこそ、これから見つければいいだけの話だ。生きてればいつか、お前を必要とするやつが現れるはずだ。間違いない」

「……でも、この加護のせいで、また誰かを――」

「殺してしまうかも……ってことか？　なんだ、そんなことか」

「そんな、ことって――」

鎧男の言葉に、少女は抗議しようとするが。

「そんなことだろ？　だって――傷つけた分だけ、治せばいい。それだけの話だからな」

「え……？」

少女は目を見開いて啞然とした。そんなこと、考えてもみなかったからだ。

「お前には幸い、《回復魔法》に強い適性がある。なら、やるしかないだろ？」

「……回復、魔法」

少女は口を微《かす》かに動かし、復唱する。かつて、少女が妹を殺すことになってしまった原因である魔法を。

「……でも」

「でも、じゃない。やる前から諦めるな。挑戦もせずに言い訳するな。それに加護の方が強くて《回復魔法》で治しきれなかったとしても、やりようはいくらでもある。《精霊契約》で加護を抑えるとか、《世界樹の祝福《ユグドラシル・セイブレ》》で生き返らせるとかな。……まあ、後者はあるかどうかもわからない眉唾魔法だけど」

「――！　そんなこと……できる、の？」

驚きながら聞くと、鎧男は「あぁ、俺もあんまり詳しくは知らないんだが――」と、簡単な説明をしてくれる。

聞かされたその内容は、少女にとって希望に満ち溢《あふ》れていた。

そもそも、自分の加護が抑えられることなんて考えてもみなかった。そんな方法があること自体、知らなかった。

この男が言っていることは嘘《うそ》かもしれない。だけど、もしこの内容が本当なら――

「――《精霊契約》には代償が必要だ。契約者の魔力量や適性、加護に比例して、代償は重くなる。……だから、契約の前に魔力量をできるだけ上げて、なおかつ契約したい系統の魔法を多く覚えておいた方がいい。お前の場合は――《水精霊》か《光精霊》か？　どっちも《回復魔法》と相性がいい精霊だな」

「代償……」

「《精霊契約》は簡単なことじゃない。最悪の場合、契約できずに死ぬ場合もある。《水精霊》《光精霊》でも適当な精霊と契約したら意味が無いし、お前の加護を抑えられるほど強い精霊と契約しなきゃいけない。生半可な魔力量の契約者だと、契約すらできないだろうな……それでも、やるつもりはあるか？」

　鎧男は続けて。

「やるなら、俺は魔力量の上げ方と複数の《回復魔法》を教える。精霊については……《水精霊》か《光精霊》を研究してるやつとコネを作るしかないか。これはお前が自分でやるしかないけど……どうする？」

　真剣な声色でそう問いかけてくる鎧男。

　その真剣な声色から、すごく辛《つら》くて難しいことなのだと理解した。もしかしたら、逃げ出したくなるようなことなのかもしれない。でも、だけど――

「……」

　無言で、コクリと頷いた。少しでもこの加護が無くなる可能性があるのであればやってみたい。そう思えたから。

　少女の決意を込めたその瞳の中には、さっきまでとは違った希望の光が灯《とも》っていて……もう、暗く濁ってはいなかった。

「――よし、じゃあ明日から本格的にやるぞ。お前にもあの滅《め》茶《ちゃ》苦《く》茶《ちゃ》苦い魔力増強剤を飲ませるからな。毎日だぞ」

鎧男は楽し気に呟く。少女はその様子を見て、自分の考えていた鎧男のイメージ像と乖《かい》離《り》していると感じた。

そもそも――少女たちは奴隷であり、いずれ売り飛ばされる存在のはずだ。なのに、この男は態度こそ冷たくて突き放すようだが、少女を一人の人間として見ているように見えた。少なくとも、奴隷として扱ってはいないように見えたのだ。

「あなたは……わたしたちを、売ろうとしてるんじゃ、ないの？」

だから、疑問に思った少女はそう聞いた。鎧男はそれを聞いて、「はぁ？　そんなこと言ってないが」と疑問の声を出す。

「だって、〝俺のためにしてること〟って……言ってた」

一人の奴隷が「助けてくれたんですか」と聞いた際に、鎧男がした返答。確かに、そう言っていたはずだ。なら――

「確かに言ったけど……売ろうなんて微塵《みじん》も考えてない。というか、もうお前たちは奴隷じゃないんだから売るも何も無いだろ」

鎧男が言ったのは、予想とは正反対の言葉。

「でも、この首輪だって――」

「ああ、それはだな。えーっと……なんていうかその――」

もごもごと言いづらそうにバツが悪そうな声色を出す鎧男。少し後にため息をついて。

「……だって、いきなり解放とかされても困るだけだろ？　それで生きていけずに死なれたりしたら気分悪くなるし……なら、最低限の生活と教養を教えたあとで、首輪を外そうと思ってたんだよ。ここにいるやつらは年齢層も若くて教養が無いみたいだから、金だけ渡して放り出すわけにはいかなかったんだ」

鎧男は心底怠《だる》そうに肩を落とす。

「でもまあ、そろそろいいかもしれないいな？　よし、じゃあ明日、他のやつの首輪も全部外して……欠損部位とかも《回復魔法》で治しとくか。ここから出ていくのも残るのも自由にする、修行が嫌になって出ていくなら必要なだけの金をやるよ。好きにしろ」

「なんで……そんなこと、あなたがする理由が……」

奴隷として売るわけでもなく、住む場所を提供して金を渡すなんて意味がわからない。そんなことをして、何の益があるというのか。

「理由ならある。単に気に入らなかったのと……勇者になれるかもしれないからだ。つまりは俺の自己満足。俺はお前たちを利用して勇者になれる確率を上げる、お前たちは俺を利用することができる。お互いにウィンウィンだな？」

「うぃんうぃん？」

少女はその言葉に首を傾《かし》げる。言っている意味が理解できなかった。

自分たちが鎧男に渡せている物なんて何一つとしてないはずだ。それなのに、この男は奴隷である自分たちと対等であると主張してくる。意味がわからなかった。

「じゃあ……なんで、ずっとそれを付けてる、の。あなたの名前も教えてくれないし、わたしたちのことも〝お前〟とか〝おい〟とかでしか呼んでくれない……」

身につけているゴテゴテの鎧を指さして聞くと、鎧男は「うっ……それは……」と気まずそうに身体《からだ》を竦《すく》めて、落ち着きのない様子で言った。

「ちょっと見つかりたくないやつがいるというか。やむにやまれぬ事情があってだな……」

「指名手配で逃げてる、とか？」

「はぁ？　そんなわけないだろ、俺を何だと思ってんだ」

少女が疑問に思ったことを聞くも、不快げな声色で即答。

不思議と嘘を言っているようには見えなかった。なんとなく、直感でだが。

「なら、名前は——」

「うぐっ……ちょ、ちょっとそれは……言いたくないというか——」

「……」

じーっと、無言で見つめる少女。鎧男《よろい》はその視線に気まずそうに「いやほんとに名前はちょっと……黒歴史が——」ともごもごとする。

そして、少しあとに視線に耐えられなくなったのか、小さな声で。

「…………ぃレイだ」

「……レイ？」

少女は聞こえた名前を復唱する。若干、名前の最初に何か言っていたような気がしたが、小さすぎて聞こえなかった。

「……まあ、俺の名前のことはどうでもいいだろ。お前はどうなんだ。人に名前を聞くときは自分も言うのが常識だぞ」

鎧男――レイは、早口で少女に問いかける。その様子はどこか誤魔化そうとしているようにも見えた。

少女は、自分の名前を思い出そうとするが――

「……ない」

ぽつりと、そう答えた。いくら考えても思い出せなかったから。

「ないぃ？……それは困るな」と考え込むように腕を組み、思案するレイ。「……自分で付けたい名前とかは？」と聞かれるも、少女はふるふると首を振る。

「じゃあ――」

レイは「うーん……どうするかな……」と長考した後。

「……〝イヴ〟ってのはどうだ？　ほかに気に入った名前が出来たら、そのときはそっちにしてくれ」

「……〝イヴ〟」

提案された名前を復唱する。なぜか、すとんと胸の中に落ちた。まるで初めから、これが自分の名前だったかのように。

「……なんで、イヴ？」

由来が気になり、聞いてみるが。

「なんとなく、語感でだ。よくある名前だし」

適当な返答が返ってきた。

「……なにそれ、ひどい」

顔をムッとさせて、抗議するような目で睨《にら》む。もう少しよく考えてくれてもいいのではないかと思った。

「気に入らないなら自分で考えろって……ってか、もうこんな時間じゃん。お前のせいで俺の貴重なぐうたら時間が失われたぞ。もう寝るからお前も早く部屋に戻れ。明日からいろいろ修行させるからちゃんと寝ろよ」

少女は「さっさと寝ろ」と背中を押され、乱雑に部屋の外に追い出されてしまった。

「わたしは、イヴ……」

追い出され、自分に割り当てられた部屋に戻った後……毛布に包《くる》まりながら、与えられた名前を復唱する。

その名前を言うたびに――なぜか、胸がほんのりと温かくなる感覚を覚えた。

何となく……その感覚は、心地よかった。

それから――レイは宣言通り首輪を外し、やけどや欠損部位を《回復魔法》で綺麗《きれい》に治した後、「あとは好きにしろ」と言って解放してくれた。

子どもたちは初めは呆然《ぼうぜん》としていて、夢か何かだと思っている顔をしていた。でも、少しして理解できたのか、治らないと思っていた自分たちの手足や顔を見て泣いて喜んでいた。

出るか残るか選択を与えられた子どもたちは全員、家に残ることを選んで――レイに更に、懐くようになった。……レイはすごく、嫌そうにしていたけれど。

そしてわたしは……指導の下、《精霊契約》をできるようにするために、更に《回復魔法》を教えて貰《もら》うようになった。

現段階では行使する際に必要な魔力量が圧倒的に足りていないらしく、毎日食後に、かなり苦い魔力増強剤を飲むことになった。泣きそうになった。

レイの指導は生易しいものではなく、厳しかった。

「限界を超えるために魔力切れで倒れるまで行使しろ。倒れたらまた魔力回復薬を飲んで繰り返せ」と言われ、倒れて気絶しても強制的に起こされて薬を飲まされ、《回復魔法》を行使させられたり、

「健康的な身体の方が魔力の質がいい」と、朝早くから夜遅くまで走らされたりした。

この他にも、魔力を上げるためという名目でよくわからない薬を飲まされ……人体実験紛《まが》いのこともされたりした。この男はもしかしたら悪魔なんじゃないかとも思った。

でも、それでも、辛くはなかった。むしろ……嬉《うれ》しかった。

だって、わたしのために、こんなにも色々と考えてくれているということがわかったか

ら。面倒くさがりながらも、傍《そば》にいてくれたから。

毎日傍にいてくれるわけでは無く、今まで通りよく「少し出てくる。ちゃんとサボらずやれよ」とどこかにふらっと居なくなることもあった。でも、それ以外はわたしと一緒にいてくれて……それが、嬉しかった。

だって——わたしの傍にいてくれるのは、レイだけだったから。


「……」

その日は、広い庭の隅っこでレイを待っていた。

今日はいつもと違い、《回復魔法》を自分以外の対象に行使する実践をするらしく、朝の早い時間帯に庭に来ていた。

事前にレイが他の子どもたちに「協力してくれるやつは明日の朝、庭に集まってほしい」と言ってくれたので、この家に住んでいる全員がそこに集まっていた。

だけど……わたしは本当はやりたくなかった。嫌だった。だって——

「……」

四方八方から向けられる、恐れているような鋭い視線。わたしはそれから逃げるように、目線を地面に向ける。

わたしは——みんなに、煙たがられていた。

でも、それもそうだ。当たり前だ。だって、ここにいるみんなは、わたしの加護のことを知っている。違法闘技場で何度も、この加護で他の奴隷を殺していたわたしのことを知っているのだ。そんないつ自分たちを襲ってくるかもわからない加護を持っている人間に近づきたくないと思うのは当然だろう。

それに……わたしは、レイに《回復魔法》を直接教えて貰っていて、やっかみを受けているということもあった。敵意こそあっても、好意なんて持ってくれるわけが無かった。……それでも中には、わたしのことを知らず話しかけてこようとしてくれる子もいた。……他の子に呼び止められ、ひそひそ声で何かを話していた後、すぐに逃げるようにどこかにいってしまったけれど。

「——ねっむ……悪い、遅れた」

予定していた時間よりも大幅に遅れた時刻。眠そうな様子のレイが来て、実践を始めることになった。でも——

「よし、じゃあ始め——」

「——〝先生〟！　なんでそいつばっか贔屓《ひいき》するんです……！　そいつは悪魔で……呪われてるんです！　そんなやつ——」

始めようとしたとき、一人の少年が我慢出来ないといった様子で、そう叫んだ。

「はぁ？　何言ってんだ？　俺は誰も贔屓なんかしてないんだが。……あと、先生は止《や》めろって何度も言ってるだろ」

「でも……最近はそいつに付きっ切りじゃないですか！　僕たちだって——」

「それは、俺じゃなきゃこいつに《回復魔法》が教えられないからだ。お前たちと違って本が無いからな。……というかそもそも、お前らは勘違いしてるぞ」

レイは心底嫌そうな声で、吐き捨てる。

「俺はお前らの親でもないし先生でも無い。赤の他人だ。今は利害の一致でお前らに教えたりしてるが、ずっとお前らと一緒にいるわけじゃない。だから——俺に寄り掛かるな。迷惑だ」

レイのその切り捨てるような冷たい言葉に、子どもたちは目を見開いて呆然としたあと、悲し気な表情で地面に顔を落とす。

「でも……そいつは、悪魔なんですよ……そいつの近くにいたら、〝呪い〟が——」

それでもと、少年はわたしを睨みながら、心配そうにレイを説得する。

きっと——どんな形であれ、自分たちを助けてくれた存在であるレイに危害が及ぶのが許せなかったのだろう。それで、わたしの近くにいたら危ないとレイに忠告したのだ。

「悪魔って……お前らにはこいつに角とか翼が生えてるように見えてるのか？　俺には普通の人間にしか見えないぞ。あと、こいつのは〝呪い〟じゃなくて〝加護〟だ。お前ら呪いだなんだってビビりすぎだろ。近づいただけで死ぬわけじゃない」

レイは呆《あき》れた様子でため息をついた後、何かを閃《ひらめ》いたのか「そうだ。……お前ら、見てろ」とだけ言って、こちらに歩いてきた。

そして「少し動くなよ」と言い、わたしの背後に回る。

レイが何をするのかわからず、言われた通りに硬直していると――

「――ふぁ」

両のほっぺたに、レイが付けていた籠手《こて》が触れた。その冷たい感触に思わず驚いて、声を漏らしてしまう。

そのままレイは、わたしの頬をぐにぐにとこねくり回すように動かし、口をおちょぼ口にさせて変顔させたり、横に引っ張ってぐにーっと伸ばしたりした。

「ほら、俺は死んでないだろ？」

しばらくこねくり回した後に止めて、生きていることを証明するように手を広げた。

「別に――こいつの加護は、殴られたり蹴られたりして身体《からだ》に危害が加わらなければ発動することはない。だから、普通に生活してれば問題ないんだよ。……つまり、お前らはビビりすぎ。それともなんだ？　お前らは殴ったり蹴ったりして、自分たちがされてたことをこいつにするつもりか？」

「――ッ⁉　僕、は――」

少年はレイの言葉に目を見開き、わなわなと口を動かす。そんなこと考えてもみなかったと言わんばかりの表情だった。

少年は逡巡《しゅんじゅん》するように目線を彷徨《さまよ》わせて――

「ごめん……！　許して、くれないか」

――わたしに向かって、頭を下げて謝罪した。

「……え？」

なぜ謝られたのかがわからず、混乱する。

「……あいつらと同じことをしそうになってるなんて、思っても無かった。自分がやられて嫌だったことを君にしようとしてたなんて――最低だ。……本当に、ごめん」

少年は沈痛そうな声で、頭を下げ続ける。

その後、なぜかほかのみんなからも謝罪された。そして……当初の予定通り、《回復魔法》を他の対象へ実践をすることになった。

最初は、まだ怖がられていたりしたけど――わたしの近くに居て話したりしても何も起きないことを知ると、徐々にそれも無くなっていった。それどころか、実践終了の時間帯には親し気に、いろいろと話しかけられるようになったのだ。

わたしは――困惑した。ひどく困惑した。

だって、こんな風に嫌な顔をされずに話しかけられることなんて無かったから。あったとしても、それは嘘《うそ》だったから。偽物だったから。

でも、話しかけてきてくれたみんなの顔にはそんな様子がまったくなくて、嘘を言っているようにも見えなかった。みんな楽し気にわたしに接してくれているように見えた。

「よし、見たところ……他の対象への行使は問題なさそうだな。じゃあ次は――」

特に異常が起こることはなかった結果を見て、レイは満足したように頷《うなず》く。

わたしはそんなレイを見ながら、さっきぐにぐにとこねくり回された頬に手で触れる。

すると……つねられてから結構時間が経《た》っているのにもかかわらず、頬が熱い。つねられた時の痛みはもうないはずなのにまるで——風邪を引いているかのように、頬は赤く熱を帯びていた。

「……風邪？」

おまけにどういうわけか、爆発しそうなくらい心臓がドキドキと躍動していて、苦しかった。……さっきまでは何ともなかったので、風邪を引いたのかもしれないと思った。

「——をしよう。……おい、聞いてるか？　ん、なんかめっちゃ顔赤いけど……風邪引いたのか？」

「っ!?……うん、たぶん」

ぼーっとしているとレイが顔を近づけて覗《のぞ》き込んできた。わたしはなぜか恥ずかしくなって、顔を逸《そ》らしてそっぽを向く。

なぜか、レイの顔が近づいてから更に心臓がドキドキとうるさくなった。顔も、火が出るんじゃないかってくらい熱い。……やっぱり、風邪なのだろう。

レイはわたしの返答を聞いて、「風邪か……じゃあ今日は休みにするか！……よし、今日はだらだらするぞ」と嬉しそうに自分の部屋に走る様に去っていった。

それを見て、少しだけ残念に思った。何でそう感じたのかはわからない。もしかしたら、今日はもっと魔法の実践をしたかったのかもしれない。風邪なのにもっとやりたいというのはどうなのだろうとも思うけれど。でも……なぜだろう。なぜか——

「……？」

レイの姿を頭に浮かべると――ほんのりと心が温かくなって、そのたびに心臓がどきどきとうるさくなる。

やっぱり風邪なのかなと思い、その日は自分の部屋の毛布にくるまって休んだ。風邪を早く直して、修行を再開しなくてはならないからだ。

次の日、起きた時には熱は無くなっていた。でも、なぜかレイと一緒にいると顔が熱くなって、またドキドキと心臓がうるさくなることに気づいた。

「……？……変なの」

わたしは変な風邪だな、と首を傾《かし》げた。


あれからわたしはみんなと打ち解け、よく話しかけられるようになった。

もともと口下手であまり話すのが得意じゃなく、たどたどしく返答することしかできなかったけど……それでも、みんなはこんなわたしを受け入れてくれた。

レイとの修行で《回復魔法》の《微再生《リジェネ》》《治癒《ヒール》》といった簡単な《回復魔法》であれば行使できるようになり、レイもこの調子のまま行けば、数年以内には《精霊契約》のために必要になる魔力や取得魔法の条件はクリアできるかもしれないと言ってくれた。

そんな、厳しいが楽しく思える日々を過ごしていたときのこと。

「イヴっち、次はこれね！　それでその次はこっち！……いやー、やっぱり素材がいいから楽しいねえ……！　これで先生もイチコロだよ！」

その日、わたしはなぜかいろいろな服を着せられ、着せ替え人形にされていた。

「……別に、もうこれでいい」

こちらに多種多様な服を渡し、興奮した様子で遊んでいる女の子に苦言を漏らす。もうかれこれ一時間はこうして言われるがままに服を着せられている、さすがに疲れた。

「ダメ！　今日はせっかくイヴっちと先生が二人きりで買い出しに行けるようにセッティングしたんだから！　精一杯おめかしして行かないと！」

しかし、その女の子はこちらに顔をずいっと近づかせ、有無を言わさない口調でわたしの提案を拒否する。

この女の子――ティズは最近わたしとよく話すようになった子だ。とても元気で明るい子で、おしゃべりが大好きな女の子らしい少女。

無口で口下手なわたしにもよく話しかけてくれる優しい少女……なのだが、少し困ることが一つあった。

「いやーまさかイヴっちがねぇ。確かに最近、ずっと先生のこと眼《め》で追ってたし……うんうん、応援するからね！」

親指をグッと立て、ふんっとでも言いそうな顔でそんなことを宣《のたま》うティズ。

そう、この少女。なぜか最近、わたしとレイを積極的に一緒に居させようとするのだ。

いまこうして着せ替え人形にされているのも、このあと街に買い出しに行くからである。

しかもレイと一緒に、なぜか二人きりで。

わたしとしてはどんな服装でもいいと思い、先ほどからそう言っているのだが……「女の子なんだからおめかししないと！」と言って聞いてくれない。

そもそも、本来であれば……今日の買い出し当番はちゃんと他にいて、わたしではなくティズと数人のはずだった。

しかし、ティズはなにを思ったのか急に当日になってから当番を代わってあげると言いだし、わたしに押し付けてきたのだ。意味がわからない。

……思えば、ティズがこんな感じでレイとわたしを一緒にしようとしだしたのも、あの〝変な風邪〟について相談してからだろうか。

最初にこの症状が出た日からこの変な風邪は長引いていて、治ったと思ったら頻繁に再発し、身体が熱くなって顔が赤くなる。本当に良くわからない風邪だった。

レイと一緒にいると風邪の症状が出ることが多かったので、まさかレイが風邪の病原菌を持っているんじゃないかと疑ったりもした。……でも、それなら他の子も同じ症状が出ていないとおかしいのでその疑いはすぐに晴れた。レイは疑いの目で見るわたしに困惑していて、なんだか申し訳なくなった。

じゃあどうしてだろうと色々と調べてみても解決策が見つからず、おまけに熱を測ってみてもまったく無い様子だったので心配になり、ティズに相談したのだ。

すると、楽しそうな顔で「風邪でも病気でも無いから大丈夫だよ。でもそっかぁ……頑張ろうね！」となぜか喜ばれた。

それから事あるごとにレイとわたしが一緒になるように画策され、今現在に至る、ということである。よくわからない。

この風邪の原因を知っているようだったので聞いてみても教えてくれないし、日常生活には支障が無いので放置していたけど……やっぱり、これは風邪なのかもしれない。だって、それ以外でこんな症状が出ることなんて無いと思う。ティズの診断が間違っていたに違いない。

「――うん、いいね、いい感じだよ……！　イヴっちかわいい！」

それから更に少しして。やっと納得がいったのかティズは満足したようにうんうんと頷き、「ほら、かわいいでしょ！」と手鏡をこちらに渡してきた。

わたしは「やっと終わった……」と若干の安堵感《あんどかん》を覚えながら手鏡を受け取り、自分の姿を見る。

「……わからない」

しかし、自分で見てみてもかわいいのかどうかわからず、そんな言葉を呟《つぶや》く。

ティズはかわいいと言ってくれているけど……よくわからなかった。自分で自分の見た目を好きとは思っていないので、褒められてもあまりピンとこなかった。

でも……どうなのだろう。レイはわたしのこの姿を見てかわいいと思うのだろうか。

……ちょっとだけ興味が湧いた。ほんとにちょっとだけ。

「——そろそろ終わったかぁ……？　いくらなんでも遅すぎなんだが。もう三時間待たされてるんだが」

そんなことを考えていると、扉の向こうでずっと待っていたレイの死んだような声が聞こえた。壁掛け時計を見ると、もう昼時の時間帯。気付けばそんなに時間が経っていたらしい。

「ほら見て先生！　かわいいでしょ！　かわいすぎて好きになっちゃうんじゃない!?」

「んぁ？　んー……」

押し出されるようにして目の前にやってきたわたしを見て、レイは思案するようにフルフェイスヘルムの顎部分に手を当てる。

わたしはそんなレイを見て心臓がドキドキとうるさくなり、これから言われる言葉をしっかりと聞きとれるように耳を澄ませた。しかし——

「〝馬子《まご》にも衣裳《いしょう》〟、だな」

よくわからない返答が返ってきた。

「？　先生、それってどういう意味？」

「〝どんな人間でも身なりを整えれば立派に見える〟って意味だ。どっかの国で使われてる言葉らしいが……どこの国かはわからん。前に実家の蔵にあった本に書いてあったから言ってみた。まさにこの状況のことだと思ってな」

レイの失礼極まりない返答を聞いて、顔をひくつかせるティズ。レイは上手《うま》いこと言えて満足したような様子。

「脱ぐ」

着ている服に手をかけ、脱ぎ捨てようとするが「わー！　わー！」と騒ぐティズに止められる。

「先生！　そこは冗談でもかわいいって言う所でしょ!?　ほら見てこの顔！　かつて無いくらい顔にしわ寄せてるじゃん！　怒ってるじゃん！」

「別に怒ってない」

ティズは何を言っているというのか。別に、レイに褒められなかったからと言ってわたしが怒る理由にはならない。だから別に怒っていないし拗《す》ねてもいない。ただ、いま着ているこの服を衝動的に脱ぎ捨てたくなっただけである。

「よくわからんが……用意終わったなら早く行くぞ。先に外で待っとくから早くしてな」

レイはまったく興味が無い様子でそれだけ言い残し、部屋を出て行く。わたしの服のことなんて眼中にも無いと言わんばかりの態度だ。

「あちゃー……ごめんねイヴっち。まさか先生がこんなにわかってないとは思わなくて……だからそんなに怒んないでよぉ」

「怒ってない」

「どう見ても怒ってるよ！　めっちゃ不機嫌そうな顔してるよ！」

怒ってないと言っているにもかかわらず、怒ってると言ってくるティズ。不機嫌そうな顔なんてしてないし、してるとしたらそれはわたしのデフォルトである。だから欠片《かけら》も、レイに興味を持たれなかったことを気にしてなどいない。かわいいと言われたかったなんて思ってすらいないのだ。

……でも。

「ティズ、それ貸してほしい」

わたしはティズの持っている、女性のファッションについて書かれた雑誌を指さしてそんなことを言った。ティズは「え？　これ？」と目を丸くして驚いた表情になる。

「それ見て、勉強する」

……別に、レイにどう思われようと気にしてない。

でもなんとなく、あの失礼極まりない男にわたしのことをかわいいと言わせたいと強く感じたのだ。なぜかはわからないが。

ティズはそれを聞いて顔を楽しそうに耀《かがや》かせ、「じゃあこれとこれも～」「頑張ろうね！」と両手でガッツポーズをする。

わたしはコクリと力強く頷《うなず》き……この瞬間から、ファッションを勉強してかわいくなると固く決意した。

おそらく、これは対抗意識なのだろう。レイが素直にかわいいと言ってくれなかったからかわいいと言わせてみたいと思った。ただそれだけなのだ。別にわたし個人が腹が立ったからそう思ったわけではないのだ。

「……」

さっそく、渡された大量のファッション雑誌をティズと一緒に読みながら、どうすればかわいく魅力的に見えるのかを考える。いつか──あの失礼な男に、かわいいと言わせてみせる、そんな意気込みを心に抱いて。

──数時間後。

待ちくたびれたレイが庭で爆睡していたのに気付いたのは、すっかり日が落ちた頃だった。

当然、行けなかった買い出しは翌日に持ち越されることになって……わたしはすごく、申し訳ない気持ちになった。

次の日。

レイとわたしは、昨日行けなかった買い出しをするために街に来ていた。

「……」

すぐ隣を歩いているレイの姿を横目で見て、なんとなく落ち着かなくて手で髪をくるくると弄《いじ》る。

「よし、じゃあ早く用事を終わらせるぞ！　そしてその次はお待ちかねの……くく」

「う……うん」

レイは全身にやる気を漲《みなぎ》らせて、待ちきれないと言わんばかりの早歩きで足を進ませ、何が楽しいのかくつくつと笑う。こんなレイは初めて見たので面を喰《く》らう。

そもそも——本来、レイは買い出し当番では無いので来ないはずだった。でも……今回はティズが色々と手を回して、レイを連れ出したのである。

最初は、レイも頑《かたく》なに拒否していた。「何で俺が行かなくちゃいけないんだ」「めんどくさい」「他のやつを当番にして行けばいいだろ」と、布団の中に籠って出てこなかった。

しかし、ティズがそんなレイに近づき——何事かを呟いて一枚の券を目の前でちらつかせると、急に居住まいを正して一瞬で鎧《よろい》を装着し、「おい、早く行くぞ。何してる早くしろ」と態度を一変させた。

ティズに何をしたのかと聞くと、どうやら、市場で開催していた懸賞で貰《もら》った魔導具の割引チケットを餌として動かしたらしい。それでこの変わりようはすごいと思った。

「……それ、面白いの？」

その勢いのまますぐに買い出しを終わらせ、割引対象である魔導具店にやってきて魔導具を楽しそうに物色するレイを見て、わたしはそう質問した。こんなにもレイを……楽し気に、少年のようにさせる魔導具というものに興味がわいたから。

「ああ……めっちゃ面白いぞ！　魔導具ってのは奥が深くてな。作り手の精巧な技術と緻密な魔力操作、魔法への深い造詣が無いと作り出せない——いわば芸術なんだよ。俺も何個か作ったことはあるんだけど……いや、その話は止《や》めておく。古傷が抉《えぐ》れるから」

レイは明るい声色で、熱心に魔導具について語る。なぜか、最後の方だけ小さな声で言い、気を落としていた。

そして、わたしが魔導具のことを聞いて気を良くしたのか、近くにあった〝魔導具入門用コーナー〟と書かれているところの魔導具を物色して。

「どうやら興味があるようだから……これをプレゼントしよう。入門用の魔導具だから扱いも簡単でメンテナンスも不要のやつだ。……ほら、ちょっとやってみろ」

レイはその中から一つの魔導具をささっと購入してきてわたしに手渡し、やってみろと手で促す。

その魔導具は、手の平に収まるほどの大きさの卵のような形をした魔導具。近くに書いてあった説明を見ると……どうやら、魔力を込めると七色に光る、子供が魔力操作の練習に使う、安価な魔導具のようだった。

「……こう？」

わたしは説明に書いてある使い方を見ながら、魔力を込める。でもなぜか、光らない。

「んー……ちょっと違うな。もっと、内側に魔力を込めるというか。こんな感じだ」

そう言ってレイは突然わたしの手を取って自分の籠手《こて》に重ね、魔力の流れをわかりやすく実践する。

「っ……！」

いきなり手を取られて、ドキッと大きく心臓が跳ねる。レイが「わかったか？」と聞いてくるが、心臓がドキドキとうるさくて、すぐに返事をすることが出来ない。

結局……レイに対する返答には声を出さずに顔を俯《うつむ》かせ、コクリと頷くことしかできなかった。

レイはそんなわたしの様子に「?」と不思議そうにしていたが……すぐに近くにあった魔導具に夢中になり、少年のような声で楽しそうに物色し始めていた。

「……レイは、魔導具について話せる人いないの?」

心臓の鼓動が収まったあと、少し気になったのでそう聞いてみた。レイは物色する手を止めて、少し考えるように腕を組んで思案する。

「居ないな。そもそも俺が高次元すぎて同レベルに話せるやつが少ないんだよ。……いや、探せば居るんだろうけど、めんどくさいからしてない」

「そう……」

どうやら、居ないらしい。魔導具のことについて話しているときのレイは生き生きとしているので話し相手を作ればいいのにと思うけど……考えてみたら、レイはそういう人間だった。この人は面倒くさがりなのだ。

答えた後、レイはすぐにまた物色に戻る。とても楽しそうだ。

その楽し気な様子をぼーっと見て――ふと、「わたしと魔導具のことで話せるようになったらレイは喜ぶかな……?」と考えた。

「……」

試しに、わたしが魔導具についての知識を覚えてレイと楽し気に話している様子を、頭の中でイメージしてみる。

「……ふふ」

するとと心がほんのりと温かくなるような気持ちになり、自然と顔の口角が上がって微笑《ほほえ》んでしまった。

間違いなく、この人は喜んでくれるに違いない。魔導具についての知識はさっぱり無く、右も左もわからないけど……レイみたいに使いこなせるようになりたいな、と思った。レイと一緒に共通の話が出来たら楽しそうだ、とも。

そうだ、せっかくなら——内緒で覚えて、びっくりさせてもいいかもしれない。レイ以上の知識で魔導具について話をしたら、きっと驚くだろう。

「おーい、買い物終わったから帰るぞ！　ふふ、早く帰って弄るぞ……！」

今にもスキップしそうなほどほくほくとした様子で、たくさんの魔導具が入った袋を大事そうに抱えたレイ。今まで見たことが無いくらいとても幸せそうである。

魔導具店から出て、早足で歩くレイの隣に並んで歩き、横目で覗《のぞ》き見るように見上げる。

フルフェイスヘルムで顔はわからないが間違いなく、満面の笑みを浮かべているということが簡単に想像できた。

そんなレイが驚く顔を想像して、わたしは自分の表情がレイに見えないように、顔を背ける。

早くこの人の驚く様子が見たい、そう思った。

魔導具店での買い物を終えた後、昼時ということもありすぐに家に帰ることはせず、近くの定食屋にやってきていた。

なんでも、機嫌がいいのでご飯を奢《おご》ってくれるらしい。わたしはレイに何かお願いするときは魔導具を渡してからにしようと決めた。

レイは「ここ、変わった注文形式の店だな……まあいいや、買ってくるから待っててくれ」と言い、さっさと行ってしまう。

「……」

こうした定食屋でご飯を食べるのは初めてのことだったので、観察するように周りを見回す。なんとなく、少しだけワクワクした。

定食屋の中は、街の市民や冒険者とみられる恰好《かっこう》をした人たちで混んでいて……値段表を見てみると、定食が三百リエンからと安い設定。大衆食堂というやつだろうか。

「待たせた……何が食いたいのか聞くの忘れてたから、適当に持ってきたぞ。……うわ、この椅子めっちゃグラグラして不安定なんだけど……壊れないよなこれ？　店員に言って替え――いや、めんどくさいしいいか」

観察していたら、レイが戻ってきた――なぜか、大量の料理を抱えて。

「こんなに誰が食べるんだろう」「レイが食べるのかな」と思っていると、「お前はこれ」と言い、持ってきた料理の皿のほとんどをこちらに寄せてくるレイ。顔がひきつるのが自分でもわかった。

「……こんなに食べれない」

「これも修行の一環だ、良質な魔力を作るには健康的な肉体になる必要がある。それに、痩せてててガリガリだからもっと食べたほうがいい」

「いや……でも……」

自分の前に置かれた大量の料理を見る。レイの言うこともわかるけど、いくらなんでもこれは多すぎだ。昨日まで普通の食事量だったのに、いきなりこれを食えと言われても食べられるわけがない。

レイは困惑しているわたしを見て少し笑って。

「なんてな？　俺も、初めからこの量が食えるとは思ってない。どう考えてもその細い身体《からだ》には物理的に入らないし――」

目を白黒させて動揺していると、そう言ってくれた。どうやら冗談のようだ、この大量の料理はレイが食べてくれるのだろう。良かった。

「――そこでだ、そんな細い身体のやつでも一瞬で、それも大量に食べられる方法がある。いまからそれを教えてやろう……一瞬だからな、よく見ておけよ」

フルフェイスヘルムの口部分を開け、料理の皿を持って口元に運ぶレイ。すると――

「――！　消えた……？」

レイの持っていた料理が、一瞬でどこかに消失した。しかも皿ごと。

　他にも、大量の料理を次々と口元に運んで、一瞬で消していく。瞬く間に、テーブルの上を占拠していた料理はいつのまにか消え失《う》せていた。

「これは、口すら動かさずに食物を体内に取り込む魔術だ。これを使えば小食で痩せ気味な人間でも一瞬で大食い人間になれる」

「すごい……どうやってやるの？」

　とても便利でいい。お腹《なか》いっぱいにならないのかなとも思ったけど、レイの様子を見るとそういった心配はなさそうだ。なら是非とも使えるようになっておきたい。

「教えてやろう。まずはこうして料理を持つ」

「……こう？」

　レイの動きを真似《まね》して、料理を片手に持つ。

「そして——自分の口元まで持ってきて、『メシ・キエル』と唱えるんだ。俺はもう無詠唱でもできるが……慣れないうちは詠唱しないと難しいかもな」

　力強く頷《うなず》き、料理を口元に持って行く。

「……《メシ・キエル》」

　集中して詠唱する。……でも、やはり難易度が高い魔法なのか消えてくれない。

　一発で成功するわけが無いとはわかっていたので、何度も何度も詠唱する。しかし、一向に料理が消える様子はない。なんでだろう。

　レイはそんなわたしに呆《あき》れているのか、口を手で押さえて、身体を震わせていた。

「……難しい、コツがあれば教えて欲しい」

何度やってもできなかったので仕方なく、レイに聞く。しかし——

「くく……そりゃそうだろ、だって嘘《うそ》だし」

身体を震わせて、くつくつと楽しそうに笑うレイ。

一瞬理解できず、硬直する。そして数瞬後、理解した。自分がレイに騙《だま》されたのだと。

「……弄ばれた」

「いや、逆になんで信じたんだよ。ふつう、皿も一緒に無くなった時点でおかしいって気づくだろ」

くくくと笑われ、顔がムッと強張《こわば》るのがわかる。なんてひどい男なのか。

「お前は純粋すぎだ、もっと人を疑った方がいい。じゃないと俺みたいなやつに騙されることになる。……いい勉強になっただろ？　でも、さすがにさっきので騙されるのはな……くく」

「むむむ……」

楽しそうに笑い声をあげるレイと対照的に、わたしの顔は更に強張っていく。……確かに、わたしが騙されるのが悪いのかもしれないけど、別に笑わないでもいいではないか。

神様なんて信じていないけど、今すぐこの男に天罰を与えて欲しいと思った。

「これを教訓に、これからは騙されないように——うおおっ!?」

そんなことを考えていると、バキッと何かが壊れるような音。レイがガッシャーンと大きな音を立てて椅子から転げ落ちた。

「いってぇ……何が起きた？　めっちゃ尻痛い……あ、椅子壊れてる」

……どうやら、不運にも椅子の脚が折れてしまったらしい。わたしの願いが通じたのだろうか。

「おい、何笑ってんだ。そんなに俺の不幸が楽しいか」

「……？」

そのまま見ていると、レイは倒れたままの間抜けなポーズでそんなことを言ってくる。別に笑ってないと思い、自分の顔を触ってみると――口角が上がっていた。どうやら、わたしは笑っていたらしい。

「まあ、いつものつまらなそうな顔されるよりはいいか。お前、顔は悪くないんだからそういう顔してた方がいいぞ」

「む……余計なお世話」

わたしだって好きでそんな顔をしているわけではない。単に表情が顔に出にくいだけなのである。

……でも、〝顔は悪くない〟ということはレイはわたしの顔を良く思ってくれているということだろうか。

「……レイはわたしの顔、好き？」

少しだけドキドキしながら、試しに聞いてみるが。

「いや別に、興味ないし」

ひどい返答をされた。

「……」

自分でも顔が強張っているのがわかる。そんなわたしのことなど構わず、レイは店員が持ってきた新しい椅子に座り直し、先ほど消した料理をどこからか取り出して食事に集中しだした。なぜだかわからないがとても腹が立つ。

「そういえば……それ、どうするの？」

テーブルの上にあるレイが〝魔法で食べた〟と嘘をついた料理の山を指さして、質問する。

こんな大量の料理を食べられるのだろうか。……まあ、わたしをからかうためだけに持ってきたわけじゃないと思うし、レイが食べるつもりで持ってきたんだろうけど――

レイは一瞬固まって。

「……どうしような？」

と言った。どうやら何も考えてなかったらしい。

「……」

無言で、自分の分の食事を始める。レイが「手伝ってくれませんか……？」と言っているが食事に集中しているので聞こえない。

自分の料理を完食した後、持ってきた料理をひいひい言いながら頑張って食べ続けるレイを見て「やっぱりこの人子供みたい」と思った。


昼食を終えて帰り道。

今日のこの一件で、やっぱりレイはすごく変わっていると再認識した。

大人びているかと思ったら、話してみるとところどころ子供のようで。

ぶっきらぼうで突き放す態度なのに、意外と面倒見が良かったりする。

とても――ちぐはぐな印象を受ける人だ。態度と行動が嚙《か》み合っていない、不思議な人。

そこまで考えて……わたしはレイのことを何も知らないということに気が付いた。

そもそもレイは自分自身のことを何も話してくれないし、聞いても誤魔化すように言葉を濁してしまう。

なぜか名前すら教えるのを嫌がっていたし、顔もフルフェイスヘルムで隠して見せてくれない。事情があるということは教えて貰《もら》ったけど、別に誰にも言わないし少しくらいいいじゃないかと思う。

「……」

隣で歩くレイを横目で見ながら考える。……もっと傍《そば》に居たらいつか、この人は自分のことを教えてくれるだろうかと。

もうしばらくはこんな日々が続いてくれるはずだ。ならいつか……話してくれる時がくるかもしれない。きたらいいなと思う。

そんなことを考えながら、帰り道を歩いていた。これからも心が温かくなる、こんな日々が続いてくれるだろうと思っていた。

——そのときだった。

「……雨？」

急に視界が暗くなり、頭にぽつりと水滴が落ちた。

不思議に思って、空を見上げる。すると——

視界に映ったのは、さっきまで明るく地面を照らしていた太陽が黒い雨雲に隠され、真夜中のように暗くなった空模様と。

「——え」

遥《はる》か上空をゆらゆらと漂う、巨大な蛇のような生き物——〝龍〟の姿だった。


突然の龍の出現に、街は恐慌状態に陥った。

龍の出現と同時に発生した、空にヒビが入ったような大きな亀裂。

亀裂から這《は》い出てきた、大量の禍々《まがまが》しい魔物の姿。

魔物たちは闇に染まった空を悠々と飛び回り、地面を闊歩《かっぽ》し、人々を襲っていた。

街の住民が、冒険者が、商人が……誰もが魔物から逃げようと必死に足を動かし、そんな人々を騎士団が声を張り上げて統制をとろうとしていた。地獄のような、非現実的な光景だった。

騎士団は亀裂から生じた魔物の対応のために多くの人員を割き、その奮闘のお陰でなんとか、人々への大きな被害は免れていた。でも——

悠々自適に上空を飛ぶ、禍々しい魔力を纏《まと》った龍の姿。——その体表の龍鱗《りゅうりん》は、黒く美しい輝きを放っている。

先ほどから何度も、騎士団の一流魔導士が束になり、上空の龍に向けて強力な攻撃魔法を詠唱し打ち込んでいた。……でも、そのすべてが龍の体表にキズすらつけることが出来ていなかった。

幸い、龍は攻撃を行う騎士団をおちょくっているのか、無機質な蛇のような大きな瞳でこちらの様子を見ているだけで、攻撃してくることは無かった。窺《うかが》うように上空をゆらゆらと漂っているだけだった。

今はまだ、屈強な騎士団が襲い来る魔物から人々を守っているお陰で何とかなっている。でも——この龍が襲い掛かってきたらどうなるだろうか。一流魔導士たちの攻撃魔法でもキズすらつかないこの龍が。

上空で様子を見ている龍は自身に向かって飛んでくる魔法の数々を避けもせずに受け、瞳を細める。その様子はまるで——自身の鱗《うろこ》にキズすらつけられない状況を、嘲笑《あざわら》っているかのようだった。

「……なに、あれ」

呆然《ぼうぜん》と、声を漏らす。

遥か上空を悠々と漂う——龍。

意味がわからなかった。この状況に、あの生き物がここにいることに。

そもそも……龍は滅多なことでは人々の前に姿を現さないと本に書いてあったのだ。ワイバーンやドレイクといった攻撃的な竜種と違い、龍は基本的に温厚で、こちらから害さない限り襲ってくることはない。それなのに——

——上空を漂う龍は禍々しい魔力を纏い、こちらを蛇のような無機質な瞳で窺っていた。

その姿はとても、友好的で温厚と言われている龍と同じには思えなかった。自分を誇示するかのようにゆらゆらと漂い、ときおり瞳を細める様子は……嘲笑っているようにしか見えなかった。

「おかしい。なぜか範囲結界が発動されていない。それに、なんで龍がこんな所に……？ 様子もおかしいみたいだが——」

レイはこんな状況でも冷静に取り乱さず、考えているようだった。どこからどう見ても……あの龍を倒すことなんてできるわけがない、絶望的な状況なのにもかかわらず。

「おい、いますぐ家に戻れ。あそこなら、強力な隠蔽魔法と結界魔法をかけてるから少しは安全なはずだ。〝ほかの家〟のやつらも——結界魔法はかけてあるから大丈夫だし、既に全員、魔法で伝えた。あとはお前だけだ」

「なら、街の人たちも——」

「収容人数の関係上、街のやつらまで入れるのは無理だ。……下手したら暴動が起きるかもしれないからな。でも、お前たちだけなら問題ない」

「ッ……！　じゃあ、わたしの《回復魔法》で――」

「傷ついた人を癒そうってか？　お前の覚えたての魔法で何が出来るんだ？　傷つけた分だけ癒せばいいとは言ったが、お前ひとりに出来ることなんて限られてるだろうが」

「でも……」

「まだ制御が未熟なお前が行っても足手まといになるだけだ。それに、怪我人《けがにん》の対応は白魔導士たちがやってるはずだし、お前が行く必要はない。……わかったら、今すぐ家に戻れ」

　それでもとわたしは食い下がろうとするが、有無を言わせない強い口調のレイに、何も言えずに顔を俯《うつむ》かせる。

　……確かに、その通りだった。まだ未熟で制御が完璧に出来ないわたしが行っても意味が無い。邪魔になるだけだ。

「別に、お前が悪いわけじゃない。誰かを助けたいと思うお前の気持ちは正しい。だが、力も無いのに助けたいって言うのは無謀なだけだ。……だから、そう気に病むことはない、しょうがないことなんだよ」

　優し気な声色の、レイの言葉。わたしは――

「……わかっ、た」

　そう答えることしかできなかった。わたしには助けられるだけの力が無いから。

悔しかった。少ししか《回復魔法》が使えないことが。

嫌だった。何もできない、力になれないことが。

しょうがないことだとは理解していた。でも……逃げることしかできない、何もできない自分が嫌で嫌で仕方が無かった。

「よし、じゃあ早く家に行ってろ。危ないからな」

「……うん」

顔を俯かせながら、答える。わたしに出来ることは何もない。なら、大人しく言われた通り——

「……レイ？……どこ、行くの？」

レイがどこかへ向かおうと歩き出したのを見て、問いかける。

「そっちは……家じゃない、よ？」

レイの向いている方向はどう見ても、家の方向ではない。その方向は、騎士団の一流魔導士たちがいる——龍がいる空の方向。

レイも一緒に家に行くのだと思っていた。だって、そうしなければ道理が合わない。自分が避難しないのにわたしに避難しろというのはおかしい。レイは自分が一番大切と言っていたのだ、なら——

「………俺も後で向かう。先に行っててくれ」

レイはこちらに振り向くことなく、答えた。わたしはその後ろ姿を見てどうしようも無く不安な気持ちに駆られた。そんなわけが無い、そんなわけが無いと思うけど——

「すぐに来る……よね？」

そんなわけがない。でも、その背中が死地へと向かう戦士のように見えてそう聞いてしまった。いくら強いレイでも、龍と戦って勝てるわけが無いとわかっているのに。

「……ちょっと忘れ物をしただけだ。すぐ向かうから安心しろって……第一、あんな化け物と戦って勝てると思うか？」

振り向いて、安心させるような声色で求めていた返答をしてくれるレイ。

「そう……だよ、ね。そんなわけない、よね」

「おう、だから早く行ってろ。危ないからな」

「……うん。レイも……早く、来てね」

レイは「ああ」と了承し、急ぐように走って去っていく。

わたしも言われたとおり、家に急ぎ……そこにいたみんなに迎えられ、レイがどこにいるのかと心配そうな顔で問いかけられる。すぐに来ると言っていたと答えると、みんな安心した表情になっていた。

みんなが安堵《あんど》する中……わたしは、なぜか安心することができなかった。

「きっと——来る、来るはず」

自分に言い聞かせるように、ぎゅっと膝を抱える。

『俺も後で向かう。先に行っててくれ』

そう言っていたのだ。なら、来ないわけが無い。

『……ちょっと忘れ物をしただけだ。すぐ向かうから安心しろって……第一、あんな化け物と戦って勝てると思うか？』

すぐ向かうとも言っていた。あんな化け物と戦って勝てるわけがないと。なら――

「――？」

違和感を覚えた。レイが言っていた言葉が……どこか、頭に引っかかる。

何か致命的な見落としをしているような、間違っているような……そんな感覚。

……いや、でもそんなわけがない。だって、すぐに来ると言っていたのだ。あの言葉が嘘《うそ》だったなんてあるわけ――――？

「なんで……レイ――！」

気が付いた時には足を動かして、走り出していた。

「お、おい！　どこに行くんだ!?　外は――」

だって――気づいてしまった。気付いてしまったのだ。

『俺も後で向かう』

『ちょっと忘れ物をしただけだ』

『あんな化け物と戦って勝てると思うか？』

レイは一言も、一言も――

「〝戦わない〟なんて言って、ない……！」

◇

——そこには、英雄がいた。

上空を目にも留まらぬ速さで蹴るように駆け、右手に持った大剣を幾重にも龍の体表に叩《たた》きつける。

装備しているゴテゴテの無骨な鎧《よろい》は、戦闘の激しさを表すかのように所々がひしゃげて破損していて……もはや、防具としての役割を果たしていない。

鎧が剝がれ落ちた部分から見える身体《からだ》は、灼熱《しゃくねつ》の炎で焼かれたように痛々しく赤黒く爛《ただ》れており——本来あるはずの左腕は、途中から消し飛ばされたかのように欠損していた。

その身体は既に、動けているのが不思議になるほどの状態。

しかし、その人間はそんなことを微塵《みじん》も考えさせないような動きで龍と対峙《たいじ》し、たった一人で戦っていた。

強大な龍に立ち向かい、空を駆けるその姿はどこの誰が見ても——御伽話《おとぎばなし》や物語に出てくる、〝英雄〟。

街の誰もが呆《ほう》けたように上空を見上げ、その人間の一挙一動に目を奪われていた。それほどまでに圧倒的な光景だった。

きっと、街の人々にとってその姿は希望に映ったに違いない。騎士団の魔導士たちでもキズすらつけられなかった龍に、たった一人で互角に戦っているその姿は、希望以外の何ものでもなかった。

「なんで……どうして……！」

でも、わたしにとってボロボロになりながらも龍に立ち向かうその姿は、希望なんかじゃなかった。上空で戦っているその人間は、わたしのよく知っている人——レイだったから。

なんでレイが龍と戦っているのかが理解できなかった。自分が一番大事と言っていたレイが、自分を犠牲にして街を守るように戦っているのがわからなかった。

ボロボロになって今にも死にそうなレイを見ていると、ひどく胸が締め付けられる感覚を覚えた。レイがどこか遠くへ行ってしまうような気がして怖かった。

レイはわたしが想像していたより何百倍も強かった。一つの国を滅ぼせるほどの力を持つ、龍種と互角……いや、僅かに優勢になるほどに。

避けれるはずの龍の息吹を全身で受け止め、街への被害を最小限に抑える。その行動は、自分を犠牲にしてでも人々を守るという強い意志を感じた。

龍は、自身よりも遥《はる》かにちっぽけな存在である人間に互角に戦われているという事実に狼狽《ろうばい》し、焦ったように荒れ狂う。街へ攻撃するでもなく、自身を脅かしているレイを脅威として捉えているのか、固執してレイだけに攻撃を行っていた。

大地を揺るがすほどの龍の咆哮《ほうこう》が響き、空気がビリビリと震える。幾重にも激しい破壊音が鳴り響き、その度に龍かレイのどちらかの身体が損傷していた。

そして……どちらの命が先に途絶えてもおかしくない、一瞬にも永遠にも感じられる激しい戦いが続いて――


「………やっと、か」

――最後に立っていたのは、レイだった。

レイは地面に倒れ伏した龍の首元に大剣を深く突き刺し、動かなくなったのを確認したあと、途切れ途切れの弱々しい声を出す。

力を失ったように光が失われている、龍の瞳。誰が見ても、既に事切れていることがわかった。つまり……レイは、龍に勝ったのだ。たった一人で、誰の力を借りることもなく。

龍の首に大剣を突き刺し、佇《たたず》んでいるその光景はまさに、物語の英雄譚《たん》に出てくる一枚絵のようだった。誰もがその、幻想的で非現実的な光景に目を奪われ、声を出せずに唖然《あぜん》としていた。

「レイ――」

すぐに、今にも倒れそうなほど憔悴《しょうすい》しているレイに駆寄ろうとする。剣を支えに、なんとか身体を支えているレイを今すぐにでも休ませたかった。

「――！――――!!」

その瞬間。頭上から聞こえてきたのは耳を劈《つんざ》くような何かの咆哮。

何事かと上空を見上げる。そこには――

「――――え」

先ほど倒したはずの龍と、〝まったく同じ姿をしている禍々《まがまが》しい魔力を纏《まと》った龍が二匹〟、遥か上空を漂っていた。

ゆっくり、悠々と飛んでいるその姿はまるで……わたしたちを、嘲笑《あざわら》っているかのようだった。

「まだ……いる、のか。……めんどくせぇ、な……」

レイはその光景を見てため息をついたあと……剣を支えにして、もうまともに動かない足を引きずりながら、ボロボロの身体を動かす。

その姿は、まだ立ち向かおうとしているかのように見えた。さっきやっとの思いで倒した龍が二体いるという状況なのにもかかわらず――レイは、諦めていなかった。

「ま、待つんだ！　もう街は捨てて避難したほうがいい！　その怪我も、今すぐ白魔導士に《回復魔法》を使って貰《もら》わないと――」

なおもボロボロの身体を動かすレイを止めようと、騎士団の鎧を着た男性が声を張り上げて制止させようとする。その言葉は、わたしの心中をすべて代弁していた。

「邪魔、する……な。これは絶好の、チャンスなんだ。それ、に……無理、かどうかは……俺が、決める」

「なっ……!?　しかし、その身体では――」

レイは構うことなく足に装着した《天翔靴《ヴィントブーツ》》に魔力を込めるために地面に腰を下ろし、空を駆けるための準備を行う。欠片《かけら》も聞き入れることはなく、自分の意志を貫き通すために。


わからなかった。どうしてそこまでして戦おうとするのかが。自分を犠牲にしてまで、街を守ろうとするのかが。自分を大切にしろと言ったのはレイなのに、すべてを捨てて逃げればいいと言っていたのに――


「俺は……勇者に、なる男だ」

唐突にレイが呟《つぶや》いたのは、意味不明な宣言。

「は……？」

騎士団の男性は、それを聞いてぽかんとした表情を浮かべる。周りの街の人たちも、同じ表情をしていた。

「俺には……夢が、ある。勇者になって……魔王を倒して、王様になるっていう、夢が……でも、まだ俺は勇者に、なれてない。どれ……だけ、努力して強くなっ、ても、聖印が現れなきゃ……勇者に、なれない。意味が、無い」

剣を支えにして身体を支え、空だけを見据えてこちらを見ずに言葉を紡ぐ。自分に言い聞かせるかのように。鼓舞するかのように。

「だけど……聖印が、現れる条件なんてものは見つかって、ない。……そこで……俺は、考えたんだ。勇者になるために……どうすれば、いいか」

「何を言っているんだ！　そんなことより、早く身体を治さないと――」

レイは制止の言葉を無視し、大剣を支柱にしてふらふらの身体を無理矢理に立ち上がらせる。

「簡単な、話だった――『〝勇者になる〟ためには、〝勇者に、なればいい〟』。御伽噺《おとぎばなし》の、勇者は誰よりも強く、勇敢で……悪から人々を助ける、絶対的な存在だ。それが誰もが思う、理想の、勇者の姿。なら……勇者になる、ために……〝俺が、それになればいい〟。誰よりも強く、なって……誰かを、助ければいい。そうすれば、きっといつか……勇者になれる、なれるはずだ。なら…………それ、なら――」

それはレイの信念だった。龍に立ち向かうための確固たる理由。〝勇者になりたい〟という願い、少年なら誰しもが憧れる純粋な――憧憬。

「こんな……所で、逃げるわけに、いかねえだろ……！」

身体を無理矢理動かし、二匹の龍が滞空する上空へと駆けだす。無謀だと止める声など聞き入れず、街を守るためにたった一人で、立ち向かっていった。

天翔靴《ヴィントブーツ》で目にも留まらぬ速度で空を駆け、瀕死《ひんし》の身体とは思えない程の動きで、大剣を龍の体表に何度も何度も叩きつける。

鉄が一瞬で融解する龍の息吹を防護魔法を纏った身体で受け止め、龍の巨大な体軀《たいく》に耐えきれず地面に叩きつけられ、それでも決して倒れることなく何度も何度も立ち上がる。

勝ち目のない、絶望的な状況でも逃げずに立ち向かうその姿は――もう既に、誰よりも勇者だった。悪から人々を助ける、英雄の姿だった。

左腕を消し飛ばされ、残った右腕は度重なる息吹を受けて焼け爛れていて、纏っていた鎧は見る影もなく辛うじて鎧だとわかる程度の形を保っているだけだった。

でも、むしろその動きは最初よりも疾《はや》く、鋭くなっていて……本来死んでいるはずの状態なのに更に強く激しく、龍と戦っていた。――二体の龍を相手取り、翻弄させる程に。

勝てるはずがないと思っていた。

一体でさえ悪戦苦闘の末にようやく倒したのに、二体なんて天地がひっくり返っても勝てるわけがないと。わたしだけじゃなく、街のみんなもそう思っていたはずだ。

なのに、それなのに――

「…………ぉわ…………た、か…………………つあぇ…………た」

――見上げるほど大きな物体に背中を預け、死んだように脱力するレイの姿。

両腕は根本から消失し、身体は息吹の高熱により鎧と皮膚が癒着していて……もはや辛うじて人の形を保っているとしか言えない姿。

満身創痍《まんしんそうい》と表現するには生ぬるいほどの、死に体になっていた。

「…………嘘、だろ」

誰かが、ぽつりと声を漏らした。その視線の先には、レイのすぐそばに横たわる、二体の大きな物体――龍。

龍たちの漆黒に輝く鱗《うろこ》はズタズタに剣傷が走り、力を失ったように地面に身体を横たわらせていた。一体の龍は首と身体が乱雑に分断され、もう一体の龍は巨大な瞳に大剣を突き刺され、ピクリとも動かない。つまり、つまりレイは――

「勝った、のか……？　たった一人で、龍に――？」

瞬間。周囲から割れんばかりの歓声が沸き上がる。固唾《の》を呑んで見届けていた街の住民たちが、騎士団の騎士たちが、冒険者たちが……英雄が龍を倒した事実に泣いて喜び、声を張り上げていた。

「ッ――！」

わたしは誰よりも早く、レイに駆寄ろうとした。死に体の痛々しい姿のレイを見て、いても立ってもいられなかった。

レイの所――〝龍が横たわる場所〟に、瀕死以上の重症を負うレイを癒せるわけでもないのにもかかわらず、ただ愚直に駆寄ろうとした。

……して、しまった。

「!?」

突然襲ってきたのは、全身から力が抜けたかのような感覚。身体を支えられず、体勢を崩してぐらっと地面に倒れこむ。

「な、に……これ」

ぐるぐると頭の中がぐちゃぐちゃにかき混ぜられたかのように思考が纏まらず、何が起きたのかが理解できない。

何が起こったのかを確認するために、周りを見る。するとなぜか――〝黒く禍々しい魔力〟がわたしの身体を蠢《うごめ》くように覆っていた。

どこにも怪我《けが》なんてしていない。それなのにもかかわらず、黒い魔力は加護が発動されたときのように、わたしの周囲を生き物のように躍動する。その様子はどこか……歓喜しているかのようだった。

その黒い魔力は、ゆらゆらと空気中を漂い……わたしから分離されたかのように離れ、ある場所へ向かう――レイと龍が倒れている方向へ。

倒れている片方の龍の元にたどり着き、その巨軀《きょく》へと吸い込まれるように消えて――

「――ぇ」

ぎょろりと、大きな蛇のような瞳が開かれた。

片目に大剣が刺さった、死んでいたはずの龍の瞳が。

その無機質な瞳の中に映るのは――体勢を崩して地面に倒れ込んだ、わたしの姿。

「ぁ……」

ゆっくりと、龍の口が開かれる。

次の瞬間。

鉄を一瞬で溶かす程の熱量を持った息吹が、勢いよく吐き出された。一直線に、わたしに向けて。

地面を焼き焦がしながら、身の丈よりも大きな黒い炎の塊がゆっくりと、まるで時間の流れが遅くなったかのようにこちらに迫る。

すぐに身体《からだ》を動かして、避けようとした。……でも、遅くなったのは息吹だけではなく、わたしの身体も一緒で……迫りくる炎の塊に、どうすることも出来なかった。ただ呆然《ぼうぜん》と、他人事《ひとごと》のように見ていることしか出来なかった。

『――いいか、加護の力は絶対じゃない。昨日あった加護が今日には無くなったとか力が弱くなったなんてのはよくある話だ。お前の不死身に近い加護も、いつどこで消えるかわからん。……つまり、何回も死んで生き返れる保証なんて無い。お前がいま生きているのはただの偶然に過ぎないってことを理解しておけよ。そうじゃないと――』

ゆっくりと流れる時間の中、脳裏にある映像が流れる。それは……前にレイに聞いた、加護に関する話。

『――加護の力が弱くなったり無くなったりするときは、必ず前兆がある。夢で精霊の声を聞くだとか、〝何かが抜け出るような感覚〟を覚えるとかな』

迫りくる炎を見ながら、考える。わたしの加護はいま、どうなっているのだろうかと。

さっき感じた、何かがごっそりと抜け出たような感覚。黒い魔力が身体から分離され、龍の元へ吸い込まれた光景。

それは、レイが言っていた前兆その物のように見えた。それにしか見えなかった。ということは、わたしの加護は――

轟々《ごうごう》と燃える黒い炎が眼前に迫る。わたしは何も出来ず、ただ呆然と見ているだけ。視界が黒で埋め尽くされ、熱量で肌《め》がビリビリと焼けるような感覚。吹き付ける熱風で目が開けて居られなくなり、ぎゅっと眼を瞑《つぶ》る。

どうすることも出来ず、黒い炎が身体に触れる――その瞬間。


「――？　あ、れ……？」

数秒後、なぜか何の衝撃も感じないことに疑問を抱き、瞑っていた目を開ける。

すると――

「おま……え……なん、で…………こ……こ、に……」

目の前に、レイが立っていた。

役割は終えたとばかりに、地面に倒れ込む。同時に、息吹を吐いた龍も全ての力を無くしたかのように瞳から光を失う。

一瞬、何が起きたかわからなかった。でも、すぐに理解した。レイが――わたしを龍の息吹から救うために、体を盾にして守ってくれたのだと。

「なん、で……？　わたし、なんか――」

なんで守ってくれたのかわからなかった。レイはわたしのことなんてどうでもいいと言っていたはずだ。自分が一番好きで、他人なんてどうでもいいと言っていたはずだ。それなのに、なんで――

「し、んだ……ら、…………ぶん、わる……だ……が……」

レイは喉が焼けているのか、言葉にならない擦《かす》れた声を出す。その声は弱々しく、一つの言葉を発するのも辛《つら》そうで、今にも死んでしまいそうなほどに憔悴《しょうすい》していた。

「やだ……やだ……誰か、レイを――！」

レイの様子を見て居られず、周りに助けてと叫んだ。自分では到底治せない損傷を、死にそうになっているレイを助けてほしくて。

すぐに、突然の龍の息吹に硬直していた騎士団の人たちと白魔導士の人たちがハッと気が付き、レイの損傷を癒そうと動き始める。しかし――

「――!?　何で《回復魔法》が効かないんだ……!?」

なぜか、一流の白魔導士たちが束になって回復魔法をレイの身体に行使しても、一向に損傷が癒されることは無かった。まるで――〝何らかの魔法で邪魔されている〟かのように、レイに行使される直前で魔法が掻《か》き消されてしまっていた。

「お願い、お願いだから……死なない、で……！」

「だ……うぶ、だ……お……しな…な……い……か、ら」

レイは弱々しい声で、安心させるように言葉を吐き出す。

「そうだよ、ね……レイは、死なないよ、ね？　だって、まだレイに言われた修行が終わってない、もん」

白魔導士の人たちが、レイを……街を救った英雄の命を救おうと、数多くの《回復魔法》を行使し続ける。

心のどこかで——きっと、助かると思っていた。レイなら死なないんじゃないかと、根拠のない自信を持っていた。またわたしのことをからかって笑い、失礼なことを言ってくるレイの姿が見れるはずだと、そんな日常に戻るのだと、そう思っていた。思っていたのだ。

でも——

——その日からレイが目を覚ますことは、二度と無かった。

◇

レイが死んだと聞かされた時、最初は夢か何かだと思った。

だから、レイの葬儀が国全体で大々的に行われた時も、涙は出なかった。ティズたちがみんな泣いていて、街の人たちが英雄の死に嘆いているのを、ただ傍観者のように見ていた。

実感が無かった。

現実が受け入れられなかった。

レイが死んだなんて、認めたくなかった。

でも、何度寝て目覚めてもレイが居ない現実は変わらなくて……いつまでたっても、レイは目の前に現れてはくれなかった。

レイのことを考えると、酷《ひど》く胸が締め付けられるようにぎゅっと痛んだ。心の中にぽっかりと空洞ができたかのように、何か大切な物が抜け落ちてしまったような気がした。

わからなかった。なんでこんなに痛むのか。

今すぐ叫びたくなるくらいに心がすさんでいるのかが。

ただ、食事も取らずに自分の部屋で寝て起きてを繰り返すだけの生活を送っていた。現実から夢の世界に逃避して、目が覚めたらレイがそこにいる日常を待ち望んでいた。

「イヴっち……先生はもう、死んじゃったんだよ……？　だからもう止《や》めようよ……ちゃんと、ご飯を食べないと――」

ティズは日に日に痩せていくわたしを見て、何度も心配そうな声を掛けてきた。

「そんなこと……ない。レイは、生きてる。また、明日になればきっと……」

「みんな、心配してるよ……私だって、先生が死んだなんて信じられなかった。……でも、受け入れるしかない、でしょ？　本当は嫌だよ、だけど――」

「受け入れる必要なんてない。だってレイは……死んで、ない」

死んでいない、誰がなんと言おうと、レイはまだ生きている。生きているはずだ。

「イヴっちが、先生を〝好き〟だったのはわかるよ。でも……もう、先生は居ないんだよ。だから――」

「――？　〝好き〟……？」

ティズの言葉に、引っかかりを覚えた。何を……言っているのか。わたしがレイのことを好き？　どこをどう見たら――

「え……好きだったんじゃないの？　いつも目で追ってたし、先生と一緒にいるとドキドキするって言ってたから……もう、ずっと前に気づいてるのかなって……」

「そんな、こと――？」

〝無い〟、と否定しようとする。でも、なぜか言葉が出てこなかった。

脳裏に、今までの行動が過《よぎ》る。

――一緒にいると心臓がドキドキとうるさくなり、顔を見られると恥ずかしくなって赤くなる現象。

――風邪が理由で修行を中断され、なぜか残念に思う気持ち。

――かわいいと言ってくれなくて、何が何でもこの男に言わせようとムキになった感情。

一緒にいると心の中が温かくなって、子供っぽいところを見ると可笑《おか》しくなって笑ってしまう。レイが好きな魔導具の話をできるようになりたくて、一生懸命勉強していた。

何気なく、自然にそう行動していた。自分のことなのに、気付いてすらいなかった。

そうだ、そうだったのだ。

わたしは、レイのことが――

「……ぁ」

地面にポトリと、水滴が落ちた。わたしの目から、ポロポロと水が落ちる。

物語や本で、恋という物は知っていた。王女様が勇者を想《おも》う気持ち自体は知っていた。

でもそれが、具体的にどういう感情なのかはわからなかった。自分自身が誰かを好きになったことも無かった。……だから、気が付かなかった。気が付けなかった。

「なん、で……！」

奴隷になって全てを諦めて、それから殆《ほとん》ど出ることがなかった涙が、拭っても拭ってもなお、止まることなく目からあふれ出る。レイの葬儀でも出なかったのに、もう涙なんて涸《か》れたと思っていたのに。

「うぁ……ぁぁ……」

ティズが涙を流すわたしを優しく抱きしめ、その温かい体温を感じて、逃避していた心がやっと非情な現実を理解し始める。自分の想い人がもう既に居ないことを。これは夢じゃないということを。

気づいたときにはもう、遅かった。遅すぎた。

レイはどこにもいない。もう一緒に修行することも、魔導具のことで話をすることも、何気無くからかわれることもない。してくれない。

「先生は前に……〝俺に寄り掛かるな〟って、言ってたよね。あの時はすごく悲しかったけど……こうなってみて、わかったんだ。あれは私たちを先生に依存させないために言ったのかなって。先生がいつも冷たい態度だったのも、一人の人間として自立させるためだったんじゃないのかなって」

あやすように抱きしめる、ティズの言葉。

その胸の中で、わたしはどうしようもなく悲しくて辛くて、取り戻せない事実が嫌で嫌で、ずっと泣いていた。ずっとずっと……涙が涸れるまで泣いていた。

◇

「――――レイ……今日はね、魔導学園の入学式だったの。まず最初に魔力測定をしたらね……学年で一番だったんだ。これも全部、レイのお陰」

あれから。レイが眠りについてから、一年が経《た》った。

街の中心部の広場に建てられた、色とりどりの花が添えられている豪華で大きな墓の前で、誰に聞かせるでもなく、一人で静かにつぶやく。

墓標に刻まれている名前は――〝英雄レイ〟。

レイが眠りについた後、国内では多くの波乱と変化が起こった。

その中でも一番大きな出来事は……マギコスマイア国内に、誰もが受けられる教育機関の設置と、生活に必要な最低限の収入を得るための、仕事の斡旋《あっせん》と醸成を国が政策として行ってくれるようになったことだろうか。

これにより、スラムや貧困に困っている人々が自由に教育を受けられるようになり、結果的に経済が潤うようになった。

初めは反発や反対意見が多かったけど……反対していたのはほとんどが富裕層の貴族で、大多数の国民は賛同していたので、反対意見を押し切って施行されることになった。

これは全部、国を救ってくれたレイの意向を尊重するために行われた政策であり、国民の国家への不信感を無くすための政策。

というのもレイが埋葬された後、様々な事実が発覚したのだ。

まず、国内で前から騒動になっていた〝義賊騒動〟が、レイのやっていたことだと判明した。

それだけならただの犯罪者として終わるはずだった。でも、レイが殺害した貴族の全員が、残虐的な何らかの悪事や犯罪を行っていたことがわかり、マギコスマイア国内では犯罪のはずの〝奴隷〟を扱う奴隷商人と繋《つな》がりがあるということが発覚したのだ。……その奴隷商人たちも、後に死体で発見された。

加えて、貴族たちに買われていた違法奴隷全員の住むところを用意し、国から放置されていたスラムの人たちが自立するまで生活の面倒を見ていたことがわかった。

……つまり、レイはわたしたちだけではなく他にも救っていたということ。ときどきふらっと出ていって帰って来ないのはそういうことだったのだ。

殺された貴族たちの私財は全て貧困層の、日々の生活に困窮していた多くの国民の元へばらまかれていたこともあり、レイのその義賊的な行動は国民に対して大きな感動を与えた。……英雄レイについて書いた本や創作物語が大量に作られ、死んでいるにもかかわらず数多くのファンクラブが設立されるほどに。

もともと、貴族に対しての不信感が募っていた国民たちは、以前から平民がたびたび攫《さら》われている事件が多発しているにもかかわらずきちんと対応してくれなかったこともあって、国に対して更に不信感を抱いた。溜《た》まりに溜まった不信感は爆発して、国民たちはデモを起こした。

そして結果として、貧困格差をなくすために、誰もが受けられる教育機関の設置と、貧困に困っている人々のサポートをしてくれる政策が施行されることになったということである。これもすべて、レイのお陰だ。

「そうだ。もうすぐ、〝英誕祭〟が始まるんだよ。レイを称《たた》える祭りで……みんながレイと同じ、赤髪に仮装するの」

英誕祭は一年に一回、英雄レイが国を救ってくれたことを称えるイベントだ。今回は第一回なので、街の人たちも気合を入れて準備をしていた。

「そこでね……これ」

長方形の一枚の紙――英誕祭の時にある場所で行われる、展覧会のペアチケットを取り出す。

「……古代遺物《アーティファクト》を展示する展覧会のチケット。凄《すご》い倍率だったけど……応募したら、当たったの……すごいでしょ」

そう言って、数多くの古代遺物《アーティファクト》や魔導具を所有する、〝水精霊〟との契約魔法に関しての情報を保有している貴族――ドゥルキス家が開催する、〝古代遺物展覧会《アーティファクトショー》〟のペアチケットをじゃじゃんと自慢するように広げる。

「でも、今年は行けない、ね。まだ……ぜんぜん見つからない、から……」

進展の無い現状に、目線を地面に落とす。

一年前……わたしはもう、レイとは二度と会えないと思った。この気持ちを伝えることは、二度とできないんだと。

でも――ひとときしり泣いて、涙が出なくなった時……ふと、あることを思い出したのだ。前にレイに少しだけ聞いたことのある、ある一つの魔法のことを。

――《世界樹の祝福《ユグドラシル・セイブレ》》

それは御伽噺《おとぎばなし》に出てくる、あるかどうかもわからない眉唾物の《回復魔法》。無条件で蘇生《そせい》が可能な、伝説の魔法。

《世界樹の祝福《ユグドラシル・セイブレ》》を習得するために必要な魔力量や方法は一切不明で、名前と効果だけが独り歩きしていた。でも、数多くの文献を調べて、一件だけ実例が存在していることを発見したのだ。……古い文献の中で、はるか昔に〝勇者パーティーのある聖女が行使した〟、という情報が。

なら、それなら――まだ、可能性はある。レイにまた、会えるかもしれない。

……あれからずっと、後悔していた。なんであの時、レイの元へ駆け寄ってしまったのだろうと。わたしの《回復魔法》なんかで癒せるわけでもないのに、白魔導士たちに任せるでもなく駆け寄ってしまったのかと。

今更こんなことを考えても、無駄なのはわかっていた。だってもう一生訪れることが無い、もしもの話だ。でも……考えずには居られなかった。わたしが駆け寄らなければ、死ぬことは無かったかもしれないから。

自分を責めるわたしに、みんなは優しい言葉をかけてくれた。わたしは悪くないんだと、わたしのせいじゃないんだよと。

だけど、この身体《からだ》から発生した黒い魔力が龍に吸い込まれていく光景を見ていたわたしには、自分が原因でレイが死んだとしか思えなかった。

加えて、あれから加護の力が弱くなったのか、切り傷程度の小さな怪我《けが》しか癒されないようになり……比例して、同程度の厄災しか与えないようになった。

その事実は、ずっと求めていたものだった。

これでもう、誰かを殺さないで済むようになったのだ。嬉《うれ》しくないわけが無い、嬉しいことのはずなのに……わたしの心は沈んでいて、喜ぶことができなかった。

「だから……また来年。もしかしたら、無理かもしれないけど……でも大丈夫。いつか、いつかわたしが、必ず――」

前に〝傷つけた分だけ癒せばいい〟と、レイは言った。

レイが死んだのは、わたしのせいだ。わたしがレイを傷つけてしまった。

なら、それならわたしが――

「――あなたを、生き返らせる」

自分でも無謀なことだとわかっている。何年、何十年かかるかもわからないし、そもそもそんな、あるかもわからない眉唾魔法を探すなんて正気の沙汰じゃない。

でも……それでも、わたしにはもうこれしかないから。

レイにまた会うためには、これしか希望がないから。……だから、どんなに時間がかかっても何を犠牲にしてでも、絶対に見つけだす。見つけてみせる。

「だから……待ってて」

大切な人が眠る墓をまっすぐに見ながら、ぽつりと呟《つぶや》く。

あなたは、何もない灰色だったわたしに、生きる意味を教えてくれた。イヴという名前を与えてくれて、悪魔だったわたしを人間に戻してくれた。

ぶっきらぼうで自分勝手で失礼で……いつもどうでも良さそうな冷たい態度のあなただったけど、それでも困っていたら必ず手を貸してくれて、裏ではいつも気にかけてくれていた。そこには確かに、優しさがあった。

「じゃあ……また、来るね。来年は一緒に行けると、いいな」

それだけ言って、振り返らずに歩き出す。

――わたしがバカで未熟だったせいで、あなたを死なせてしまった。

なら……わたしは、あなたに教えて貰《もら》った方法で、あなたを生き返らせる。

やりたいことや伝えたいことがたくさんある。

魔導具のことで話したいし、精一杯おしゃれした姿を見てかわいいと言って貰いたい。

それに、今はまだ言葉にしたくても出来ないけれど、また会えたそのときには――この想いを、伝えたい。

嫌われてもいい、拒否されてもいい。

ただ一言、話すことができて、あなたが幸せになれるのであればそれでいい。

レイに好きな人がいて、選ばれるのがわたしじゃなくても……本当は嫌だけど構わない。

……すぐに諦めることはできないかもしれないけれど。好きになって貰うために猛アタックしてしまうかもしれないけれど。

だから……いつかまた出会うそのときは、この気持ちを――

──そう、思っていたのに。

「ぁぁ……ぁあああああ……」

青年の遺体に縋《すが》りつき、擦《かす》れた声を漏らす。

変わったつもりだった。未熟な自分ではなくなったつもりだった。

《世界樹の祝福《ユグドラシル・セイブレ》》を見つけ出すために魔導学園に入学して必死に努力して学んで、ずっと首席を維持しながら、十四歳の時に飛び級で卒業して。

《回復魔法》の練度と学園での功績が認められて、《水精霊》と《聖女》を研究しているドゥルキス家の養子になって。

《世界樹の祝福《ユグドラシル・セイブレ》》を習得するために失敗しないように、魔力を少しでも多くするために挫《くじ》けそうになりながらも頑張って、精霊の祠《ほこら》で水の精霊と契約を行った。

……その代償として、灰色だった髪と瞳は水色に変化して、強い感情を覚えなければ表情が上手《うま》く動かせないようになってしまったけれど。

それでも、そんなことは目的のためなら些細《ささい》な問題だった。どうだってよかった。

ドゥルキス家の膨大な書物を読み漁《あさ》ったり、白魔導士協会に入って調べたりもした。

……でも結局、《世界樹の祝福《ユグドラシル・セイブレ》》への手がかりは見つけられず、《蘇生《リザレクション》》についての情報も秘匿されていて得ることができなかった。

それならと【攻】の勇者であるレティのパーティーに入って、勇者の近くでなら得られるであろう情報を調べようとした。……でも、そのすべてが空振りだった。

焦燥感と不安は、日に日に増していった。

四年経《た》ったにもかかわらず、手がかりすら見つけられない現状に、心がすさんでいた。

レイのことを忘れた日なんて一度も無かった。いつも、レイのことを考えていた。

……でも、怖かった。本当はそんな魔法は無いんじゃないかと。この行動は全部、無駄なんじゃないかと。

だから、これ以上大切な人は作らないようにした。

誰に話しかけられても冷たく当たった。あり得ないとは思っていたけど、大切な人が出来て、レイへの気持ちが風化してしまうんじゃないかと怖かった。

そんな中だった――この青年に出会ったのは。

強い人だった。すごく、あり得ないくらいに。……レイよりも。

最初はその強さに嫉妬した。怪我すらせずに、敵を圧倒する青年が羨ましかった。……あり得ないほど強いこの人ほどの力をレイが持っていれば、きっと死ななかっただろうから。

嫌いだった。レイよりも強いことに……なによりも、レイに似ていたことに。

再会したときには一瞬、レイかと見間違えた。青年が赤髪になっていたから。

関わらないようにしていた。話さないようにしていた。

……でも、青年が取り出した魔導具――《天翔靴《ヴィントブーツ》》を見て、思わず自分から話しかけてしまった。レイが持っていたものとまったく同じ形状の物だった。

とてもレイに良く似た青年だった。瓜二つ《うりふた》、生まれ変わりと言っても過言では無いくらいに、性格も行動も、すべてが似通っていた。

いつの間にか……よく話すようになっていた。

拒絶したかったはずなのに、あまりにも似ている青年と話していると——まるで、生き返ったレイと話しているかのような感覚になって、楽しく思えてしまった。

だから、チケットを上げるという口実で自分勝手に街を連れまわして、レイが着ていたものと同じ鎧《よろい》を着せて、自己満足に付き合わせてしまった。……最低なことをしたと思う。

この人は、決してレイではないのに。別人なのに。

生徒たちが消えて、異界に一人で突入しようとする青年の姿が、あの日の嘘《うそ》をついて一人で戦いに行ったレイと重なった。死んでしまうかもしれないと不安になって、自分もついて行くと言って無理やりについて行った。

あの日のわたしとは違うはずだった。

《回復魔法》も《蘇生《リザレクション》》以外ならほとんど覚えた。必死に努力して、もう二度と死なせないように、傷ついても癒せるように、頑張ってきたつもりだった。

「……わたしの、せいだ」

でも、何度行使しても青年に《回復魔法》が掛かることはなく、何も出来ずに死んだ。

そもそも、青年がわたしを守るために剣を投げなければ、こうなることは無かった。つまり——無理やりについて行ったせいで、死なせてしまった。

変わっていない。あの頃と何一つ、変わっていない。

もう弱い自分じゃないと思ったのに。そのために努力してきたのに……あの頃と同じで、無力なままだった。死んでいく青年をただ見ていることしかできなかった。

「ごめんなさい……ごめん、なさい……」

悲しいと思っているはずなのに、精霊契約のせいで涙があふれ出ることは無かった。

ただ、たった一粒。たった一粒の涙の雫《しずく》が——


——青年の頬に、ぽとりと落ちた。


「……え」

その瞬間。青年の身体全体を神秘的な光が包み込む。

七色のオーロラのような、柔らかで幻想的な光。

呆然《ぼうぜん》と見つめるわたしに構わず、光は輝きを放ちながら、青年のぽっかりと空いた心臓部と失った左腕に収束し始める。そして——

◇

ピクリと一瞬だけ、青年の指先が動いた。

「うぉぉぉぉおおッ!?　うぐッ!?　ゲホッゲホォッッ!?　なんだこれ、めっちゃ喉いたい……」

意識が覚醒し、跳ね起きる。

「なんだここ……洞窟？　俺、何してたんだっけ……？」

薄暗い洞窟内にいることに混乱し、周りを見回す……前に、なぜかやたらと喉が渇いていたので《水生成》《クリエイトウォーター》で喉を潤す。めっちゃ水うまい。

「——!?——ッッ!?」

改めて周りを見回すと、こちらを真っすぐに凝視して大きく目を見開き、口をパクパクと動かしているイヴとぱちりと目が合う。いつもまったく動かないイヴの表情が大きく動いている。珍しい。

「なん……なん、で——」

「ちょ、ちょっと待ってくれ……俺もいま思い出すから」

擦れた声で問いかけてくるイヴの言葉を遮り、何が起きたのか、どういう状況なのかを思い出そうとする。

……というか何で、こんなに頭がぐわんぐわんしてるんだ。記憶も混濁してるし……どういうことだマジで。

「えーっと、確かエンリと戦ってて……勝ったんだっけ……？　それで——!?」

《高速思考》で思考回路を加速させ、一瞬で結論を出す。全部思い出した。俺は――なければ――

「――死んでた、のか」

理解した瞬間、身体《からだ》を強引に動かして立ち上がる。だとしたらまずい、早く……早くし

「イヴ、あいつはどうなった？　俺はどのくらい死んでいた？」

「ぁえ……え……？」

すぐ傍《そば》に居たイヴに、早口で問いかける。イヴは現状が理解できていないようで、言葉にならない声を漏らす。

俺は混乱するイヴに構まず、「戦ってたやつ――エンリのことだ。あいつはいま、どこにいる？　死んだのか？」と矢継ぎ早に質問した。まだ生きているとしたらまずい。いま襲われたら――今度こそ、死ぬ。

「あ、あれから見てない……け、ど……」

「ということは……死んだ、のか？……まあいい、それより俺は何分死んでた？」

「さ、さんじゅっぷん、くらい……？」

「そうか……」

周りを最大限警戒しながら、考える。どうやらそこまで長く死んでいたわけではないみたいだ。その間に攻撃してても来なかったようだし、エンリは消滅したと考えるのが妥当だろう。

「《魔力探知》《千里眼》《熱探知》《帝位結界》《高速思考》――」

だが念のため、周囲全域への探知魔法と身を守るための結界魔法、覚えている限りの自己強化魔法を行使し、何があっても対応できるように身構える。

すると。

「！」

《熱探知》が俺とイヴ、生徒と護衛たちの骸《むくろ》以外の反応を捉えた。

すぐさま剣を持ち、警戒する。魔力は纏《まと》っていない、微弱な反応だ。丸い、手のひらに簡単に収まるほど小さな……俺が死ぬ前は無かった物体の反応。

恐る恐る、反応があった場所へと近づいていく。そこには――

「？　何だこれ……コイン？」

――地面に小さな、一枚のコインが落ちていた。

何らかの罠《わな》の可能性を考え、数種類の《看破魔法》をそのコインを対象に行使する。

……しかし、何も変わらず、ただのコインのまま。

罠ではないことが確定したので地面に落ちているコインを拾い、手に取る。

「硬貨……か？　てかめっちゃ汚ねぇ……風化してて何の硬貨かわからんし――《修復》《洗浄》」

拾った硬貨に対し、復元魔法を行使すると。

「〝一万リエン硬貨〟？　なんでこれがこんな所に……」

汚れと錆《さび》が落ち……全世界、大陸で最も広く流通している、かなり髪が長い女性の横顔が描かれた金色に輝く硬貨――〝リエン硬貨〟が現れた。

手に取ったリエン硬貨をいろいろな角度から見て、何か変わったところがないか確認するが……どこにも変な箇所は見当たらない、いたって普通の一万リエン硬貨である。どういうことだろう、まったくわからん。

「……まあ、いいか」

考えてみてもわからなかったので放置することにした。なんでリエン硬貨が落ちているのかはさっぱりわからないが……エンリの反応も無いし、やはり最後のあの攻撃は死んだら自動的に発動する魔術か何かなのだろう。たぶん。

それに……どちらにせよ、生きてても死んでても警戒はするから関係ない。今は早くここから離れて安全な所に行くことだけを考えなくては。

「――《蘇生《リザレクション》》」

生徒たちと護衛の骸に対し、《蘇生《リザレクション》》を行使する。この出来事を忘れさせるために、すぐに目を覚まさないように、《催眠》で多少アレンジを加えたものを。

ついでに、あの人物の魂に対しても蘇生《そせい》を行っておく。……あいつがしたことは決して、許されることじゃない。だからこれは、俺のただのエゴ、自己満足だ。

続けて、創造主が居なくなった《異界》の術式へと介入し、操作権を俺に書き換える。

……これで、この場所からの《空間転移《テレポート》》が可能になった。あとは眠ってる生徒たちと俺、イヴの魔力を同調させて、座標設定をしてと……。

「よし、これで大丈夫だな」

《空間転移《テレポート》》の転移先を突入前の場所で登録し、一斉に転移できるように設定する。

今回は転移させる対象が多いから……少し時間がかかってしまうようだ。五分後に一斉転移……まあそんなもんか、これでもこの人数に対してならかなり早い方だろう。よかったよか――

「ね、ねぇ……なん、で……生きてる……の？」

一安心していると、イヴが幽霊でも見るような顔で声を掛けてきた。ん、何で驚いて――あ、そう言えば……言ってなかったんだっけ？

「悪い、言うの忘れてた……俺は〝死んでも生き返れる〟から大丈夫なんだ。だから安心してくれ……幽霊じゃないから」

そう言うと、更に「？？？」と頭に疑問符を浮かべて混乱するイヴ。ちょっと説明足りなかったかも。

「正確には『〝死んでも一度だけ生き返れる魔法〟をかけてるから大丈夫』、か。……だから、いま死んだらもう生き返れない。つまり、またかけなおさないといけないってことで……はぁ……めんどくせ……」

この後やらなくちゃいけないことを思い出し、ため息をつく。マジでめんどくさいだるい。

「う、嘘……そんな魔法……聞いたこと、ない」

イヴは混乱し、理解できないと頭を振る。

「まあ……そりゃそうだ。だってこれ、自分で作った魔法だし」

「……え」

《次元蘇生《ディメンジョンリザレクション》》

それがこの魔法の名称。俺がむかし、作り出した魔法。

効果は単純。

行使した対象の生命の活動が停止した際に自動的に発動し、蘇生させる魔法。

というのも、この魔法は俺が小さかった時――九歳くらいの時に、覚えていた魔法の術式をこねこねこねくり回して作りだした魔法なのだ。

なんでそんなことをしていたのかというと、単純に死にたくなかったから。

勇者になるために数多くの死闘を繰り広げなきゃいけないのに、死んだら元も子も無いからである。いくら強くなっても油断してた所を不意打ちで殺されたら終わりだし、絶対に死にたくなかった。

……あのころはマジで色々と死なない方法を探してた。吸血鬼になる方法とか不老不死の薬とか《世界樹の祝福《ユグドラシル・セイブレ》》とか。ほとんどが徒労に終わったけど。

全然見つかる気配も無かったので「じゃあ自分でそういう魔法作ればいいじゃん」となり、覚えていた初級魔法である《微再生《リジェネ》》の自動回復と、時間と空間を操作する系統である《次元付与》の術式をベースにして混ぜ合わせ、作ることにした。本当は《上位治癒《ハイヒール》》の方が良かったのだが、当時は覚えていなかったから諦めた。

それで、寝る間も惜しんで毎日毎日研究に明け暮れ、魔力量だとかかける誓約だとかを考えて実験していたら……結果的に、なんか出来てた。

当時の俺は喜んだ。これでもう死なないはずだと。寝不足の顔でキャッキャキャッキャはしゃいでた。

しかしそこで、予期せぬ事態が判明。

なぜかこの魔法、カテゴリ的には《次元魔法》であるにもかかわらず、《回復魔法》扱いになっていたのだ。

構造的には《次元付与》をベースにしているので、死後の肉体あるいは現世に残った魂を使い、死ぬ前の健康的だった肉体に巻き戻すという術式になっている……のだが、どういうわけか入っていたのは《次元魔法》ではなく《回復魔法》のカテゴリ。意味がわからない。

おまけに、初級魔法なのに魔力を込めまくってあるせいで同質の魔法である《上位治癒《ハイヒール》》などの最上位魔法の《回復魔法》を弾《はじ》いてしまう始末。

……つまり、《次元蘇生《ディメンリザレクション》》が身体に行使されているときは《回復魔法》が効かない身体になってしまったということだ。ふざけんな。

これにより俺は《次元蘇生《ディメンリザレクション》》が掛かっている限り、どんなに身体が傷ついても癒すことができないこととなった。

《次元蘇生《ディメンリザレクション》》の副次的な効果で自然治癒能力が上がっているから大抵の怪我《けが》は自動的に癒えるのだが……大きな怪我の場合、治らずに残ってしまうのだ。

そのせいで、俺の身体は常に古傷だらけ。傷の位置が服で隠れるからまだマシなのが不幸中の幸いである。

……いや、いちおう治せるっちゃ治せるが。でも何でもかんでも癒していたら身体の自然治癒能力が低下して《次元蘇生《ディメンリザレクション》》の効果に影響が出る恐れがあるし、命の危険が無い限りは治さないことにしている。いざという時に死にたくないし。

そして、最大の問題点として……この魔法、《次元付与》を使っているからなのか魔法の術式が完全じゃないからなのか、蘇生したあとに死ぬ前の記憶が飛んでしまったりすることがある。酷《ひど》いときでは三日間くらい記憶が無くなってて、なんで死んだのか原因すらわからなかった時もあった。

「〝今回は〟ちゃんと覚えてるな。良かった……」

いやマジで、この魔法欠陥が多すぎる……術式が複雑すぎるからかけるのに数日集中して慎重に行使しなきゃいけないし、その間は何も食べられないで断食状態だし……めちゃくちゃめんどくさいしつらい。今回死んだせいでまたやらなきゃいけないし……考えただけで死にそう。誰か助けてください。

しかも、この魔法の欠陥はそれだけじゃない。この魔法……死んだときの身体の損傷具合に応じて、《次元蘇生《ディメンリザレクション》》が発動するまでのラグがあるのだが、あまりにも損傷が酷すぎると――移動するのだ。物理的に。

俺があまりの欠陥具合に頭を抱えているとイヴが困惑した様子で声を掛けてきた。

「意味が、わからない。〝今回は〟って、〝何回も死んだ〟ことがあるみたいに――」

「ん？　いや、今までで何回も死んでるぞ。最近は死んでなかったけど。確か、直近で死んだのは――〝龍〟と戦ったときだっけ……？　いや、マジでめちゃくちゃ強かったんだよなぁ……」

「……え？」

そう答えると、イヴは愕然《がくぜん》とした表情になる。……まあ確かに、何回も死んでるって言われたらそんな顔にもなるわな。俺だって言われたらなる。やべえやつだもん。

「そ、れって……どこ、で……？」

イヴは動揺しているのか、声を震わせながら擦《かす》れた声で質問してくる。

どこって……えっと――

「確か、〝四年前〟にアルディに追いかけまわされてた時だから――〝マギコスマイア〟……だった気がする。たぶん」

最後に覚えている記憶は、一体の龍を倒したあと、おかわりで二体の龍が現れた所まで。

……つまり、俺は力及ばず死んでしまったのだろう。その後どうなったのかはわからないが……たぶん騎士団か誰かが倒してくれたんだと思う。

できればすぐに、どうなったのかの詳細を知りたかった。……でも俺が《次元蘇生》《デイメンリザレクション》で蘇生したあとまず視界に入ってきた光景は、緑が青々と生い茂る森の中。

あとからわかったことなのだが、どうやら俺は《次元蘇生》《デイメンリザレクション》が発動された時の損傷状態があまりにも激しすぎたのか、最北端の未踏破区域——ラスヴェート大陸まで飛ばされていたらしい。何でだよ。

そしてそれから始まったのが地獄の日々。

移動したのが《空間転移》《テレポート》扱いだったのか、蘇生してからすぐに副作用が現れ、乗り物酔いと風邪と頭痛と腹痛と睡眠不足と筋肉痛を同時に喰《く》らったかのような感覚に襲われた。

それも、身体《からだ》を少しでも動かしたら言葉にするのもはばかられるほどの激痛もセットで。《疲労回復》《リフレッシュ》をかけても治らないレベルだし、その状態のまま数日間まともに動けず、強力な竜や魔物がうじゃうじゃいる所で外敵に怯《おび》える日々を過ごした。

なんとか動けるようになったあとも一カ月は体調が戻らず、最低限の木の実と水だけでなんとか生きていた。もう二度とあの地獄は味わいたくない。

……まあ、その状態でも当時の俺は、強力な魔物たちに意気揚々と挑みまくっていたから結果的にいい修行になったんだが。強力な魔物を見つけしだい戦って倒したし、めちゃくちゃ逃げ足が早い狐《きつね》の魔族を追いかけまわしたりもした。先に攻撃してきたのはあっちだから執拗《しつよう》に追いかけまくった。その魔族には結局逃げられた。

結果として、マギコスマイアであの後どうなったのかを知ることはできず、ラススヴェート大陸での壮絶な日々で余裕がなさ過ぎて、今の今まで忘れていた。あの龍より強いのうじゃうじゃ居たからなぁ……

「そ、の……ときに、鎧《よろい》って……着てた？」

「鎧？　着てたけど……？」

思い出に浸っていると、イヴが更に質問をしてきた。

あの頃は粘着してくるアルディから逃げるためにゴテゴテの鎧とフルフェイスヘルムで完全に顔を隠し、絶対に見つからないように《魔力偽装》もかけていた。完全防備である。

「灰色、の……髪の女の子に、会わな、かった？」

詰め寄る様にこちらに身体を寄せ、俺の顔を凝視したままそんなことを聞いてくるイヴ。

灰色の髪の女の子……ああそういえば――

「そんなやついたなぁ。余ってる魔力増強剤飲ませて、修行させたりしてたわ。めっちゃ懐かしい……いま、どうしてるんだろうな。ちゃんと精霊契約出来たならいいんだが……」

そういえばあの時からだ。あの灰色の少女の諦めたような顔が気に入らなくて、奴隷商を潰し始めたのは。ムカつくんだもんしょうがないね。

「名前も無いみたいだったから、適当につけたんだっけな……まあ、流石《さすが》に適当に付けたのなんて嫌だろうし、別の名前になってると思うけど………あれ、そういやなんでイヴが知ってんだ？　誰にも言ったことないはずなんだけど――!?」

黙って地面に顔を向けているイヴの方を見て、思わずぎょっと身体を竦《すく》める。……イヴが、ぽたぽたと涙を零《こぼ》していたから。

「え、ちょ……ど、どどどどどどうした？　何で急に――」

めちゃくちゃどもった。

「…………生き、てた。レイが、レイが――」

イヴはぽとぽとと落ちる涙で地面を濡《ぬ》らしながら、嗚咽《おえつ》が混じった小さな声で言葉を吐き出す。

この急変具合……まさか、精神汚染魔法でも受けているのか？……いや、それはないか。イヴの方には攻撃されないようにめちゃくちゃ注意してたから。そんな魔力も感じなかったし。じゃあなんで――

「あ、もう少しで転移するから……歯食いしばってたほうがいいぞ。すぐ《疲労回復《リフレッシュ》》使うから大丈夫だけど、それでもめちゃくちゃ気分悪くなるから」

そうこうしているうちに、一斉転移まであと一分ということに気づき、イヴに注意しておく。今回は《次元蘇生《ディメンリザレクシヨン》》がかかってないので、《疲労回復《リフレッシュ》》を使うことが出来る。つまりあの苦しみを味わうことはない。マジでよかった。

一人で安堵《あんど》していると。

「あのね、レイ」

「……ん？」

歯を食いしばれと言っているにもかかわらず、イヴが話しかけてきた。……というか、俺の名前はジレイなんだけど。言い間違いかな。

「わたし……好きな人がいるの」

「…………なんの話だ？」

好きな人？　何でいまこのタイミングでそんなことを言うんだろう。

「あの頃は気づくのが遅くて、言えなかった。でも、次に会ったら——絶対にこの気持ちを伝えたいと思ってた」

「……そうか。まあ、いいんじゃないか？　よくわからんけど」

取りあえず適当に返答する。何を言いたいのかわからないが、したいなら好きにすればいいと思う。俺は関係ないし。

「だから——いま、いうね」

「？　それって、どういう——!?」

身体の体勢を崩しかける——イヴがなぜか、こちらに身体を預けるように倒れ込んできたから。

それと同時に転移魔法が行使され、視界がぐにゃりと揺れたあと、突入前の風景に切り替わった。まだいじけたように地面に絵を描いていたアルディがこちらに気づき、パッと顔を上げる。

「ジレイ！　どうなっ——？」

「あなたのことが、好き。わたしを救ってくれた、ぶっきらぼうで口が悪くて、でも優しいあなたが……好き。大好き。わたしと――」

アルディは開いた口をぽかんと開けたまま、イヴは俺に身体を預けながら、こちらを真《ま》っ直《す》ぐに潤んだ瞳で見つめ、一つ一つ言葉を紡ぐ。

そして――

「付き合って、欲しい。……やっと、言えた」

はっきりと、そんな言葉を吐き出した。

その瞬間、場の空気が完全に凍結し、静寂に包まれる。

数十秒後。

「……………えっと、どういう状況……？」

アルディが困惑した表情で、そう言った。意味わかりません理解できませんって感じで。

……いやそれ、俺が聞きたいんだけど。

エピローグ　古代遺物展覧会《アーティファクトショー》

「……や、やっぱり古代遺物《アーティファクト》は面白いのが多いなぁ！　デザインもめっちゃかっこいいし！　ほ、ほしいよなー！」

「うん、かっこいい。ほしい」

――あれから、まる一週間が経《た》った。

あの後、ある場所にいってから用事を済ませ、宿屋に逃げ――じゃなくて剝がれてしまった《次元蘇生《ディメンリザレクション》》をかけなおすために数日間集中して強制断食状態で引き籠り、術式を組んで再度行使した。めちゃくちゃ辛《つら》くて死にそうになった。

次に、ずっと前から楽しみにしていた古代遺物展覧会《アーティファクトショー》が開催される〝英誕祭〟当日まで隠れ――じゃない、養生していた。

そして、英誕祭当日。

今日は朝から天気も良く、街の雰囲気も明るい。絶好の魔導具鑑賞日和だ。

俺は見つからないように――ではなく、楽しみすぎて二時間前から会場に到着して、始まったら誰にも見つからずに行けるように近くに潜伏していた。

結果的に……そのまま時間になってペアチケットを渡して入場し、古代遺物展覧会《アーティファクトショー》の用意された席に座り、多種多様な古代遺物《アーティファクト》を鑑賞した。

それは――魔導具マニアであれば千金にも換え難い光景といっていい代物。

当然、魔導具大好きマンである俺も例にもれず、めちゃくちゃ楽しい。

楽しい…………はずなのだが。

「つ、次は《鏡幻影珠《ミラーミラージュ》》の実演みたいだぞ！……いやーでもたのしいなーたのしすぎて魔導具のことしか考えられないなー！」

「うん、好き、大好き。ずっと一緒にいたい」

決して横を見ず、前を向いたまま声を張り上げる。すぐ右隣から聞こえてくるのは、前後の文脈がまったく繋《つな》がっていない返答。

い、いやぁ本当に楽しいなぁ。古代遺物展覧会《アーティファクトショー》自体は最高に楽しいんだけどなぁ……

「ね、レイ」

「……なんだ？」

話しかけられたので聞いてみるが。

「何でもない、呼んでみただけ」

そう言って、その人物は何が楽しいのか嬉《うれ》しそうに頬を緩ませる。

「あの……イヴ？　ちょっと離れて欲しいんだけど。あと、さっきからこっち見るのやめてくれない……？」

さすがに我慢できなくなったので、すぐ右隣の席……いや、こちらに身体を寄せすぎているせいでほぼ俺の席に相席している状態の人物——イヴ・ドゥルキスに向けて、窺《うかが》う声色で言った。めっちゃ近いし居心地悪い。

「……迷惑、だった？」

「い、いや迷惑とかじゃなくて……そんなにこっちに身体寄せる必要無いし。暑苦しいっていうか……」

「む……わかった」

イヴは少しだけ口を尖《とが》らせてむくれたような表情になり、しぶしぶと身体を離して自分の席に座る。そして、ちょこんと左手で俺の服の裾を控えめにつまんできた。……まるで、少しでも離れたくないとでも言わんばかりに。

「……こっち見るのもやめてくれ、落ち着かないから」

しかし、離れたのはいいものの、ぼーっとぼんやりした瞳で俺の顔を見上げ、見つめたままのイヴ。てかさっきから、古代遺物《アーティファクト》の実演してるときも俺の顔しか見てないんだけど。何のために来たんだよオイ。

イヴは俺の言葉に「わかった」と返答はするものの、欠片《かけら》も俺から視線を外そうとしない。まったくわかってないです。

「……はぁ」

本当なら……今日この古代遺物展覧会《アーティファクトショー》は俺一人で見れるはずだった。ペアチケットで悠々と入場し、二人分の席を豪華に使って寝ころんだまま鑑賞する予定だった。

……それが、会場に入って自分の席へ意気揚々と向かったら、イヴがすでに座って待っていたのである。俺が座る予定だった席に。

追い出そうとはした。俺の持っているのはペアチケット、つまり、二人分の席を使う権利があるということ。

しかし、結果的に追い出すことはできず、いまこうして、隣で話しかけられまくっているという現状。

話を聞いてわかったのだが、どうやらイヴはこの古代遺物展覧会《アーティファクトショー》の主催者の娘——正確には養子なのだという。

しかも、それはそれは大層かわいがられて大事にされているそうで。

たまたまチケットを手に入れただけのD級冒険者なんて追い出すことも楽勝なわけで……つまり、そういうことである。泣きそう。

「レイ」

ガチで泣きそうになっていると、イヴがまた声を掛けてきた。俺は「……なんだ」と生気が失われた顔で返答する。

「好き、大好き」

「………………」

潤んだ瞳でこちらを見つめたままのイヴによる、熱烈なラブコール。俺のメンタルに多大なダメージ。

……さっきから、ことあるごとにこうして声を掛けてきて、雛鳥《ひなどり》のように懐いて擦り寄ってくる。何回も好き好き言われて頭がどうにかなってしまいそうだ。悪い意味で。

あんなにクールで無口無表情だったイヴがどうして、こんな風に好き好きマシーンになってしまったのか。意味がわからない。

……いや、原因はわかる。わかるんだけど、理解できない。

「……あのな、イヴのその気持ちは気の迷いなんだ。あの時のは確かに俺だが、あれは自分のためにやったことだし助けたつもりなんて――」

ここまでで何回も行った説明をするが。

「それでも、いい。わたしがレイに救われたのは事実。レイが好きなのは変わらない」

「いや……な？　でもな……？　あと、俺はレイじゃなくてジレイなんだけど……」

「……愛称みたいで、わたしだけ特別っぽくてすごくいい」

ふふんと言いそうなドヤ顔でそんなことを宣《のたま》うイヴ。いや、止めてほしいって意味なんですけど。

「…………まあ、それは置いておこう。それより――俺は前に、きっぱりと断ったはずなんだが……」

一週間前。なぜか唐突に『付き合って欲しい』と告白され、俺はマジで意味がわからなくて混乱した。理解が出来なさ過ぎて、素で「え、いや無理」と答えてしまったくらいだ。

そしてその後、身体《からだ》を寄せてきて離れようとしないイヴにどういうことか説明して貰《もら》い、やっと原因がわかった。理解は出来なかったけど。

要約すると……四年前に、修行やら何やらをやらせた灰色の髪をした少女がイヴだったらしく、《世界樹の祝福《ユグドラシル・セイブレ》》で生き返らせようとしていた〝レイ〟なる人物も俺だった、ということだ。なにそれ意味わかんない。

いやでも正直、最初にイヴとあの灰色髪の少女が同一人物と言われた時、まったくピンと来なかった。

だって、当時と今じゃ髪色も瞳の色も違う。あの頃はもう少しは表情も動くやつだった気がするし……そもそも俺自身、〝灰色髪の少女〟として覚えていたので、気が付けなかったのだ。

何で髪色と瞳の色が違うのか聞いてみても「……内緒」といって教えてくれないし……何があったのかまったくわからない。

それに、俺に救われたと言っているがそれは間違いだ。俺はただ、自分勝手にやってただけだから。

奴隷商を潰しまわって世話をしたのも俺自身が気に入らなかったのと勇者になるためだし、名前とか目標を与えたのもうじうじとした態度が見ていてムカついたからだ。つまり全部自分のため。救ったつもりなんてない。

だから、誤解だし勘違いだからときっぱり断った。それはもう懇切丁寧に説明して、俺は眼《め》も濁ってるしロクな人間じゃないからと言い、諦めて貰おうとした。自分で言ってて少し泣きそうになった。

「確かに、断られた。でも……やだ」

少しだけ顔をむくれさせ、ふてくされたような表情になるイヴ。子供かな？

「んなこと言われても、俺は――」

「……レイ、四年前に〝好きに生きろ〟って言った」

「ぐっ……た、確かに言ったけど……」

「〝周りの人間なんて気にせずに、自分のしたいようにすればいい〟って……言ってた」

イヴは口を尖らせて拗《す》ねた顔。俺は何も言い返せず、「うぐぐ……」とうなることしかできない。昔の俺なに言ってくれちゃってんのマジで。

「それに……前に聞いたとき、レイは好きな人いないって言ってた。なら……わたしでもいいはず」

イヴは自分をアピールするようにまたこちらに身体を寄せて、そんなことを言ってくる。

「……そういう問題じゃないだろ。何回も言ってるが、俺は誰ともそういう関係になるつもりはない。だから言われても困る」

いやマジで、一週間前に告白されて断った後、悲し気な顔で「レイはもう好きな人……いるの？」と聞かれ、「え、いや居ないけど……」と正直に答えたのが失敗だった。

それを聞いたイヴは顔を隠すように俯《うつむ》かせて「そうなんだ……」と呟《つぶや》き、一時は引き下がった。

俺はわかってくれたものだと安心し、疲れていたので近くの宿屋に直行して即座に眠りについた。何も食べず寝床に潜って、布団の温《ぬく》もりに幸せを感じていた。

次の日、若干の空腹感で目が覚めた俺の鼻孔に漂ってきたのは美味《おい》しそうな匂い。寝ぼけてシャルがご飯を作ってくれたのだと思い起きると……そこにいたのは、かわいらしいエプロンを付けたイヴと、出来立ての健康的な朝食。

俺は混乱した。何食わぬ顔で「おはよう。レイ、髪はねてる」と言い、柔らかに笑うイヴに理解が追い付かなかった。理解が出来なさ過ぎたので思わず聞いてみた。

『……わたしを好きになって貰おうと思って』

するとそんな返答が返ってきて、俺は更に理解できなくなって固まった。たっぷり五分はフリーズしてた。

頭が落ち着いてきたあとに聞いてみると……どうやら、俺に好きな人がいないようなので、朝食を作ったり何だりをして一緒にいることで、自分を好きになって貰おうとしたらしい。なにそれ。

そしてそれから始まったのが、怒濤《どとう》の好き好きアピール。

俺は耐えられなくてすぐに宿屋を変更し、見つからないように引きこもった。シャルの屋敷へ戻ることも一瞬だけ考えたが、学園の生徒たち経由でバレるのは目に見えていたから止《や》めて、セキュリティ意識が高いクソ高い宿屋で引きこもり続けた。姿を隠せばきっと諦めてくれるだろう、諦めてくださいと願っていた。

「じゃあ……そういう関係じゃなくてもいい。一緒に居させてほしい」

しかし、どうしても古代遺物展覧会《アーティファクトショー》には行きたくて来てみたらこれである。まったく諦めた様子が無い。

そもそも、ラフィネの時もそうだが俺は自分のやりたいようにしていただけで、救ったつもりなんて無い。助けて貰ったと言われても一切ピンと来ない。

だから、その気持ちは気の迷いだ。俺は優しくなんてないし自分勝手で相手のことを考えないろくでなしだし、俺と一緒にいても人生の浪費でしかない。

……やっぱり、もっと突き放すような態度で言わないとわからないのかもしれない。ここはしっかりと、ビシッと言っておくべきなのだろう。

「ハッキリ言わせて貰う。俺は——」

〝ぐうたらしたいから付きまとわないでくれ〟と言いかけるが。

「それにわたしと一緒にいてくれるなら、お得。後悔はさせない」

「……お得？」

イヴのその言葉に、思わずそう聞いてしまう。

お得って何がだろう。俺には損しかない気がするんだが——

「わたしは、魔導具をいっぱい持ってる。……もちろん、古代遺物《アーティファクト》も」

「……それがどうしたんだ？」

確かに、前に古代遺物《アーティファクト》の《天魔翼《デビルウイング》》を持っているとも言っていたし、実家に保管してあるとも言っていた。だが、それが何だというのか。

「あれ、見て」

イヴは離れたところに展示してある古代遺物《アーティファクト》を指差し、次々と違う古代遺物《アーティファクト》に対して
「あれも」「これも」と呟く。……何がしたいんだ？

突然の奇行に眉をひそめていると。

「全部、わたしの。……レイがわたしと一緒にいてくれるなら、あげてもいい」

そんなことを言ってき——え、ちょ、え？　マジ!?

「そ、そ……そんな甘い言葉に俺が騙《だま》されるわけないだろ！　いい加減にしろ！」

「……身体は正直」

展示してある古代遺物《アーティファクト》のショーケースに抱き着く俺を指さすイヴ。どうやら無意識に身体が動いていたらしい。

「……あと、わたしも魔導具好きだし、レイと同じくらい話せる。趣味も合うし、毎日楽しいはず」

「うぐ……ぐぐぐ……」

耳元にこしょこしょと囁《ささや》いてくるイヴ。なにそれぇ……それはずるいじゃん。あまりにも卑怯《ひきょう》じゃん……！

「レイに迷惑だろうから、ずっと一緒にいてくれなくてもいい。一週間に一日、一緒に居る時間を作ってくれて、〝少しだけ〟お願いを聞いてくれればそれでいいから……ダメ？」

頭を押さえて必死に欲求を抑える俺に、更に追い打ちが掛かる。ダメだダメだダメだこれは悪魔の囁きだ耳を貸すな俺！　あんな古代遺物《アーティファクト》なんて……なんて……？　いや待てよ、考えてみれば別に恋人になるとかじゃないし、問題ない……？　いわば仕事と同じで、雇われ契約みたいなもんだよな？　それならいいんじゃ——？

「…………本当に一日だけなのか？」

気づいたら、そんなことを聞いていた。イヴがそれを聞いて、「！……うん、一日」と顔を耀《かがや》かせて頷《うなず》く。

……いや、これは決して、俺が欲望に負けてしまったとかそういうわけではない。ただ、俺とイヴの利害が一致してウィンウィンだと思ったから了承したわけで……合理的な判断を下しただけなのだ。つまり俺は正しい。正しい。

「じゃあ……ここにサインお願い」

「おう！」

何も考えずイヴが差し出してきた一枚の紙にすらすらと必要事項を記入していく。

名前、血判と……よし、完璧！

「…………あれ？　なんかこれ、魔術契約書に似てるような気が……それに、よく考えたら何でこんなの書く必要——」

記入した後、ひっかかりを覚えてその紙を確認しようとする。が、イヴにささっと取り上げられ、すぐに持っていた手提げバッグの中に仕舞われた。なんか怪しい。

「なあ、さっきの紙、よく見てなかったからもう一度見せて欲し――」

「大丈夫、たいしたことは書いてないから」

紙をしまったバッグを後ろ手で持ち、俺から遠ざけるような態度をとるイヴ。なぜか嫌な予感がする。

「……」

「……ぁ、ダメ――」

無言で、《空間転移《テレポート》》の応用を使い、イヴのバッグの中から先ほどの紙を俺の手に転移させて、止める声を無視して内容を確認する。すると――


【お願いリスト（初級）】
■朝ごはんを一緒に食べる。
■手を繋《つな》いで出かける。
■昼ごはんを一緒に食べる。
■魔導具について話す。
■晩ごはんを一緒に食べる。
■一緒の布団で寝る。
……

「な、なにこれ……」

思わず愕然《がくぜん》とした声を漏らしてしまう。

いや、もうこの際この紙が魔術契約書であやうく契約させられそうだったとかそんなことはどうでもいい。それよりも……

「え、えっと……この、ずらっと並んでる項目は何なんですかね……？」

魔術契約書の、契約内容欄にめちゃくちゃ小さな文字でぎっしりと書かれている項目の方が問題だ。おかしいな、ここに書いてあることは絶対に順守しなきゃいけないことのはずなんだけど。なんで一日のスケジュールでこんなにいっぱい敷き詰められてるんだろうなぁ……それに（初級）ってなんだよ、下の方に（中級）とか（上級）もあるけど怖くて見れないよオイ。

「……別に、ふつう」

「普通じゃないが」

出来るわけないだろこんなん。どんだけハードスケジュールで一日の予定立ててんだ。終わった後には疲労で過労死しそうになるわ。

「あと、この最後の黒く塗りつぶされてるやつ、なに書いてあったんだ？　めっちゃ気になるんだけど」

一番下に書いてある、文字が潰されている項目を見て質問する。なぜかこれだけが黒く塗りつぶされているので気になった。

するとと、イヴは顔をぼんっと赤くさせて。

「……言えない。はずかしい」

両手で顔を隠して、恥ずかしそうに俯いた。え、何その反応。

「……でも、レイが結婚してくれるなら――初めてだけど、頑張る」

「……」

イヴは顔を真っ赤にして、そんなことを宣《のたま》う。俺は良くわからないけどこの魔術契約書はあとで破り捨てようと固く決意した。

「いやでも、さすがにちょっとこれはな……物理的にも精神的にも無理というか……てか、なんでこんなに詰め込んだんだよ。無理に決まってるだろ」

そう聞くと。

「……だって、レイと一緒に居たかったんだもん」

唇を尖《とが》らせ、子供のように顔をむくれさせて呟くイヴ。なんかさっきから幼児退行してませんか？

「やっぱりこの話は無かったことに――」

してくれと言おうとするが。

「やだ……」

イヴは首をふるふると振り、俺の服を摑《つか》んでいる手の力をぎゅっと強くする。

「やだっておま――」

「だって、レイに好きな人が居ないなら……ちゃんす。絶対にわたしを好きになって貰《もら》う。諦めない」

俺の顔を上目遣いで見つめながら、決意を込めた瞳でそう宣言するイヴ。マジで止めて。諦めてください。お願い。

その後、俺が「無かったことにしてくれ」と何度言っても拒否され、ごねまくるイヴに魔法で複製した魔術契約書の偽物を渡し、ぐいぐい来るイヴをなんとかやりすごして楽しかったはずの古代遺物展覧会《アーティファクトショー》を極度の疲労状態で終えた。

そしてすぐに宿屋に戻って本物の魔術契約書をビリリリィンッと破り捨てたあと、ベッドに倒れ込んで枕に顔を突っ伏した。

眠りに誘ってくる心地いい毛布の感触を顔面で味わいつつ……こう思った。

——いやマジでどうしようこれ。

エピローグ② D級冒険者の俺、なぜか勇者パーティーに勧誘されたあげく、王女につきまとわれてる

——マジで、どうしてこうなった。

「ひぃ……ひぃ……な、なんだあいつしつこすぎる……何で俺がこんな目に——」

雲一つない晴天、吹き付ける爽やかな風を頬に感じながら、足を止めることなく整備された街道を疾走する。

「……た、たぶん撒《ま》いたはずだ。ちょっときゅうけ——」

「ジレイ・ラーロ様ぁぁぁ！……あれ、いない。声が聞こえた気がしたんだけど……どこいったのあの男ぉ！」

疲れすぎたので足を止め、ガラガラの喫茶店の中に入り少しだけ休憩しようとすると……ドアがバーンと開かれる音とそんな叫び声が聞こえてきて、即座に天井に張り付いて隠れる。あっぶね。

「間違いなく、あの事件を解決したのはあの男……なら、継承戦に有利に働くはず！　私の引きこもりライフのために絶対、諦めないんだから……！」

そんなことを呟《つぶや》き、その人物——マギコスマイア第六王女、エレナ・ティミッド・ノー

ブルストは勢いよく退店していく。俺は念のため、天井に張り付いたまま。

数分後、気配を感じなくなったので地面に着地し、何も頼まずに即座に退店する。店員はなんだコイツって顔してた。

店を出た後、走り出そうとすると近くの壁に貼ってあった張り紙が視界に入り……すぐさま、剝がして丸めて異空間収納《アイテムボックス》の中のゴミ箱に捨てる。

その張り紙の内容はこうだ。ここ最近起こっていた子供の心臓が抜き取られている〝悪魔事件〟が正体不明の〝赤髪の人物〟によって解決されたようで、王様がその人物を連れてきた者には褒賞を与えるというもの。

なんでも……王様自身がその人物をいたく気に入ったから、是非とも王宮に連れてきて話がしたいとか。気に入るな。

いや、本当に止《や》めて欲しい。それが理由で、その赤髪の人物＝俺だと判断したエレナに、いまこうして追いかけられる羽目になっているのだ。

……いや、実際俺なんだけども、間違いじゃないんだけども。

そもそもなぜ、〝悪魔事件〟が解決したとわかったのか。それは……被害者の心臓が抜き取られた少年たちが、五体満足で生き返ったから。

確かに、その少年たちを生き返らせたのは俺。魂がまだ現世に残っていて蘇生《そせい》できたからついでに生き返らせておいたのだ。

初めは、少年の親たちも生き返った少年たちを見て、アンデッドモンスターか何かだと思ったらしい。……だが、しっかりと息をしていて魔物ではないと診断されてからは、〝英雄レイの奇跡〟が起こったと街中で話題になった。今も街中でみんな騒いでいる。めっちゃうるさい。

なんで英雄レイなのかと言うと、少年たちと死んでいた魔導学園の生徒たち、護衛が口並みそろえて『〝赤髪の人物〟に助けられた』と発言したから。

……あとで気が付いたのだが、《催眠》をアレンジした《蘇生《リザレクション》》で生き返らせて忘れさせようとしたのがダメだったようだ。肉体の記憶を弄《いじ》ったのはいいものの、魂の記憶が弄れていなかった。

結果として魂の状態で覚えていたおぼろげな記憶が僅かに残ってしまい……よりにもよって俺の姿の記憶が残ってしまった。

そのせいで助けたのが〝赤髪の人物〟だと発言され、赤髪だった〝英雄レイ〟と一緒だから〝英雄レイの奇跡〟と巷《ちまた》で噂《うわさ》になっているということである。

それで、何も言わずに立ち去った赤髪の人物を王様が気に入って、捜すべく全力で動いているそうな。ストレスで禿《は》げそう。

「あれからルダスたちもめちゃくちゃ付き纏《まと》ってくるし……どうなってんだ……」

赤髪の人物だとわかってもイコール俺だとはならないはずだ。〝英誕祭〟前で赤髪のカツラを被《かぶ》っていたやつはわんさかいるし、俺だと特定することは不可能に近い。そもそも俺はもう《変幻の指輪》を解除してるから黒髪だし。

……しかし、否定しているにもかかわらずルダスや学園の生徒たちは前よりも更に付き纏ってくるようになったし、エレナは俺だと断定して結婚しろと追いかけまわしてくる。誰か助けてください。

「ほんと、どうなってんだよマジで！　〝あいつ〟はまったく諦めてくれる様子ないし、ただでさえ〝追いかけてくるやつが一人居る〟のにこれ以上増えるとか意味わかんないんだが……」

意味がわからないことに、俺を追いかけて付き纏ってくるのはエレナたちだけではない。ほんとに意味がわからない。

「よし、国外に逃げよう。一応シャルには『事情が変わったから出て行く』って連絡したから大丈夫だし、逃亡資金もアルディから強奪した（給金と魔導大会の優勝賞金として）。しばらくは問題ないはずだ」

そういえば……シャルに魔法で連絡したとき、いつもと少し様子が違ったような気がした。いつもなら「またいつでも来てね！」と言ってくれるのに……それに、声色は元気に聞こえたが何となく違和感があった気がする。落ち着いたらまた後で連絡しよう、バタバタしてて出て行くってこと以外ほぼ何も説明できなかったし。

……いやでも、マジで最近不運すぎる。色んなことに巻き込まれるせいで全然ぐうたらできんし、俺の人生計画が破綻しまくってる。どうしてこうなった。

思えば、こうなり始めたのもあの〝アホ勇者〟がやってきて勇者パーティーに熱烈な勧誘をしてきてからだろうか。絶対に許せない。

「……ん？　なんだあれ――――!?」

不運になる呪いでも掛かってるんじゃないかと考えながら、国外へ逃亡するべく関所へと向かっていると……何やら道端にある物体が落ちているのを発見した。

「ま、マジかよ。しかもこれ、欲しかったやつじゃん……なんでこんなところに落ちてんだ……？」

すぐさまその物体――魔導具の元へ駆け寄り、周りをキョロキョロと見回して誰もこっちを見ていないかを確認し手に取る。魔導具ゲットだぜ！

「これは落ちてた物、つまり誰に取られてもおかしくなかったってこと……そいつが悪いやつだったらきっと、質屋にでも持って行って金に換えてしまうだろう。……であれば、魔導具が大好きで詳しい俺が拾った方がいいということなのではないだろうか？」

ブツブツと呟き、自分を納得させる。……うん、その通りだ。持ち主が現れたら返せばいいし、それまでの間、魔導具に詳しい俺が管理してあげた方がこの魔導具にもいいはずだ。そうに違いない。

そう結論を出し、《異空間収納《アイテムボックス》》の中に放り込む。いやーいいこともあるもんだ。最近不運続きだったから、それが幸運として返ってきたのかもしれない。やっぱり俺の日頃の行いがいいおか――――

「――うぉ!?」

そう喜んでいると……突然、背中に何かがぶつかってきたような衝撃。

「な、なにが――」

何事かと首をひねって後方を確認する。そこには――

「――レイ、つかまえた」

俺の背中にぎゅっと抱き着いて離さない、透き通るような水色の髪をした少女――イヴ・ドゥルキスの姿。

「ど、どうしてここにいるとバレ……ちょ、おい！　顔を埋《うず》めるな止めろ！」

抱き着いた後、背中に顔を埋めてぐりぐりしだしたので必死に剝がそうとする。……が、ひしっとしがみつかれているせいで剝がすことができない。助けて。

「……レイはすぐ逃げる。だから、考えた」

「考えたって……なにがだよ。というか早く離せ！」

そう言うもイヴはまったく離れる様子を見せず、そのままの状態で呟く。……くそ、魔導具に気を取られすぎていてまったく気づけなかった。殺意も敵意も無かったからわからんかったし。ちくしょう。

「レイを捕まえるのは一人じゃ難しい。……だから、手伝って貰うことにした。ちょうど、〝ある勇者〟と利害が一致したから――レティ」

イヴが誰かに呼びかけた後。

「わかった！　ししょーお久しぶりだ！　パーティー入ろう！」

ぴょこんとはねたアホ毛が特徴的な桃色髪の少女——レティノア・イノセントが元気よく、そう叫んで勧誘してきた。うっそだろお前なんでここにいんの。

「な、なんでお前がここに……グランヘーロにいたんじゃあ…………ん、いや待てこれは——」

閃《ひらめ》いた。これはむしろ……逃げるチャンスなのでは？　いい感じにレティを言いくるめてイヴを止めて貰えば……よし、そうだそうしよう、レティはめちゃくちゃアホだからいけるだろ。たぶん。

「レティ！　実はいま、イヴは《操作魔法》で操作されているんだ……！　だから早くこいつを止めないと！　くっ、どうしてこんなことに……俺もこんなイヴは見たくない！　止められるのはもうお前しか居ないんだ……!!」

俺が迫真の演技で叫ぶと。

「そ、そうだったのかー!?　わかったししょー！　わたしが止める！」

意図した通り騙《だま》されてくれた。ちょろすぎぃ！　よっしゃ早く逃げ——

「レティ、事前にレイがそういうことを言ってくるって言ったはず。これは嘘《うそ》」

しかし、イヴが冷静に言うと「はっ!?　そうだった！」と気づいてイヴを押さえようとしていた手を止めるレティ。

「……レティとわたしの目的は完全に一致した。レティはパーティーに入って貰いたい。わたしは一緒に居たい。……つまり、二人が協力すれば完璧。レイも女の子に囲まれて嬉《うれ》しい。うぃんうぃん」

「なにそれ地獄？」

　ただでさえうるさいレティに好き好き言いまくるイヴに囲まれる日常とか心労で死にそうになるんだけど。殺しにきてるのかな？

「それに……レイと一緒なら、魔王も倒せるはず。そしたら――平和になった世界で、二人でのんびり過ごす。きっとたのしい」

「そうだぞしょー！　パーティー入って一緒に魔王倒そう!!　たのしいぞ！！！」

「嫌だ！　絶対に嫌だ！」

　抱き着いたまま離れないイヴと「じゃあこれにサインして！」と勇者パーティー申請書を眼前に突き出してくるレティに叫ぶ。ふざけんななんで俺が魔王を倒さなくちゃいけないんだよいい加減にしろ！

　逃げようとするが、ひしっとしがみついたイヴと俺の手を掴《つか》んで申請所までぐいぐいと引っ張ろうとするレティを引きはがすことができず、逃げられない。

　……いや、《身体強化》しまくって無理に引きはがせば逃げられるけど、それをしたら間違いなく怪我《けが》させてしまうから出来ない。くそ……もうこうなったら〝アレ〟を使うしか――

「――そこの二人、《その方から離れなさい》！　いまです、こちらに！」

「!?　なにこれ、身体《からだ》が勝手に……？」

「？？？　どうなってるんだー!?」

諦めて〝アレ〟を使って逃げようとしたとき、美しい声色の少女の声が聞こえ、なぜかレティとイヴが俺から離れる。

「――ッ！　助かる！」

よくわからんが助けが来たようだ。神は俺を見放して無かった！　フゥ!!

「危なかったです……隠れられる宿屋を知っていますので、そこへ行きましょう。こっちです！」

「わかった！」

俺は助けてくれた〝黒髪〟少女の案内に従い、駆け足でその場から離れる。誰だか知らんがマジで助かった。逃げ回ってめっちゃ疲れたからその宿屋で休憩しよう。

「――ここです。部屋は取ってあるのでこちらへ……」

「何から何まで助かる……神かよ……」

少し走り、街の外れにある宿屋に到着したあと、用意していたらしい部屋に入る。

「この部屋なら《防音魔法》《妨害魔法》《隠蔽魔法》を使っているので、余程のことが無い限りは外から見つかることはありません。立地的にも、あまり人は通りませんので……安心してください」

「そうなのか、これで一息つける……」

……確かに、あまり人通りがよくない立地に建てられていることもあり、隠れ家に最適な宿屋である。見つからないように魔法もかけてくれているようだし、これなら時間を稼げるだろう。大声や物音を出しても気づかれることはないし、安心して休憩でき――

「あれ、何かおかしいような気が。……なあ、そう言えばあんた誰――」

部屋に備え付けてあった、ダブルベッドかってくらい大きなベッドに腰を下ろし、そういえば名前を聞いていなかったので問いかける。しかし――

「やっと、やっと二人きりになれましたね……」

黒髪少女に問いかけたその瞬間、なぜかこちらに倒れ込んできて、ベッドに押し倒されるような形になった。え、え、なにこれなにこれ。

「〝ジレイ様〟が悪いんですよ……？　私はずっと待っていましたのに、何時《いつ》まで経《た》っても迎えに来てくれないんですもの……〝ジレイ様〟が恥ずかしがり屋さんなのはわかっていますが――」

黒髪少女は俺の上に馬乗りになりながら、身に纏っていた白い衣服を少しはだけさせ、肌を露出する。そして、胸元から何か……〝宝石が付いたネックレス〟を取り出し――

「あ……あああ……」

俺は驚きと恐怖のあまり、言葉にならない声を出してしまう。身体もガクガクと震えて制御が出来ない。なにこれなにこれなにこれなにこれ。

「ああ、ジレイ様の匂い……ずっとこうしたかったです……」

ネックレス型の《変幻》の魔導具が効力を無くして砕け散り、幻想的な光に包まれたあと〝白髪〟に変貌を遂げたその少女——ラフィネ・オディウム・レフィナードはそう呟《つぶや》きながら、俺の両手首をガシッと押さえつつ、胸に顔を埋めてハァハァと息を荒くする。俺も息が荒くなった。意味がわからな過ぎて怖くて。

「ジレイ様……私、考えたのです。恥ずかしがり屋さんでいつも逃げてしまうジレイ様に正直になって貰《もら》うためには——————どうすればいいか」

「だ、誰か助け、助け——」

押さえつけられている腕を動かし逃げようとする……が、力が強すぎるのかピクリとも動かない。何この人ゴリラ？　何で動かないの？

ラフィネは俺の救助を求める声など聞こえないかのように、俺の手首を拘束しながら器用に着ていた服をしゅるしゅると更にはだけさせる。

「本当はもう少し、ロマンチックで雰囲気がある所が良かったですが……致し方ありません。それに……世継ぎのためにいっぱい作らなければいけませんので、初めてなど些細《ささい》な問題です」

「な、なにを——」

言っているんだと言おうとするが。

「きっと、お父様も喜んでくれるはずです。もしかしたらびっくりさせてしまうかもしれませんけど……ジレイ様と私の子供ですもの。かわいくて許しちゃうに違いありません。……ではジレイ様——」

ラフィネは馬乗りになりながら俺の方を一心に潤んだ瞳で見つめ、息を荒くして。

「――既成事実、作りましょう？」

と、言った。ニッコリと満面の笑みで。

「…………………は？」

意味がわからなくて混乱する。ラフィネの発言が理解できない。マジで。

「ちょ、ちょちょちょちょ……ちょっと待ってくれ！　どうしてそうなった!?」

「え？　どうしてって……そうすればジレイ様も正直になってくれるかなと――」

「そんなわけないだろふざけるな」

どうやったらそんな発想になるんだよ。

「まぁ……ジレイ様ったら恥ずかしがり屋さんなんですから……大丈夫、私はわかっていますので」

「一ミリもわかってない」

何を言ってるんだこの少女は。瞳の中にハートマーク浮かんでるしマジでヤバい。逃げなきゃ。

「うぐ……く、くそ……逃げられない……!?」

必死に逃げようとするが、腕を押さえつけられて、ついでに脚もラフィネの身体で押さえられているせいで身動きを取ることが出来ない。なんでこんなに力強いの？　誰か助けて。

「大丈夫です。ジレイ様は天井のシミを数えていて頂ければすぐに終わりますので……初めては痛いらしく怖いですが、頑張りますね……！」

「や、やめろォォ！　助けて、誰か助けてェー！　襲われるゥー!!」

声を張り上げて助けを呼ぶが、《防音魔法》が掛かっているからか誰も来る様子が無く、じりじりとラフィネの顔が近づいてくる。やばいやばいどうするどうする。

俺は《高速思考》で頭を回転させ、現状を打破できる案を幾つも考えて、一つの結論を出した。

「て……〝アレ〟《空間転移《テレポート》》！」

叫んだ後、青白い魔法陣が一瞬で展開され、俺はその場から掻《か》き消えた。

「うぶぇぇぇぇ……ぎもぢわるい……死ぬぅ……」

《空間転移《テレポート》》した後、転移先の場所で副作用が現れて気持ち悪すぎて四《よ》つん這《ば》いになる。

死ぬ、マジで死ぬ。

「はぁ、はぁ……よし、落ち着いた。早く逃げ――」

「あれ、師匠？　何でここに……も、もしかして見ててくれてたんですか!?」

落ち着いてきた後、逃げようと立ち上がりかけると――少年の声が聞こえた。

「まさか師匠が模擬戦を見ててくれたなんて……光栄です……！」

「は、はぁ？」

武骨な鎧《よろい》に身を包み、シンプルな長剣を腰に下げたその金髪の少年――カイン・シュトルツは俺の方を感動したような目で見ながら、そんなことを宣《のたま》う。俺は何でここにカインがいるのかとか模擬戦って何だよとか思いつつ理解が出来なくてそう返答した。

「師匠！　僕の剣筋、どうでしたか!?　あれから、師匠の隣で戦える男になるために毎日鍛錬しているんですが、あまり上達できなくて……良ければご指導お願いしたく――」

「ちょ、ちょっと待て。意味がわからん……」

状況を理解しようと周りを確認する。

視界に映ったのは円形状の闘技場の上で、冒険者と思わしき人物が剣や魔法を使って模擬戦を行っている光景。見た感じ……冒険者ギルドに所属している冒険者が使える模擬戦場のように見える。というかまさにそれだった。

「カイン、模擬戦終わ……お？　その人誰？」

考えていると茶髪の冒険者の少年がこちらに歩いてきて、カインに話しかける。

「アルト……うん、終わったよ。この人は僕の師匠で――いつか必ず、〝SSランク冒険者〟になる方さ」

「おおー、その人か！　いつもカインが言ってる人！　確か、めちゃくちゃ強くて……カインがギルドマスターを目指してるのもそれが理由だったよな！」

その男――アルトは「俺はアルト！　ヨロシクゥ！」と元気よく挨拶し、強制的に握手してきて「あんたもD級冒険者なんだな！　お互いに頑張ろうぜ！」とかいろいろ話しかけてくる。めっさ暑苦しい。

……いや、その前に聞き捨てならない言葉が聞こえた気がする。なんか、SSSランク冒険者になるとか――

「な、なあ……さっきの、SSSランクがどうとかって――」

冗談だと思い聞いてみるが。

「はい！　僕が必ず、師匠をSSSランク冒険者にしてみせます！　だって、師匠の仲間になるため、隣で戦うためには――当然のことです」

「意味わからんのだが」

意味不明すぎて熱出てきた。頭痛い。なんでコイツも俺を慕ってんのかわからんのだけど。俺は無自覚に洗脳魔法でも周囲に撒《ま》き散らかしてんのかな？

さっきからマジで怒濤《どとう》の理解不能展開で脳が処理しきれない。もはやショート寸前。

頭を押さえて絶望していると。

「――ッ!?」

何か鋭利な物体が高速でこちらに飛来してくる気配を察知し、すぐさま軌道を予測して手で掴み取る。見てみると――シンプルな赤い刀身の短剣。

「師匠!?　大丈夫ですか!?」

慌てるカインを手で制し、周りを警戒する。特に、不審な点は見当たらない。――視界上では。

「そこにいるのはわかってる。出てこい」

何もない空間に向けて声を掛ける。限りなく微弱で小さいが、《魔力探知》に僅かに反応した。気配を消していて一見気が付けないが、そこにいるのは間違いない。

「これは警告だ。早く出てこないと――」

「――まあ、そうよね。やっぱりこの程度じゃダメ。もっと、強くならないと……」

そんな声が聞こえた後――何もない空間から、炎のような赤い髪を左右で結んでツインテールにし、エルフの特徴である長い耳を持った人物が現れた。

「……何で俺に攻撃した。あと、この前ラフィネに攻撃したのお前だろ」

俺はその人物――リーナ・アンテットマンを睨《にら》みながら、問いかける。何で急に現れて攻撃してきたんだコイツ。ふざけるなよ。

「あなたは――強い。すっごく、誰よりも、いくら壊しても壊れないくらいに……」

「……？」

顔を俯《うつむ》かせてブツブツとそんなことを呟き始めるリーナ。いきなりなんだよ、怖いんだけど。

「今まではこんな人居なかった。あなたなら私の全てをぶつけられる。私をわかってくれる……やっと、やっと見つけたのよ…………だから――」

リーナは顔を上げ、自身の身体《からだ》を抱きしめて恍惚《こうこつ》とした顔で俺を見つめながら……こう宣言した。

「あなたは——私が殺す。それだけ言っておくわ」

宣言し、一瞬でどこかに掻き消える。……気配も消えたからもうここにはいないようだ。

さすが暗殺者といったところか。

「し、師匠？　な、何か怨《うら》みでも買ったんですか……？」

おろおろと心配そうな顔で問いかけてくるカイン。

「……」

俺はそんなカインを一瞥《いちべつ》し、フッとニヒルに笑った後……何も言わずに駆け出した。出口めがけて全速力で。

「ひぃぃ……ほんとどうしてこんな目に……俺が一体何をしたっていうんだ……！」

全力疾走後、ひいひいと息を切らしながら壁に手をついて呪詛《じゅそ》を漏らす。マジで意味がわからない。何が起きてんだこれ。

「さ……さすがに撒《ま》いたはずだ。ちょっと休もう、さすがに死ぬ……」

そのまま木陰に座り、だらっと全身の力を抜いて休憩する。めっちゃ疲れた。死にそう。

「ふぅ……よし、じゃあもうひと踏ん張りして逃げるぞ、早く国外へ逃亡しないと
——？」

足に力を込めて走り出そうとすると……見覚えのある一人の少年がぽつんと突っ立っているのが見えて、足を止める。

くすんだ灰色の髪を持った十三才ほどの少年は、広場でボール遊びをして遊んでいる少年たちを見ながら、何度も頑張って声を掛けようと口を開きかけ、直前で言葉を飲み込んでしまっていた。

そして、少年は諦めたのか顔を俯かせ、とぼとぼと歩き始める。……少年たちが遊んでいる広場とは逆方向に、遠ざかる様に。

……あいつは、何をやっているんだ。せっかく俺がちょちょいっと《催眠》で被害者の少年とあいつの記憶を消したというのに……遊んでる少年たちは被害者の少年たちとは別人だし、輪に入りたいなら行けばいいものを――

「――おい」

「ッ!? なん、ですか?」

その様子を見ていたらイライラと我慢が出来なくなったので、声を掛ける。そいつはビクッと驚き、おどおどと自信がなさそうな顔で返答する。

「俺は……甘いものがそんなに好きじゃない」

「……?」

いきなり話しかけられて、混乱する少年。俺は構わず言葉を続ける。

「だから――これをお前にやる」

《異空間収納《アイテムボックス》》からシャルに大量に貰っていたシャルテットのお菓子が詰め込んである大きな箱を取り出し、そいつの手に強引に持たせる。

「え……これ、あの有名店の――？」

「……たくさんあっても食いきれないからな。だから、やる」

お菓子をくれたシャルには申し訳ない。しかし、俺はあんまり甘いものが好きではないのである。正直、貰《もら》ったものをこうして人に渡してしまうのはなんだか忍びない気分になるが……シャルも誰かにあげてもいいと言っていたから問題ないはずだ。

「え、でも――」

だが、少年は急に話しかけられて高級お菓子の詰め合わせセットを貰うことに気が引けるのか、こちらに押し返そうとする。

「いいから、やるって言ってんだから受け取れ。それに……菓子を食うにはちょうどいい時間だ。食べればいい」

「こんなに食べれない……です、けど。あ、じゃあこれだけ――」

黙って受け取ればいいのにもかかわらず、少年は少しだけ取って、残りを律儀に返そうとしてくる。……わからないか。

「……そうか、じゃあ、あそこにいるやつらと一緒に食べたらどうだ？　子供は菓子好きだし――もしかしたら、仲良くなれるかもしれないな」

「ぇ――」

少年は俺の発言に、遊んでいる子供たちに視線を移動させる。

「………じゃあ、俺は急いでいるからもう行く。別に一人で食べてもいいし、捨ててもいい。あとは、お前次第だ」

それだけ言って、後ろは見ずに歩き出す。

……あいつがしたことは決して許されることなんかじゃない。本来であればちゃんと法で裁かれるべきことをした。やってはならないことだ。

俺が蘇生《そせい》させて無かったことにしたとは言え、罪を犯した事実は無くならない。エンリに唆されたとかそんなのは関係無く、あいつは罪を償うべきだ。

だから……これは俺の自己満足で、ただのエゴ。

「おじさん、ありが――」

「おじさんじゃねえ、お兄さんだクソガキ！」

振り返らず、背中から聞こえてくる生意気な声に叫ぶ。

……よし、これでスッキリした。あとは国外へ逃亡して身を隠せば――

「あーっ！　ししょー発見！　イヴー！　こっちいたぞ！　こっち!!」

「うげっ――」

そんな悠長なことを考えていたら、どこからか飛び出してきたレティに見つかってしまい、慌てて走り出す。最悪だ、こんなことしてる場合じゃなかった。

「――ジレイ、こんなとこにいたのか！　めちゃくちゃ捜したぜ……なあ頼むって、生徒たちも望んでるみたいだしオレの学園の講師になってくれ！」

「――ししょー！　とりあえずサインしよう!!　サイン！！！」

「――レイ、逃げないで。絶対後悔はさせないから……きっと楽しいはず」

「――ジレイ様！　お父様を説得できるか心配しているのですね！　でももう了承は取ってあるので大丈夫です！　なぜか〝ミンチにする〟って言ってましたけど……たぶん結婚式のメニューのことでしょう。だから大丈夫です！　安心して私と結婚しましょう！」

「――師匠？　何で走って……はっ!?　なるほど、これも修行の一環ですね！　なら僕もご一緒させてください！」

「――ジレイ・ラーロ様ぁ！　やっと見つけましたことよ……！　逃げないで話だけでも聞いてくださいまし！　ちょっとだけ、ちょっとだけですからぁ！」

必死に全速力で走るが、逃げた先々でアルディ、レティ、イヴ、ラフィネ、カイン、エレナが次々と出没し、逃げる俺を追いかけてくる。なにこれ地獄。

……いや、おかしい、マジでおかしい、何がどうなってんだこれ。何で俺がこんな追いかけまわされなきゃいけないんだよ！

そもそも俺はD級冒険者のはずだ。面倒ごとは避けてのほほんと適当に過ごすために、D級冒険者になったはずなのだ。

それなのに……なぜか各所で勘違いされまくって慕われ、アホな勇者と無口な白魔導士に勇者パーティーに勧誘されたあげく、ユニウェルシア、マギコスマイアの王女につきまとわれて逃げ回ることになる始末。この世界狂ってる。

「――ジレイ！」

「――――ししょー！」

「――――レイ！」

「――――ジレイ様！」

「――――師匠！」

「――――ジレイ・ラーロ様ぁ！」

暖かな風を頬に叩《たた》きつけられながら、俺は後方から聞こえてくる声に返答することなく、追いつかれないように必死に足を動かし続ける。

――マジで、どうしてこうなった。

意味のわからない現状に、心の中で信じても居ない神にあらん限りの呪詛を吐く。それはもう口汚く、神なんて滅びてしまえと。

雲一つない晴天。どこまでも広がる青空と照り付ける日差しが今ばかりは非常に腹立たしい。まるで、この状況を神が笑っているかのようで。

俺はそんな青空に向かって……もしも神がいるのであれば届けと言わんばかりの大きな声量で、叫ぶ。

「俺はぐうたら過ごしたいんだよ！　構わないでくれ！」

閑話　円理

冥《くら》く、湾曲した世界で一人の少女が嗤《わら》っていた。

鎖で拘束された両の手からは血が滴り落ち、くすんだ銀の髪を僅かな赤が彩る。

少女を囲む四方の空間は歪《ゆが》んでいて、それらの隙間からはまるで映写機のように、美しい少女たちが映し出されていた。

天使の如《ごと》く見目麗しい、白髪の少女。

表情の機微に乏しい、透き通った水色髪の少女。

殺戮《さつりく》に恋焦がれる、燃えるような赤髪を左右に束ねた少女。

屈託の無い笑みを浮かべる、アホ毛がぴょこんと生える桃色髪の少女……。

映し出される少女たちは、それぞれが自ら求める物のために動き出している。

きっと、彼女たちはこの先も、止まることが無いのだろう。〝彼〟の決めた道を土足で構わずに踏み歩き、結末を変えようと動くに違いない。

「ああ……キミは本当に、愛されているね」

羨ましいよ、と銀髪の少女は続ける。

全身は項垂《うなだ》れ、顔は長い銀の髪に隠されていて窺《うかが》うことができない。だが、僅かに見える口は半月状に歪んでいて、愉快げに嗤っていた。

「でも、キミはそれを望んでいない。なんて滑稽なことだろう？　笑ってしまうよ」

冥い世界で、縛られたまま少女はくつくつと楽しそうに嗤う。

嗤い声は次第に大きくなっていく。狂ったように、壊れたように。

途端、少女は嗤っていた顔を一変させ、顔に影を落とした。

「しかし、ボクには困ったよ。記憶が無いとは言え……敵対するなんて。……まあ、《暴食》《グーラ》があそこまで強力だと想定できなかったボクの計算ミスか。結果的には継承できたから問題なかったけど……キミには申し訳ないことをした」

銀髪の少女は、はあとため息をついて顔を上げる。

目線の先には――歪みに映る、少女たちから追い掛けられている黒髪の青年の姿。

「ずっと、ずっと待ち続けていたよ。何年経《た》っただろう？　何十年？　いや、何百年かな？　キミはずっと起きないから、ついつい叩き起こしたくなってしまった。こう……バーンッってね。前に何回もやってたみたいにさ」

少女はまた、懐かしむようにくすくすと嗤う。

「でも――じきにそれも終わる。この代で、キミが、終わらせる」

じゃらり、と鎖で縛られた両手を動かし、少女は天を仰いで次々と言葉を吐き出した。

「キミが決めた物語は辛《つら》く、険しく、遠く、非現実的だ。できるわけがない妄想の産物だ。嗤って嘲られるような世迷《よま》い言《ごと》だ」

「だけど、そうするとキミは決めた」

「いくら非現実的でも世迷い言でも……」

「キミの願いを叶《かな》えるためにはそれしかなかったんだから」

「その結末はキミにとっては最善で、彼女たちにとっては最悪だ」

「……ああ、理解ができないよ。一人で逃げればよかったのに、自ら辛い道を選ぶなんて本当に理解できない」

少女は踊るように、嗤いながら語り続ける。

「キミの物語は終わり、始まった」

「だからこれはまだ道中。物語で言えばプロローグに過ぎない」

「キミの望んだ結末へはまだずっと遠くて、はてしない」

「物語には不純物が混ざっていて、望んだ結末通りにはならないだろう」

「でも、キミは前に進んでいく」

「知らずに」

「愚直に」

「滑稽に」

「勇敢に……」

「ボクはもう傍観者でしかなくて、キミの助けにはなれない」

「できるのは種が残した少しの助言と、ただ見ていることだけ。結末が来るまで、待つことしかできない」

「でも大丈夫さ。キミは誰よりも強い。だって、そのために強くなったんだろう？」

「それに……鍵となるあの子とも接触したからね」

少女は顔を動かし、目線を別の歪みに映る人物――〝桃色髪〟の少女に移す。

「ボクはもう動けない。だからせめて、いい結末に綴《つづ》っておくれよ」

「すべてが終わり、始まったキミの物語――」

少女は鎖に繋《つな》がれた手を動かし、祈るように大きく広げて、言った。

「――〝ジレイ・ラーロ〟の物語を」

「ふわぁ……よく寝た……」

早朝、久方ぶりに気持ちよく起床した俺は、泊まっている宿屋の寝台から身体《からだ》を起こし、あくびをしながら伸びをする。

よく寝た……最近はずっと逃げ回って寝る暇も無かったから、ここまで熟睡できたのは久しぶりだ。毎晩見ていた追いかけ回される夢も見なかった。悪夢すぎ。

今日することを考えながら、洗面台に向かう。

まだこの街にレティたちが居る可能性は高いから、早めに移動した方が無難だろう。よし、早朝の馬車に乗って隣街まで逃げて、それからは——

「…………ん？」

冷たい水でバシャバシャ顔を洗っていると、なにやら違和感。

「うん、イケメンだな」

自分の顔を自画自賛。顔はいつも通りのイケメンだ。それはいい……のだが。

前髪を掻《か》き上げ、額を露出する。

「!?」

それを見て、まだ寝起きだった頭が覚醒し、眼《め》を見開いて凝視した。

俺は何度も、洗面台の鏡に映った額の右側の部分を確認する。

夢ではないかと頬を強く叩くも、ジンジンと痛むだけで目が覚めることもない。

「ふぅー……よし」

今度は大きく深呼吸をして心を落ち着けてから鏡を見る。

しかし、それは変わることなく、数秒前と同じ光景で……

俺は自身の右額に刻まれている――〝聖印〟によく似た〝黒色の印〟を見て。

一言、心の底から思った言葉を吐き出した。

「なにこれ」

あとがき

お久しぶりです、白青虎猫です。

二巻を出版できたこと、感謝いたします。ありがとうございます！

一巻の出版からはや六カ月……いつの間にかこんなに時間が経《た》っていて、時の流れの速さをただただ実感します。僕だけ一日五十時間にならないですかね？　ダメ？

ページが無いのでこのくらいにしておきまして……二巻は如何《いかが》だったでしょうか。

物語としてはここまでで一つの区切りが終わりましたので、ここからは話の大筋が動き出し、色々な秘密が明かされていきます。主人公が実は女の子だったとかね。嘘《うそ》です。

素敵すぎるイラストで二巻も彩って下さったりいちゅ先生。お忙しい中、本作にお手をお貸し頂き本当にありがとうございました！　しの唄、ライザ、コマリンと一ファンとしていつも楽しみにしております。コマリンめっちゃかわいい尊い。

最後に、僕のわがままＭＡＸで甚大なご迷惑をおかけした担当編集様。見放すこと無く聖母のようなお優しさでこんな僕を包み込んで下さり、いわば第二の父……いえ、母といっても過言（過言）。これからも精進いたします！　ありがとうございました！

OVERLAP

D級冒険者の俺、なぜか勇者パーティーに勧誘されたあげく、王女につきまとわれてる 2

発　　行　2021年4月25日　初版第一刷発行

著　　者　白青虎猫
発 行 者　永田勝治
発 行 所　株式会社オーバーラップ
〒141-0031　東京都品川区西五反田 7-9-5
校正・DTP　株式会社鷗来堂
印刷・製本　大日本印刷株式会社

Printed in Japan ISBN 978-4-86554-884-6 C0193